Only to meet with you

只为与你相见

姚佰顺 著

天津出版传媒集团
天津人民出版社

图书在版编目（CIP）数据

只为与你相见 / 姚佰顺著. -- 天津：天津人民出版社，2016.8

ISBN 978-7-201-10040-1

Ⅰ. ①只… Ⅱ. ①姚… Ⅲ. ①长篇小说－中国－当代 Ⅳ. ①I247.5

中国版本图书馆CIP数据核字(2016)第117417号

只为与你相见

ZHI WEI YU NI XIANGJIAN

出　　版　天津人民出版社
出 版 人　黄　沛
地　　址　天津市和平区西康路35号康岳大厦
邮政编码　300051
邮购电话　（022）23332469
网　　址　http: //www. tjrmcbs. com
电子邮箱　tjrmcbs@126. com

责任编辑　刘子伯

印　　刷　北京欣睿虹彩印刷有限公司
经　　销　新华书店
开　　本　710×1000毫米　1/16
印　　张　17
插　　页　0插页
字　　数　260千字
版次印次　2016年 8月第 1版　2016年 8月第 1次印刷
定　　价　28.00元

目录 CONTENTS

（引） / 001

（一）那些花儿 / 005

（二）花样年华 / 014

（三）一生何求 / 050

（四）盛夏光年 / 084

（五）好久不见 / 097

（六）曾经的你 / 106

（七）完美生活 / 126

（八）边走边爱 / 134

（九）张三的歌 / 141

（十）我怀念的 / 160

（十一）再见青春 / 177

（十二）烟花易冷 / 186

（十三）西藏天边 / 190

（十四）因为爱情 / 203

（十五）平凡之路 / 208

（十六）生如夏花 / 219

（十七）你的样子 / 225

（十八）一路向西 / 230

（十九）回到拉萨 / 249

（二十）勿忘心安 / 259

(引)

我曾经和叶子芷约定，等大学毕业了一起去西藏，去那遥远的雪域高原，去觐见心中萦绕的圣城，去磕长头转经轮，去触摸每一块墙砖每一段经文。

分开已经两年。两年来，我没有她的联系方式，没有她的音讯，我以为我早已忘记了她的世界，直到我只身一人来到拉萨，我又想起了我们的约定，又想起了她。孤独伴随着我，我陪伴着孤独，一个人走，一个人旅行，一个人来到林芝，来到雅鲁藏布大峡谷的最深处，去寻找安妮宝贝笔下的莲花圣地。

从排龙乡到扎曲村，在大峡谷里徒步近三十公里。在扎曲村仅有的几间房屋旁，我发现了一面留言墙。经文与留言交错在一起。一边是默默念叨，一边是高声呐喊；一边是为众生祈福，一边是为自己打气。我一句句地辨识，一句句地默念。有些早已模糊不清，有些显然才刚刚写上。

“西藏，我要把我的一生交给你，勒布沟的孩子，老师来了。”

这一句话深深地触动了我。我想能把自己交给西藏的不能只是激动地一个呐喊，这句话的作者一定做到了，看得出他应该是来支教的。

一句话，一件事，一辈子，是怎样一个人？这句留言的作者是一个熟悉而又牵动着我的灵魂的名字——叶子芷。我反复地看，仔细地想，我不相信这个世界上有那么多个叶子芷，我不敢想下去。应该是真的，因为子芷从不惧怕艰难，扎曲村她可以到来；因为子芷以前说过好多次想来西藏，西藏她可以到来。

我不敢再想下去，如果真的是子芷那她是什么时候来的，现在在哪儿，在做什么？勒布沟又是哪儿？同行的人没人知道。我必须要以最快的速度回排龙，我现在非常需要手机信号查一下勒布沟在哪儿，我要去找子芷，迫不及待！

直到今天，仅仅是看到了她的名字，我就如此迫不及待。两年了，我孤独失落、郁郁寡欢，我以为是我迷失了我的世界，到头来，全是因为她的存在。这几天，我一直在赶路，从扎曲到排龙，从排龙到林芝，从林芝到山南。六百公里的山路，马不停蹄地赶了三天，不为别的，只为早点儿看到她的容颜。这几天，我的心情一直很愉悦，路不显得崎岖，风餐食宿不显得艰苦，不因为别的，只是因为她的出现。这几天，我一直在期待，期待与她相见的那一瞬间，期待她可能对我说的第一句话，期待整个世界的改变，不为别的，只为能够与她相见。

一路走，一路问，一路搭车，一路等待，一路焦急。在田园之间，在山水之间，在经幡之间。一个铁栅栏大门，两排楼房，水泥院落，青松挺立。这就是这些日子以来，我日夜牵挂的地方，一个山林中的小学。

学生们穿着绿白相间的校服，在院落里做着游戏，并没有注意到校门口陌生人的到来。我招了招手，一个小姑娘靠近了我，隔着大门对着我笑着。我递给了他一筒铅笔和一摞本子，她微笑着转过身去。

“小朋友你好，请问你们学校有没有叫叶子芷的老师？”我赶紧叫住了她。

小姑娘摇了摇头。

“那有没有姓叶的老师？”

小姑娘又摇了摇头。

“那你们学校哪个老师最漂亮？”

“是德吉老师。”

看来我是想多了，但我还是不甘心，“那有没有汉族老师。”

小姑娘还是摇了摇头。

一阵上课铃声响起，小姑娘跑开了。我失落地离开，失落地上了车。司机大哥一直在问我话，一直在关心我，但我什么也没听进去，我们就这样离开了。

来是那样的迫切，走是那样的失望；来是那样的喜悦，走是那样的悲伤；来是那样的期盼，走是那样的落魄。

小姑娘跑进了教室，把一筒铅笔和一摞本子递给了老师。老师问她是哪儿来的，她指了指门外。老师走到大门前，看着远行的车影，一直在呼喊，没有

回音。老师又问小姑娘，人家说了什么没有，小姑娘回答道：“叔叔问我有没有叫‘叶纸纸’的老师，还问我哪个老师最漂亮，我说是德吉老师你。”

这位老师突然明白了什么，再也控制不住内心的情感，一股热泪涌出，冲出校门外，边追赶边大喊。只可惜车子已经离开了好远好远。

德吉老师就是叶子芷。

那一天，我在扎曲村的留言墙上，蓦然看见你的真言；那一天，我跋山涉水日夜兼程，不为旅途，只为一见你的容颜；那一天，我万念俱灰失落至极，不为悲伤，只为没能寻得你的踪迹；“那一月，我摇动所有的经筒，不为超度，只为触摸你的指尖；那一年，磕长头匍匐在山路，不为觐见，只为贴着你的温暖；那一世，转山转水转佛塔，不为修来世，只为途中与你相见；那一夜，我听了一宿梵唱，不为参悟，只为寻你的一丝气息；那一刻，我升起风马，不为乞福，只为守候你的到来；那一瞬，我飞升成仙，不为长生，只为佑你平安喜乐。只是，就在那一夜，我忘却了所有，抛却了信仰，舍弃了轮回，只为，那曾哭泣的玫瑰，早已失去旧日的光泽。”

（一）那些花儿

高考结束后分数还没出来的那段时间，我并不在意自己能否考上大学，考前一个月都敢离家出走的人，就不应该属于能考上大学的那一类。是否要在成绩出来之前痛痛快快地放松放松，还是应该计划一下再战一年，都不是我要考虑的事情。那段时间的我每天都目光呆滞、眼神游离、过一天是一天。因为我失恋了。

失恋的我就跟丢了魂似的，既想一个人静一静，又怕安静会使自己胡思乱想。那会儿对于恋爱经验不足，也不知道走出失恋的最佳途径就是重新恋爱，只知道到处走走才能给自己一点存在感，才能从内心深处知道自己并不是死了，而仅仅是失恋了。

我那漫无目的的脚步从早晨走到夜晚，那黯然失落的眼神从天空看到大地，想寻找点消磨时间的乐趣，无奈于万事万物都带有淡淡的哀伤。

街角一个捡破烂的老婆婆，瘦弱的身躯拖着一只大大的蛇皮袋，一直在垃圾筒里翻找着可以回收的垃圾。看到我手里所剩不多的饮料，问我能不能喝完了把瓶子给她。我没有说话，直接把瓶子塞进了她的蛇皮袋。这时一个乞丐老头走了过来，直接向每一位行人伸手，我也随手掏出了五块钱给了他。那一刻老婆婆一直看着我，我永远也忘不了那个老婆婆的眼神，惊讶、失望，甚至有些愤怒！

街角过于忧伤，我沉溺于忧伤。

市中心的一个地下通道，一位流浪歌手绻缩成一团，无力的手拨弄着一把褪色的吉他，沙哑的声音似乎并不能引起人们太多的注意。

“你喜欢beyond的歌吗？”由于一天没有说话，我的声音几近沙哑。

“喜欢。”流浪歌手看到了我的忧伤，却勉强地露出一丝笑容。

我摸了摸口袋，掏出了最后一张大面值的钞票放进他的吉他包里，“来一首beyond的《喜欢你》。”

面对着孤单的夜晚，忽略那些匆匆的人群，我和这位流浪歌手一起大声地唱，一起去体会忧伤：喜欢你，那双眼动人，笑声更迷人，愿再可，轻抚你，那可爱面容，挽手说梦话，像昨天，你共我……

离开，哼着《喜欢你》的旋律离开，直至晨光熹微，云蒸霞蔚，微微的光亮映着一片原野，原野上一条铁轨通向远方，通向希望的远方。我在铁轨上艰难地散着步，是心灵的沉重与压抑让这一具躯体如死魂一般失落、绝望，而又无所谓。此刻，我的心应该快死了，死得如一团连风都不愿去拂吹的灰烬，难道那唯一的解脱，唯一的永恒通道真的是生命的终结？难道人生真的就像是一个迷宫，为了找到这个迷宫的出口，我们放弃了可以长相厮守的爱情，放弃了追逐一生的理想，放弃了生命存在的价值与尊严？然而，当我们千辛万苦找到这迷宫的出口时，我们不禁又潸然泪下，因为一个迷宫的出口竟是另一个迷宫的入口。

那一刻的心情毫无造作，忧伤到了极点。

我躺在铁轨上，铁轨好凉，风也凉，我的心更凉。天地这张轮回的大嘴露出更多的光亮，可我却看不到一丝丝的希望。一个多月前我决定放弃高考，踏上火车沿着这条铁轨去远方翱翔，终究抵挡不住爱情的呼唤又回来了，回来的礼物却是失恋。然后带着逃亡与悲凉的心境去高考，看来也不会出现什么奇迹。这条通向远方的铁轨究竟是希望还是忧伤，没有一丝明确的迹象。愈想愈伤，愈伤愈乱，愈乱愈欲哭无泪。我无泪地笑了，笑声就和心跳声一样让人害怕，害怕去迎接东方的朝阳。

咦？不远处的铁轨上怎么也躺着个人？难道是死人？过度的惊吓让我的心瞬间比铁轨还凉。不，那是一个活人，还是一个女人，再精确点可能是失意少妇或是失足妇女，但我更希望是一个漂亮妹子。那人还在流泪，泪水和露水一样的晶莹剔透，她的心肯定比我还忧伤，因为她连眼泪都不愿去擦掉。这个人

难道在这哭了一夜？在什么地方哭不行非跑到这儿？难道她想自杀，还是卧轨自杀。连自杀都这么文艺肯定可以排除她是失足妇女。远方传来一阵轰鸣声，是火车要来了，我突然跳了起来，随便抓起一条胳膊就往边上拖，“火车来了，不要想不开呀！”

“你是谁？”那女人倒在铁轨旁，暂时还分不清是漂亮妹子还是失意少妇。

“我就一路过的，我怕你想不开来救你的。”

“我没有要想不开，我就是在这儿……我……”

“哎，不带你这样玩的。”她的忧伤远远地超过了我的忧伤，“你哭了。”

那女孩哭得更起劲了，似乎找到了期盼已久的倾述对象：“我……”

我什么话也没说，紧紧地抱住了她，她也很乐意让我这么抱着，还紧紧地贴上了我的脸颊。当两个人的忧伤汇聚到一块时，突然间我也呜咽了。

从清晨走出，沐浴着晨曦，我俩一起去吃饭，一起去散步，脚步不知在哪儿驻足，形体不知该如何依偎。从日出走到日落，形影不离，一整天就这么过着，彼此没有一句对白。

傍晚时分我俩爬上一座小山，看着城市，看着河流，看着远方，看着夕阳……

“如果幸福能像这日落一样每天都有，那该多好。”我想打破这一天的沉默，可张嘴的第一句话竟是这么的酸。

“是吗？”那女孩望了望天，“日落也不是每天都有的，要是阴天呢……我叫叶子菡，你叫我子菡就行了，我该怎么称呼你呢？”

“我叫邵弘毅。”

自我介绍之后又是沉默，一直沉默到月亮升起，满天星星。

“你是不是有什么伤心事？”首先打破沉默的又是我，因为我觉得我找到了可以说话的陌生人了。

“每个人有每个人的苦衷。”子菡叹了叹气，似乎很想说什么，但又不想告诉别人关于自己的太多，“有些事……”她突然感到一阵恶心。

“你怎么了？没事吧，要不我送你去医院？”

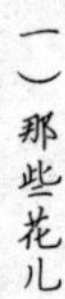

“不用了，我知道我是怎么回事。”子菡说着又流下了眼泪。

“你肯定有很多的伤心事，可以跟我说说，也许我可以替你分忧……”

子菡没有作声，搞得我也不敢作声，好一会儿她才放低了声音：“你明天愿意陪我去医院吗？我怀孕了，我想打掉。”

“哦……好的。”我内心瞬间有千万只兔子在狂蹦乱跳，怎么会这样，怎么会这样。

仍然是沉默，我没敢多问，只是感觉剧情变化得太快，还来不及平静，更谈不上接受。

“你会怎么看我？是不是觉得我不是个好女孩？”这次打破沉默的是子菡。

“也许很多人对这些事根本无法接受，但我并不在意这些事情，即便这些事就发生在我身上，只要那人对我好，她的一切我都不在乎。”不管明天的日落还会不会出现，在这种场景中我只能这么说，就当是对她的安慰吧。

“他知道我怀孕后竟然玩起了消失，我知道他肯定是怕承担责任想一走了之，我本想把这孩子生下来，可只要想到孩子一出生就没有爸爸我就难过，犹豫了好久还是做不了决定……”

天哪，不能看我失恋就好欺负，这难道是想让我喜当爹？“还是打掉吧，明天我陪你去。”

“谢谢你。”子菡又擦了擦眼泪，“你也一定有很多的故事，是吗？”

“我，我就是失恋了。”

其实大多数男人的关心都是善意的、真心的，如果哪个女人以为他们都是带着目的性的，只是假惺惺地想个法子套近乎，那这个女人完全是自作多情。不过在很大程度上女人也喜欢这种不是那么太明显的自作多情。

子菡的房间不大，却很整洁干净，一个小小的家，小小的、一个人的家。很长一段时间我都是这个家的第二个主人，我们一起吃饭，一起看电视，一起回忆着属于我们的过去。

♡♡♡

回忆从四年前开始，那是2001年的夏天。

在一个青石白墙的巷落，一个男孩和一个女孩面对面地站着，像似一张怀旧的照片，线条勾勒的没有那样的清晰，水彩描绘的也没有那样丰富多彩。他们似乎有说不完的话，也似乎有理不清的思绪。男孩是我，邵弘毅，女孩叫程思蒙，那一年，我十六岁。

已经有三个月没见面了。中考后我进入了一所不错的高中，而程思蒙由于发挥失常只能复读初三。我俩不忍就这样分开，但一切又无可奈何。此刻我俩紧紧地拉在一起，四只纯真的眼睛充满了幸福与不舍。

一切似乎很是单纯，可如果我们能凭良心地说，我们不曾为那初恋流过一滴眼泪，不曾被那美丽的回忆屡屡占据过心灵，那也许我们的青春真的是一片单纯，同样也是一片贫瘠。

我们很认真，也很难过，很懵懂，也很依依不舍。分不清天与地的界线，分不清时间的去留，也分不清周围环境的映衬。

离别的那一瞬间我抚摸着程思蒙的额发，“记住，等我十年！十年后我来娶你！”

程思蒙狠狠地点了点头，“嗯，我等你！”

这样的场景，这样的对白，都是那时琼瑶的电视剧造的孽。

终究还是分开了。

来到新的校园，有太多的陌生感，这样的陌生感源于陌生的人。没有了往日的欢声笑语，没有了以往的自由自在，没有了从前的优越感……一切都是那样的郁闷，那样的不安，唯有那份思念的慰藉。还好我的初中同学陆平也在这学校，我可以找他聊聊天。以前他是我和程思蒙的信使，我一直把他当兄弟。进入高中后我们阳光班的老师会扣学生的信，所以程思蒙经常将写给我的信让陆平转递。

晚上我去了陆平的宿舍，还没看到陆平的身影就听见他的声音：“走，快，不然就来不及了！”

“有什么事吗？”我拦住了陆平。

“去网吧，不要乱说，你快回去睡觉，明天还要上课呢。”

“那你明天不上课吗？”我又跟上几步，“我也去，这几天我听不下课，我要去放松放松。”

“那你一定要有个度，不能痴迷，快，去三楼！”

去网吧就去网吧，为什么要去三楼宿舍呢，我很是不解，顾不上多问就跟着陆平一路小跑到三楼的一个宿舍里，小小的宿舍里挤满了人，彼此没有太多的语言，一个眼神的交流足以胜过千言万语。

在地形上本幢宿舍楼紧挨着围墙，围墙外一根电线杆恰好就竖在该宿舍卫生间的窗边，只要抱着电线杆滑下就能到达另外一个世界。由于有前人无数的成功经验，同学们纷纷往卫生间拥，主动排队，很有秩序。第一个滑下去的过了许久才发出久违的暗号：“我靠！”

“怎么了怎么了？”窗口传出一片关切。

“黏糊糊的不知道是什么，衣服上全是的。”

事后得知，那是宿管在电线杆上涂的柏油，真是魔高一尺，道高一丈。

混乱中一个小胖挤到前边：“我今晚要攻沙巴克城，没时间了！”然后他当机立断从床上胡乱拿起一件校服穿上，华丽丽地滑下，只留下那件校服主人的声响在黑夜中回荡：“我的校服，你大爷的！”

“走！翻墙！宿舍大门要锁了！快！”陆平一语点醒无数少年。

逃出了宿舍大门只能算是过了第一道关卡，我校坚固围墙三千米，守城校警十余名，岂能是鼠辈能够逾越的。但，再坚固的城墙也是有漏洞的，再尽职的守卫也是有打盹的：还是前辈们的经验，操场那段围墙比较低矮，从校警发现到跑步前进至围墙边至少有十秒钟的时间，也就是说只要你能够在十秒钟内翻过去，那你就安全了。难度肯定是有的，不然之前那小胖也不至于豁出命抢夺别人的校服了。时间就是生命，统一口令，一、二、三、翻！那阵势，那气势，就像夺命杀手一般，个个身手矫健。

“都给我下来！”校警快步冲了过来，但他们终究不是百米飞人。我们在围墙上看着他们奔跑的身影，有一种无比的快乐。

“呀，我的学生证掉下去了。”关键时刻总有二货出现。

校警捡起了墙角下的学生证得意地离开了。

我们翻过围墙后只顾撒腿往前跑，到了网吧我没看到陆平。一个人第一次来网吧包夜，除了有些不知所措之外，更多的是兴奋。

晚上的网吧比白天还热闹，10块钱包夜还提供一份炒饭，是现在能享受到的么，少年们？我随便找个位置坐下，向周围扫视了片刻：左边一个矬男戴着如啤酒瓶底一般厚的眼镜，专看一些不健康的网站，动作鬼鬼祟祟，一会儿左右看看，一会把窗口最小化，用现在的话说就是一个百分之二百五的失败者。矬男旁边坐着一位长得比较着急的妹子，打扮得比失足妇女还妖艳。那妹子穿着件短裙，一直在展示她那几乎不能再低，而又一高一低的内衣。就像中国似乎很缺少布料一样，而她恰又是节约布料的倡导者。我的边上坐着一位比较清秀的妹子，长长的头发披肩，娇小的嘴唇时而紧闭，时而露出一丝笑意。她的后边则站着一个猥琐男，那猥琐男的左手很不老实地搭在她的肩上，右手握着那妹子拿着鼠标的手，边说边笑，竟然在教她打《传奇》，好妹子都这样被猪给拱了……再远一点，坐着一位女汉子，光着脚盘坐在椅子上，厌恶地用手扇了扇边上吹过来的青云，继续她的“一指弹”，“网管，电脑不动了……”“重启！”多么熟悉的对白。

我无聊地加QQ，发句“你好！”，都会有人回应，如此重复了好久。比起现在的对白“在不”“呵呵”“我要去洗澡了”之类，那会儿聊天还是比较真诚的，谈生活，谈爱好，谈感情，然后留地址，写信，交笔友……朱珠就是我的第一个网友，也是我的第一个并且是唯一一个笔友。这一晚我们聊了好多，谈理想，谈人生，然后互留通信地址。

半夜时分，所有的激情都被疲倦感所驱散，凌晨时分，感觉有几分清冷，一双脚冻得发麻，麻得就好像不是自己的。凌晨四五点钟，一切激情又来了，所有的疲惫瞬间变成一个臭屁，有多远滚多远。六点钟已到，早读课就要开始了，再怎么不愿意也得离开。

六点半班主任就要点名，我根本来不及吃早饭，一个劲儿地往学校跑，可远远地就看见班主任石老师的身影。我想绕开，但石老师早已远远看到了我，没有办法，我只得硬着头皮往前走。

“邵弘毅，一大早的去哪儿了？”

“我出去吃早饭了。”撒谎是不需要思考的。

“食堂的饭菜不好吃吗？”

“嗯，老师我先走了。”我赶紧走开，如犯人蒙赦般得意。

早读课上我困得不行，用手握成拳头撑住下巴，眼睛一会儿眯起来一会儿又睁开。班主任到教室时并没有叫醒我，更没有打扰我，只是让同学提醒我下课去一下他的办公室。

“昨晚很累吧。”石老师面带笑容，手摆了一下，示意让我坐下，“起初很有精神，半夜时十分疲惫，天亮时又有了精神，对吧，现在恐怕你全身冰凉，最多也只有心是热的，对吧，你昨晚去哪儿了？”

“你不是知道了吗？”

“可我要你自己说。”石老师还是面带笑容，只是那种笑容让人紧张。接着他又说：“你从那出来时是不是有点后悔，是不是暗暗发誓以后再也不包夜了，是不是？”

“老师，这是我第一次包夜……”我果然中招了。

“如果我把这事告诉德育处，你想你会怎样！”石老师打断了我的话，“是找你谈话？是训你一顿？是发个火就算了？都不是，是处分，是写检查，是叫家长！我上高中时也和你一样，那时没有网吧，我们经常去打游戏机，可等我到了高三我才后悔高一我浪费了很多时间……今天的事我就不追究了，我也不向德育处报告，你回去好好想想……回去吧。”

“等等！”我刚转身石老师又叫住了我，“我看了你的作文，很不错，我希望你能培养正确的爱好，我个人也喜欢文学，我支持你。”

“谢谢。”我微笑着深深地鞠个躬，因为我觉得我找到了我的梦想。

昨晚的结果是可想而知的，那位丢下学生证的二货今天早上举起写着“我叫XXX，我违反校规翻墙去网吧”的牌子一间间教室巡回示众。

和那二货一起举牌子的还有陆平。我能说陆平有多糗吗？操场边的围墙外是一片菜地，一起翻墙，一起跳下，偏偏他的落脚点是粪坑。带着大粪去网吧肯定不合适，只能从校门回学校束手就擒。我很庆幸班主任没有把我给供出去。

（二）花样年华

程思蒙在另一所中学复读初三，整个班级都是陌生的面孔，唯有孤独与失落相陪伴，看得出她应该很想我。程思蒙的同桌是一个叫王姗姗的女孩，她俩很玩得来。坐在她俩后排的是两个男生，一个叫常江，一个叫赵州桥。常江和赵州桥面对眼前这两位很是漂亮的女孩内心开始蠢蠢欲动，两人经过无数次地讨论与分析之后做了决定：常江追程思蒙，赵州桥追王姗姗，谁先到手对方请吃一个月的早餐。一段时间之后这种单纯的打赌行为又狠狠地演化成了他俩之间互帮互助的行为。

为了相互促成对方的好事，常江和赵州桥可谓是挖空心思：常江在程思蒙面前说赵州桥对王姗姗有意思，要她从中帮帮忙；而赵州桥也用同样的计策在王姗姗面前说常江对程思蒙有意思，要她也从中帮帮忙。一切都得到相互的赞成和支持。

赵州桥上课经常写小纸条给王姗姗，让常江帮他转交，而常江再把纸条交给程思蒙转交。本来两点一线的事，非要绕一个四边形，如此费尽心思只为增加与心仪的人接触的频率。

两周之后赵州桥觉得表白的时机比较成熟，便写了张纸条给王姗姗：“不要大惊小怪，我想邀你做我的朋友，你如果答应就回个话，要是不答应就把字条丢进垃圾筒。”

没几分钟王姗姗就回了张纸条过去。赵州桥难掩内心的欣喜，可脸上的表情却很是平静，似乎一切本来就是手到擒来的事。接着他一脸不屑地打开纸条，表情却在瞬间变得相当难看。

纸条上王姗姗说：“对不起，垃圾筒被值日生拿走了，我没找到，嘻……”

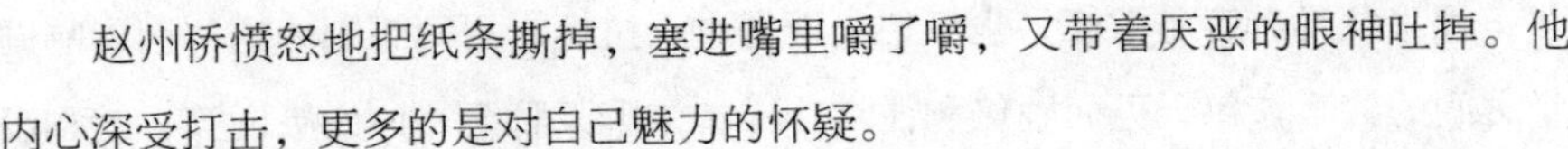

赵州桥愤怒地把纸条撕掉，塞进嘴里嚼了嚼，又带着厌恶的眼神吐掉。他内心深受打击，更多的是对自己魅力的怀疑。

赵州桥还在郁闷之中，王姗姗却走近了他，“和你开玩笑的，我愿意做你的朋友。”

“Really?”

王姗姗使劲地点了点头。

赵州桥原本板着的脸瞬间绽放出笑容，不知是幸福来得太快，还是得手得太过于容易。

渐渐地小条纸变成了情书，三言两语变成了洋洋洒洒几百字，直白的对话变成了甜言蜜语，教室里的一个眼神变成了约会的暗号。

当然原本计划好的另一对还没有组合的迹象，于是王姗姗每次约会都会要求程思蒙陪着，而赵州桥也会让常江陪着。当约会中的男女主角需要回避的时候，那两个电灯泡也恰巧是一种回避。

可是故事的另一条主线发展得却不太顺利：常江追程思蒙就像鸡蛋想把石头碰碎一样难。这种事赵州桥看在眼里急在心里，王姗姗自然也看在眼里急在心里。接下来的日子里王姗姗和赵州桥约会的频率就和上课一样高，两人需要回避的次数竟远远地超过了约会的次数。可如此地花费心思也并没有给常江带来太大的功效，常江决定亲自出马。那天课堂上常江和往常一样递个纸条过去，程思蒙刚要把纸条转给王姗姗，常江喊住了：“是我给你的。”

程思蒙打开意外的纸条，纸条上写着“我喜欢你”。程思蒙一阵慌乱，连忙撕毁纸条，脸颊瞬即变烫变红，表情很是紧张，内心更很害怕。她想找王姗姗商量，王姗姗自然劝她接受：“这不是很好嘛，现在我和赵州桥是一对，你要是再和常江成一对那不是更好吗！”

“可是你是知道的，我有男朋友的，弘毅在等着我，我不能对不起他……”

“这你就不懂了，女孩需要的是无微不至的关心与照顾，邵弘毅指不定现在身边有好多女孩子围着转呢，而且他又不在你身边，不能够给你温暖，你看我现在多幸福……”

程思蒙没有答应常江，也不想表现得过于抗拒，更不想因为这些而影响同学之间的关系。每天见面她仍和往常一样，该聊天聊天，该说笑说笑，就和没有发生这件事一样。常江一时很难得手，心急如焚，便改变战术，决定软磨硬泡。就和狗屎泡鲜花一像，整天死缠烂打，直到鲜花不再馨香为止。

程思蒙的事很快传到了我的耳边，陆平知道后也很义愤填膺，我俩决定去一趟程思蒙的学校一探究竟。

那是个天气晴朗的日子，在明媚的阳光下，我看着程思蒙，程思蒙看着我，我们手牵着手，肩并着肩，让路过的每一个学生羡慕嫉妒。我此行的目的就是要用行动击毁一切流言，也让一些不知好歹之徒知道自己所做的一切都将是徒劳无功。

那一刻赵州桥也特意“路过”这里，从头到脚把我打量一番，一切是那样的无可言表，又是那样的像模像样。

那一刻在另一个阴森的巷角，常江背靠着墙，一脸的紧张神色，又一副故作镇定的样子。他想大叫求援，试了又试没敢发出声音；他想翻墙逃走，却又无能为力。一阵拳脚过后，陆平用嘴角吹了吹自己三七开的头发，“下次给我小心点，再敢纠缠程思蒙我弄死你！滚！”

打不过别人不代表不可以耍酷，常江还是装着一副镇定的样子，“你给我等着！”他甩下一句要面子的狠话之后，又用力甩了甩他的中分头发，不幸的是有几滴血甩在了墙上。

♡♡♡

对于刚进入一种新环境的人来说，需要一定的适应期。这就和交朋友一样，在还没有大致地了解对方之前，一切都可能会陷入僵局，甚至也会让一切陷入崩溃，唯一不同的是这个时间的长与短。半学期过去，我总算知道了高中生活与初中的不同，但我知道得未免也太多了：也许是受80后文学的影响，也许是高中的生活真的让我疲倦，也许是我的骨子里本身就很叛逆，也许是到了

叛逆的年龄……总之我厌倦了学习，我想寻找一条成功的捷径，想做一些自己喜欢做的事情。

如果一个人所努力去做的恰是自己所厌倦的，那他的人生只能是绝望。但事实上又有多少人所做的是他们最愿意去做的呢？幸好我们还有属于自己的爱好，属于自己的那份心灵寄托，属于自己的那份幻想天地。也许这份寄托、幻想一生都无法实现，可我们并不伤感，也并不失望，就那样一直等待着，等待也是一种不可缺少的动力。我不想让自己绝望，在那时的我看来，向人生的辉煌进发的过程就是一场登山：在山脚下，如果有缆车就要毫不犹豫地上去；如果没有，我绝不走人人都走的石阶，那藤绳才是我的通道，即便一次失足就可能粉身碎骨——其实就是犯贱的高傲。写作，成了那时的我唯一的满足，我讨厌上学，想学韩寒，我想走不一样的路，虽然孤独、艰辛，虽然不是成功的捷径，却是另一条不同寻常的通道。为了了解一下自己到底有多大的文学潜力，我写了首诗让班主任石老师帮忙指点指点，毕竟他是我的语文老师，也是第一个认可我文字的人。

表　情

（上）

无风、无光、无影
满街的雨钉
我的脚踩断
黑暗的周围孤单

分不清的雨水汗滴
牵扯起未干的泪痕
一滴一滴
与我的歌声相失眠

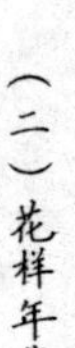

朦胧的雨雾背影
让我遐想
那五千年前的女神
轻抚着季节
从黎明到黄昏

（下）

有你、有我、有声
满脑的觊觎
我的心幻想
湿透的世界邂逅

看不清的舞步丝影
踩乱了逝去的足迹
一步一步
与我的梦境相深思

失落的疏衣酥体
陪我期待
那一百年后的爱人
柔吻着时间
从落秋到苏春

石老师看后许久不出声，一会儿紧锁眉头，一会儿抚摸胡须。我盯着石老师的眼睛，他的眼睛盯着手中的诗，安静得让我羞愧。“老师，是不是很垃圾……”

“什么？垃圾？”石老师猛然起身，“我要把你这首诗推荐出去，非常

好，意境非常美，小样，有两下子。”

不久校刊上就出现了我的《表情》，同学们都投来了异样的眼光，我很得意，认为自己离文学梦近了。话说自89年海子卧轨自杀，90年代校园诗人汪国真突然销声匿迹之后，中国诗歌的黄金时代就一去不复返了，之后的中国文学仿佛就没有了诗歌。八九十年代那种在枫叶上写情诗的浪漫只能成为回忆。转行，要想成功必须得转行，这是很多名家必经之路。我，邵弘毅也得转行，我决定写长篇小说，要从诗人变成作家，要成为像韩寒一样的少年奇才。

如果说科学家、文学家之类的名家为了工作可以废寝忘食，那并不值得称颂，也不算是难事，毕竟他们所做的是他们自己极愿意去做的事情。这很容易理解：想象一下一个痴迷上网的人如何在网吧奋战几十个小时，一场麻将如何能打上一天一夜而不终结。我也在废寝忘食，为了写小说，我晚上都要在床上构思到深夜，白天也不分课前课后地写。同学们都认为我疯了，但我很开心，毕竟这是我极愿意去做的事情。

♡♡

最近学校成立了文学社。社长同学在校刊上看到了我的《表情》就郑重地向我发了聘书，邀请我担任文学社副社长。不过这一邀请被我拒绝了，我的清高来自于我的高傲。我是一个纯粹的自由人，不愿加入任何文学组织。

最近校刊又出现了一首比较轰动的诗：

服　妻

泪水点点滴滴洒落在我心头，

我不懂你为何如此“温柔”，

对我你不必这样迁就。

你可以直接指着我的鼻子，

尽情地大声怒吼：

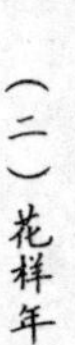

“给我拖地！”

我驯服得像只哈巴狗。

这首诗轰动后，其作者黄家如也跟着轰动，不久文学社副社长就是他了。得知这个消息后我有种莫名的酸酸的味道。但一切对当时我的来说并不重要，因为我的第一部长篇小说已经完稿，真正的成功似乎就在眼前。

冬天已经到来，万物失去了盎然，唯有心是火热一片。在这样的季节里我收到了笔友朱珠的来信。在以往的通信中我们交流爱情，交流文学，在今天的来信中，她建议我把小说寄到出版社。

在朱珠的建议下我的小说终于寄出了，我觉得我就要等到出版社的出版通知了，一种成功前的释然，一种前所未有的快感。

元旦快到了，按惯例全校各个班级、团体都要举行元旦联欢会，刚成立不久的文学社也忙乎了起来。

晚会的当天，我接到文学社的通知，邀我放学后到行政楼前集合，以文学爱好者的身份参加文学社的元旦晚会。对此我并没有感到吃惊，更多的是理所当然。

放学后我自认为很给面子地去了集合地点，“请问你们是参加文学社晚会的吗？”

“你叫什么名字？”一个男同学上前问我。

对这种直问大名的方式我感到很是不自在，瞬间面子全无，“我？”

“他叫邵弘毅？”旁边一位女同学走到我面前。

对于别人能直接说出我的名字我感到很是惊讶，但随即那种惊讶又变成了一种得意：看来我的名气还不小。

那男同学也是一脸惊讶，“你们认识？”

“他胸前的学生证不是写着吗，你自己也不看看。”那女同学笑得就和小时候吃糖豆一样甜。

经过一番介绍得知该男同学就是写《服妻》的作者黄家如。

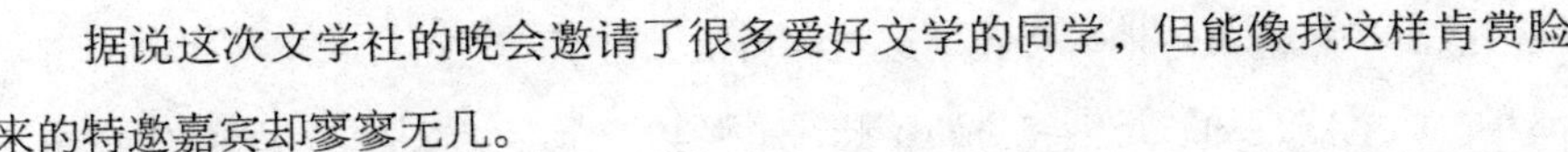

据说这次文学社的晚会邀请了很多爱好文学的同学，但能像我这样肯赏脸来的特邀嘉宾却寥寥无几。

集合地点到举办晚会的教室有一段距离。一路上我想和文学社的同学插上几句话以体现自己的随和，更多的是想掩饰我的拘束与尴尬。可文学社的家伙不知是外国人还是外星人，所谈的话题我一句也听不懂，更别说插话了。

突然间黄家如不知从哪儿冒出来拦住了大家的去路，“各位各位，今晚有校领导要参加我们文学社的晚会，所以我们的节目一定要丰富？怎么还少人？”

“好多同学都去参加本班晚会了，不愿来这儿。”

“这些同学，要不来就早说，临时改变主意就是个标准的混蛋……现在再改变节目也不可能了，能演几个节目就演几个吧。”作为文学社的领导，黄家如就是不一样，自己提出了问题又自己回答了，有点设问句的味道。不仅如此，所说的话文学味都很浓，那番话中单“标准”二字的含义要想弄个明白，起码得写上几页纸。

路途短暂而又漫长，终于到了目的地，几位校领导已经在楼下等待了。与此相对应的是同学们都“谦让”着不肯走在最前边。最后大家用眼神快速商议决定，大家排成一排，并排上前。待大家排成一排时，彼此又不约而同地向后退几步。我反应慢了，没来得及后退，意外地成了领队，去迎接领导早已伸出的双手：“你们文学社办得不错，再接再厉。”

大家都在为晚会忙碌着，我也不知自己能帮上什么忙，就木讷地站在一边看黄家如弹电子琴。黄家如翻弄着一本音乐书，这本书已破旧不堪，想必他一定是在天天练习。伴随着断断续续的琴声，我听不出是什么曲调，不禁皱了皱眉头。黄家如似乎察觉到旁边有人看着他，就直盯着我看，我立即露出对这琴声很满意的笑容。

接着是装扮教室，灯光自然不能少。在课桌上放上椅子，椅子上再加个椅子，最上面再站个人。站上去的这位同学拆下电棒用彩纸卷上，试了又试却一直装不上去。不管怎样也不能把装不上归结于自己的技术差吧，为了给自己挽回点面子，他不停地唠叨：“这电棒质量太差了。”这让我想起我们的童年都喜欢拆电器，却总是拆完拼装不起来。旁边一个穿红衣服的男同学实在看不下去了，“我来装吧。”至少已过了十分钟，那红衣同学终于把电棒装上了，“是卡口问题。”只可惜依然不亮。同样为了给自己一个台阶他也说：“这电棒坏了。”最后黄家如压轴登场，结果电棒在他手里亮了。那红衣同学不禁脸红得就和他的衣服一样的红，“怪事，我都弄不亮，你一弄就亮。”这说话的语气就和领导一样，可他在文学社里只是个社员而已。

折腾了好久晚会终于开始了，第一个节目是领导讲话。领导讲完话之后就离开了教室。领导等了这么久，终于等到了可以讲话的那一刻，讲完话之后，剩余的一切都不是自己所感兴趣的。

教室里坐满了人，座位紧张，我很是拘束地夹在人群中间想换个坐姿都不可能，唯一的方式是把重心在左右屁股间轮换。如此轮换了N多次重心，我实在坐得难受，向四周张望了许久终于找到个可以站起来扭扭腰的机会：我拿起身旁桌上的热水瓶给同学们倒水，只有这样大家才能主动地给我让出空间。可我刚拿起热水瓶，水瓶就出了问题（放心，不是爆炸），瓶口的水往杯中流，瓶底的水往我的裤子上流。看着自己冒着热气的腿，我放下水瓶挤出教室。

突然响起的一阵琴声通过那破旧的音响已走了很大的调，但还是陶醉了许多人，我赶紧到窗边踮起了脚。弹琴的是黄家如，弹得相当不错，想起之前我对他的鄙视真是自惭形秽。瞬间我的脸开始发热，开始发红，就和在寒夜中冻伤了一样。

我在教室外徘徊，带着我的无聊与不快，找不到可以融入的地方，孤单的夜晚。一位女同学看出了我的窘样，走了过来，“嗨，同学，怎么一个人在外边？”

“里边有点热，我出来透透气。”

她一直看着我，我偷偷地抬头发现她还在看着我，我的脸竟然又一次地红了。没记清她的模样，只记得她的笑容很甜很美。

“同学，你头有上彩纸。”

我自作多情了，尴尬得真想找个地洞钻进去。我下意识地挠了挠头发，也没挠下什么东西。

“我帮你，都缠在头发里了。”那女同学靠近了我，在我的头上拨弄着，还好我昨天刚洗过头，不然我的油头又要让我丢脸了。

在外边待了一会儿感觉有点冷，我又回到了教室，看着一张张陌生的面孔，我很不好意思地坐在两个女孩中间。没办法，这是唯一的空位。我很敏感地端正身体，生怕与她们有任何的亲密接触。正处在进退两难之时，左边的女孩很热情地递给我一个苹果，“不好坐吧。”说完她向左挪出了至少两分米的空位，我赶紧领了这两分米的情，“谢谢，谢谢。”而右边的那个女孩却不停地叽咕：“挤死了！”

今晚我总是处于尴尬的境地，此时又尴尬地坐在那儿一动不动。不动的是身体，并不代表眼神，我向右边的女孩瞥了几眼：那女孩一身上下几乎全黑，还真以为自己穿了黑衣服就是黑帮呢；与黑衣相辉映的是黄色的爆炸头，如果谁与她拥抱一下，对方毁容是在所难免的；圆圆的小眼睛粘着长长的睫毛，圆圆的脸蛋上撕开一张樱桃小嘴，那小嘴叽叽喳喳快速地张合，逗得嘴边的两个粉刺不停地跳动；整个肢体语言谈不上翩翩起舞，更多是手舞足蹈；再往下看黑色的衣服又套上一对白色的护袖，也许这是一种复古的潮流，符合了一群人的审美，也触动了另一群人的神经。就像如今的一些所谓的文化人，一边在享受那份都市生活的同时，一边还想着让农村保持现状，继续使用落后的生产工具，继续贫困，以符合他们的审美需求和内心怀旧。如此的乐此不疲，还真引发了一大批人所谓的文化感慨。

而我的左边恰恰相反，一身白色的羽绒服，长长的头发兜在鹅毛般的衣帽里，不时浮现的笑容正微微地泛红。呀！这不是先前给我拿头上彩纸的同学么，怎么刚认识又忘了。我的心里一阵紧张，“这么巧。”

“巧吗？”

“不巧，不巧。”平时我不是这样子的，今晚怎么什么事都那么糗。

接着黄家如也过来了，那黑衣女孩忙招呼他坐在她和我之间，难怪这黑

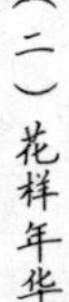

衣女孩一直嫌挤。黄家如对我微笑着点了点头，这种微笑至少有两重含义：第一，你小子真有艳福，才几分钟就搭上了美女；第二，你看我混得多厉害，到哪儿都有美女陪。

晚会在继续，我不太敢看身旁的美女，也很难融入大家的氛围，只能无聊地环顾会场。对面坐着的是几个有胖有瘦的家伙，也许他们认为胖子和瘦子坐在一起可以节约凳子：两张凳子至少可以坐三个人，两个凳子之间留有一段空隙，胖子坐中间，瘦子挂两边。电视放在黑板下方，旁边放着功放、VCD，算是调音台。调音台的边上坐着几个既不像主持人又不像调音师的同学，他们手里拿着话筒，在别人唱歌时总喜欢哼上几句，其行为就是今天的麦霸。旁边的几个人坐在堆满水果零食的桌前，他们跷着腿，边吃还边叽咕着“不好吃”的声音通过旁边的话筒，让每个人都听得清清楚楚。门前几个人围着满是唱片的桌子站着，其中一个人拿着一张唱片足足看了一分钟就是不放手，其意在等旁边的人开口问他：“是不是想唱一首？那就来一首吧。”可就是没人问他。

此刻的节目是一个男同学在唱刘德华的《孤星泪》，黄家如忙告诉旁边的黑衣女孩：“这歌也叫《铭心刻骨》。”

“是叫《刻骨铭心》吧。”黑衣女孩忙纠正道。

“对，相传刻骨铭心这四个字源于春秋，不，是战国，好像……好像……”

正好一阵高频率的声音给了黄家如一个下台的机会。可黑衣女孩又问：“这声音是怎么回事？”

黄家如又迫不及待地回答：“这是话筒靠近了音箱导致的，这要到大学学电子专业才知道其原理。”说完他就等着黑衣女孩夸他一句：“大学的知识你都知道，真了不起。”

接下来主持人的一阵狂喊阻止了黄家如的“满瓶不响，半瓶咣当”。原来黄家如还有个节目是要与黑衣女孩情歌对唱。他俩嘴里唱着“你想我不够爱你”，眼里还互相看着，似乎彼此都很爱对方，而且爱得难舍难分，“没那么全心投入，所以会一败涂地”，也没看出他们有什么一败涂地的迹象啊，对于黄家如这样的情场高手哪里有失败可言。

文学社的节目安排就是有科学水平：高低相间，让大家从孤魂野鬼和群狼共吼的感觉中来回往返，不断升华再凝华。接下来的是小合唱，小合唱是由那边胖瘦相间的几个人组成，他们的合唱很干脆，无需伴奏，更无需话筒。小合唱是由一个胖子开头，他刚张嘴我终于明白了他们无需话筒的理由：浑厚的美声给人的感觉足以让隔壁的同学跑出教室大喊“地震啦”。这几个胖子唱美声是理所当然，毕竟肺活量大嘛，至于那个小瘦子还真让人担心他即便有话筒，声音也未必有胖子的大。但事实往往与想象相违背，那瘦子张大嘴巴好一会儿也不发声，嘴巴里黑乎乎的，如果此时谁用手电筒向他嘴里照一下，多半人会以为他是吊死鬼。那张大的嘴运足了气，突然发出强于先前一切声响的高分贝声音，使得在座的许多人都条件反射地用双手捂起耳朵，站起身来伸长脖子踮起脚，这便验证了噪音有助于生物生长的实验。还好终于轮到另一个人唱了，要不大家非在疯长中伸断脖子不可。小合唱刚结束，那几个人还没来得及说声谢谢已连上了一首劲歌，还是黄家如的。只见他在疯狂的尖叫声中脱下外套，边唱边跳，到最后他那呼呼的喘气声就和狗跑了三千米一样，通过话筒呼呼作响，叫人有冲上去做人工呼吸的冲动。

晚会的最后是所有人一起上去跳舞，那黑衣女孩兴奋地狂吼：“把灯关了！”在这种骚动的情况下灯其实是绝对不能关的，因而六根电棒代替了闪光灯，在轮流开关之后还有三根可以照常工作。在灯光的闪烁下，黑衣女孩疯狂地甩着头，围着黄家如左跳右转，这便是物理学与现代时尚最完美的结合：女孩以男孩为中心做圆周运动，从不离心。

地面随着音乐颤抖，我的脚随着地面颤抖。

晚会在群舞中达到高潮，最终以音响坏了告一段落。在前往校门的路上，我依旧落单独自走在后边，并且刻意与前边的人保持一定的距离。因为在我前边的是黄家如和黑衣女孩，他俩的情话悦耳动听，飘荡在空气中，沉淀着彩虹似的梦，想听不见都难，只怪夜太静。他俩聊了一会儿后开始了沉默，在彼此沉默了足足两分钟后，黄家如向后边招招手，以打破这种宁静中的尴尬：“后边的人快点。”对此我不禁大为佩服：文学社的人就是不一样，连浪漫的氛围都要与人分享。

黄家如还真没白喊，后面果真跟上一个人，是先前给我取头上彩纸的美女同学。美女同学跟了上来，也不好打扰黄家如的浪漫，就很自然地和我走到了一起，“你好，今晚玩得怎么样？”

“挺开心的。”我违心地回答。

接着我俩也是沉默。我想仔细看一眼她的模样，可又不好意思，一会儿低头一会儿抬头，可就是不敢转头。

“我叫叶子芷，我还没请教你的尊姓大名呢。”美女同学打破了这短暂的宁静。

“哦，我叫邵弘毅，很高兴认识你。”我借说话的机会偷偷地看了她几眼，昏暗的路灯下只有三个字的感觉：有气质。

“原来你是那首诗《表情》的作者。”叶子芷好像重新认识了我一样，一直看着我，“你的诗写得真好，我在校刊上看到这首诗后立马就抄了下来。”

“过奖了，其实我主要是写小说的。”

“真的？你好厉害呀，写的是什么类型的呀？”叶子芷很是惊讶地看着我。

“这个，等出版了我会送你一本的。”我们并没有继续展开这个话题，更多的是因为我太过于沉默。

回去的路依旧短暂而又漫长。

校门口黄家如与黑衣女孩难舍难分。她看着他，笑着；他看着她，醉着。她又看了看天空，“今晚的月色真美。”

他看了看根本没有月的天空，又看着她的唇，“你别勾引我犯罪。”

她扭了扭腰算是撒娇，“明天放假，去我家吧。”

“不了，你爸妈会怀疑的。”他虽这么说了，但心里一定非常乐意。

“没事的，他们明天不在家。”她的这番话算是给他一颗定心丸。

“那好吧。”他很得意。

没等我再多听几句，叶子芷向我挥了挥手，“邵弘毅，很高兴认识你，早

点回家，拜拜。”

“我也是……再见。”

♡♡♡♡♡♡♡♡♡♡♡♡♡♡♡♡♡♡♡♡♡♡♡♡♡♡♡♡♡♡♡♡♡♡♡♡♡♡

走出学校已是晚上十点多，此刻我又冷又饿，一心只想快点回家。家是温暖的港湾，家也是快乐的分享站。想起已经寄出去一个月的小说，我的等待与日俱增，焦急，渴望，惶恐……唯有家的存在，那才是我坚强的后盾。

今天晚上和一群陌生的人在一起，一群形形色色的人，这也是生活，一个缩小版的生活。如果我们就此满足现有的生活和现有的视野，就此开始做井底之蛙，那我们的生活甚至缩小到还没有文学社那么大。然而我们所经历的形形色色也仅为我们有限的视野所看到的那样，以至于我们一直在悲观，一直在渴望改变，一直想突破现有的规则。尽管这个世界山外有山，尽管这个世界善远大于恶。

家，没有寒冷，也没有饥饿，能舒舒服服地睡上一觉。

就在昨晚我还认为家是温暖的，可今天的感觉分明是一种痛苦，一种自己给自己设置的，而且又很难摆脱的痛苦。面对我那一落千丈的成绩，我真想对家人说一万个对不起。

儿子回家，老妈特意准备了一桌丰盛的饭菜。饭桌上老妈把好吃的都往我碗里夹，可我真的吃不下，整个饭桌上没有多少话语，更谈不上欢声笑语。

“怎么了？”老妈打破了沉默，“在学校被老师批评了？”

“我不想读书了……”

这种回答还真让爸妈吓了一跳，“那你准备干什么？”

“写小说。”

“你怎么了？”老爸停住了筷子，“别胡闹，你才有多少阅历，你能写好什么，爸什么奇人奇事没见过，可你只是个凡人，平凡的人……”

“反正我不想读书了……”

老妈没有出声，她走开了，一个人躲在房间里偷偷地落泪。老爸也没有作声，只是一个劲儿地叹气。而我再也忍不住了，我的眼泪啪哒啪哒地往碗里掉，和着米饭，每一粒都那么的咸，那么的苦。

我是清楚的，父母所生活的年代是他们的不幸，他们没有机会上大学，我便成了他们唯一的希望。这样的寄托变成了一种责任，这就注定了我的童年缺少了其他孩子的无忧，我的青春缺少了一些缤纷的颜色。

第二天的清晨，天还没大亮，老爸就喊我起床，让我跟着他挖树洞。也不知干了多长时间，反正太阳老高老高了。我的手起了好多水泡，一个个变大，再一个个磨破，然后是一阵阵地疼。在大冬天，我的衬衣湿透了。可看着老爸头也不抬地继续劳作，我不敢说一声累，更不忍有一点累的表现。

终究还是回到了校园，我不忍、也不甘。

对于等待我有信心，我想只有当我拿着实实在在的成功再去面对父母的时候，他们的脸上肯定是笑容。

坐在教室里我实在听不下课，在一个冬日的早晨我走进学校的小公园，这可是我平生第一次逃课。但我认为这是我的自由，不应该被别人束缚，我期待摆脱所有的束缚，去做自己想做的事情。

冬天的早晨，小公园里异常的安静，异常的凋零。霜死缠着光溜溜的毫无牵挂的枯条败柳，非要以自己的颜色来装扮别人，幸好还有中午的阳光让它们畏惧。长亭小桥在冬日的晨曦下不言不语，没有涟漪的水面，没有迷惑的倒影。

这是我第一次在晨曦中欣赏小公园，也是第一次感觉到深秋过后的隆冬也会如此的美。是的，隆冬也有它的美，愈是困难重重之后愈见其真正的美。我，肯定我的追求；我，坚信我的等待。

绕公园走一圈用了2001步，走第二圈用了2004步，如果再走第三圈那会不会是2005步？这并没有规律，一切都不是定数。当然我并没有走第三圈，因为我觉得没有必要再走第三圈，没有必要。来回走同样的路，看同样的风景，做同样的事总会让人厌倦。天很冷，我又围着操场小跑几圈，只是小跑几圈我

就明显地感觉到了温暖。可事实上我仍没办法改变现状，所有的温暖都是暂时的，一会儿我又感觉到了寒冷。公园、操场，该有的路都走了，该去的角落也都去了，寂寞、失落与期待一直陪伴着。

我把我的近况与想法告诉了我的笔友朱珠，她给了我很大的鼓励，似乎她是唯一一个了解和支持我的人。尽管没有通过电话，尽管也不知道对方长得什么样，但这一切并不显得那么重要。理解、支持，对于写作的共同爱好，这就够了。

♡♡♡♡♡♡♡♡♡♡♡♡♡♡♡♡♡♡♡♡♡♡♡♡♡♡♡♡♡♡♡♡♡♡♡♡♡♡

今年的冬天比往年来得冷，但对于学生来说一切没有什么大不了的。他们不欣赏北极熊的雄壮，不喜欢企鹅的肥大，一个个都当自己是海尔兄弟了，一年四季都穿着单衣。男同学都是“浪子好穿单，冻得把眼翻”，女同学便是“美丽‘冻’人”。

很不幸，如果同学们都是海尔兄弟，那我就是那个克罗德（就是《海尔兄弟》中那个戴帽子的小男孩），他那凡人的身体哪能与寒气对抗。总之一句话，我发高烧了，而且还很严重。在医院里吃药、挂水，仍不见好转，分不清早晨与傍晚，也记不清今天是几号、星期几，整天昏昏沉沉地睡，再昏昏沉沉地出汗。同病房也有个生病的学生，他的爸妈一直陪伴着。而我并没有告诉爸妈，尽管我很渴望这样的照顾。那一晚我用被子蒙着头，用被角偷偷地拭着眼泪。

感觉稍微好些我就出了院，因为我受不了那种孤独、失落。无论如何，就是回到学校，听听同学们说说话，心里也会好过许多。

星期日的下午我在宿舍里睡觉，这可是我第一次在一星期中仅有的半天假日里睡觉。直到快要上晚自习时，我才迈着这些天来一直沉重的步子，连饭都没吃就向教室走去。在楼梯口我被很是焦急的陆平拦住，“程思蒙听说你病了，下午要特意来看你。”

“她现在在哪儿？”

“我没有找到你，就说你可能去网吧了，程思蒙听说你去网吧很生气……你下午到底去哪了？”

“我在宿舍睡觉的，你怎么不去宿舍找我，你怎么可以说我在网……吧？”还没说完我又咳嗽起来。

“我也没想到她听到你去网吧会有那么大的反应，我以为是很正常不过的事情。”

“那是她怕我堕落了。”

“我也没想到你会在宿舍睡觉，你以前从不在星期日下午睡觉的。”陆平摆出一脸的歉疚，“还有件事，程思蒙说晚上想见你一面，她八点会到校门口的……”

晚自习我又逃课了，呆呆地站在校门外，默默地等候。时间伴随着一次次的心跳已咚咚地过了很久，可离八点还有半个小时。对面的大街在我眼里一直是很热闹的夜市，在此刻也随这冬夜变得萧条、冷落。那映黄了半边天的街灯把一切都变得昏黄一片，冷夜中想诉说的心愁也被冰封得严严实实。

八点已过，仍没有捕捉到程思蒙的身影，我的等待如冬夜的严寒。

“邵弘毅！”

突然一个温柔的声音使得我立即转过头。按人的本能，即便是凶狠的声音我也会转过头，更何况这声音是温柔的呢。

我露出了久违的笑容，这笑容却不能掩饰内心的惊讶与失望，“叶子芷！你怎么在这儿？”

“我出来有点事，那天你不是说希望我们还有机会见面吗！”叶子芷把手贴在了脸上，“好冷啊！怎么，等人？”

“是的，不过没来。”

接下来的便是沉默，彼此沉默了好久还是叶子芷打破了沉默：“天好冷呀……”这仅有的一句后又是沉默，沉默了片刻叶子芷又看了看我，“你怎么穿这么少，不冷吗？”

“习惯了。”我嘴上虽然这么说，可在说话的同时声音已冷得开始颤抖。我是在等人，可总不能让叶子芷陪着我等吧。我想说点什么，可刚要开口突然又咳嗽个不停。

“你感冒了？”叶子芷关切地问，同时手已不知不觉地扶住了我，“去医院看看吧，我陪你去……”

“去过了。”

“要不去那边吃点砂锅粉丝吧，吃过了就不冷了。”

“好吧。”我的微笑不及她的一半。

我们面对面坐下，老板娘上来招呼：“来份情侣套餐吧。”这年头连砂锅都有情侣套餐。

“好。”叶子芷替我答应了。

我并没有看着对面的叶子芷，目光呆滞地望着对面的街。那灯火艳丽的精品店里每一样礼物都像是一段浪漫的爱情，在花花世界中演绎着不一样的结局：有的礼品不够代表爱意而被抛弃；有的爱情不配这礼品而被结束；有的被细细珍藏一辈子却再也无法让第二个人看见……我想送件礼物，该送给谁，该送什么？

突然一个熟悉的身影出现，我望了几眼，那分明是程思蒙的身影。我起身过去，可那身影就像是一场海市蜃楼，消失了。

♡♡

新年之前，期末之后……

期末考试的成绩已经出来，惨淡的分数在我的预料之中，但另一件惨淡的事情却出乎我的预料：小说被出版社退回了。

梦境突然破灭，有点来不及准备。如今学习成绩已一落千丈，小说又被退回，在这个新年里我失去了方向，找不到可以用什么来补偿，两眼无痕尽是绝望，究竟哪里才是我存在的地方？存在，是那份勇气，这十几年来我似乎只干了这么一件大事，为了写作我付出得太多太多，有点得不偿失又不太甘心。

我的叔叔也是我们高中的老师，我的成绩他自然很关心。当他得知我的成绩下降是因为写小说的缘故之后，他大为恼火。在叔叔的办公室里他大声训斥："你还想不想读书，你看看你的成绩，你写的那东西也叫小说？就是流水账，连日记都不如……整天脑子里不想学习，尽想这些旁门左道，你想想你花在学习上的时间一共才多少，十分之一都不到，就这样你的成绩能不退步吗……"

自始至终我都没说一句话，可我的脸就和被泪洗过一样，我为自己感到委屈。那一刻我真的有点痛恨我的叔叔，更不愿承认我的小说是流水账，即便真的是一堆垃圾。

那几天我的心情糟糕透了，我不断地读着、背着、写着海子的《秋》："秋天深了，神的家中鹰在集合，神的故乡鹰在言语。秋天深了，王在写诗。在这个世界上秋天深了，得到的尚未得到，该丧失的早已丧失。"是啊，"得到的尚未得到，该丧失的早已丧失。"是呀，"得到的尚未得到，该丧失的早已丧失"，我还能做些什么？

独自走在雨夜的街角，我的碎步，想踏遍整个的世界；冬夜的雨，拍打着寒冷的心情，朦胧着我的足迹，两手空空，何去何从。雨一直下，下得让人心疼，不用撑伞，撑不起落寞的内心。我的足迹遍布整条大街，望断了所有的希冀，却找不到可以躲避的地方。

像诗一样的画卷，在我的梦中不断重现，小桥、流水、人家，那些纯朴的人民，那灰色的青砖，那白白的墙面，那门前的小河，那水边石阶上，那洗衣洗菜的笑声，那船桨阵阵，那挑着小货的小贩……梦醒之后唯有眼神茫然，茫然得像一条死鱼的眼……生与死的区别在哪里，在于幸福的生和永恒的死。死是一个永恒，一个理想的天地；死是逃避现实的最后方法，是无法实现和无法接受的生活出口。上苍真的很公平，因为他给了每个人都有一条退路，当你实在无路可走时，这条路可以让你完全地解脱……死看起来很是简单，可做起来还真有点复杂，也许死不了是因为心里还有一丝，哪怕只有一丝不想死的东

西。是的，一夜过后，地面全白，失落、孤独、绝望，我等死等了一夜。很多年之后回想起这件事我才知道，那会儿我得了抑郁症。

写作让我忽略了与程思蒙的联系，但也让我忘记了好多关于她的流言蜚语。时间就是一面镜子，不去照别人时，总要照一照自己，暂时丢下了写作，去用心想一想我和程思蒙的关系。

这段时间程思蒙与陆平联系不少，但陆平却从没在我面前提过关于程思蒙的任何消息，也许根本与我毫无关系。这段时间程思蒙过得很好，她走出了复读的阴影，也走进了新的群体。此时我好想程思蒙能陪陪我，和我说说话，给我一点安慰，可我总习惯于等待，没等到她的到来，却等来了更多的流言蜚语。流言，足够击穿我那已经很脆弱的心，我没有那么多的心思去考证那些流言与誓言，我只想程思蒙能亲口对我说清楚，我真的受不了再多的打击，真的受不了。

终于我拨通了好久没有拨过，却又很熟悉的号码。

“我是邵弘毅。”我的语气很平淡，平淡得就像一面镜子，丝毫看不出有什么波澜壮阔或是微风袭面。

“听说你近来发生了很多事，心情很糟，好些了吗？”程思蒙很是关切。

“还好吧。”我并没有过多的言语，之前好多想说的话在此刻变成了沉默。

我的沉默反而让程思蒙紧张了起来，“你是不是听到别人说了我什么？”

这算是不打自招吗？我的手在颤抖，难道流言都是真的？“我只问你，那些事是真的还是假的？”

“是有那么一回事，可我并没有背叛你，你应该相信我。”

“我知道了。”我平静地挂掉了电话，平静的是我的表情，但我的内心并不平静。一直想和程思蒙说说话，电话通了却有万种苦涩的滋味涌上来。

没有多少要说的理由，也没有太多的怨恨；没有伤心的泪水，也没有幻想的结果。是放弃是追逐，都不是要过多考虑的问题。时间一天天地过去，我却并没有走出小说被退回的阴影，被退回的不单单是小说，而是那份追求，那份努力后的绝望，那份过于放大的寄托与赌注。同样我也没有走出与程思蒙的心结。

♡♡♡

临放暑假前的最后一天，我的叔叔叫我去他家吃饭，是一定要去。饭桌上只有三个人，我，叔叔，老爸。饭桌上我不敢抬头，也不想抬头。

这一顿饭我们三人达成了各自妥协后的协议：这个暑假我必须整理完我的所有书稿，放弃作家梦，开学后转变思想好好学习。

这个暑假，我必须要搏一把，做最后一搏。

这个暑假我过得真的很累，一方面要用大量的时间来写作，另一方面又不忍心看着爸妈把饭送到我的桌前。我不敢正视他们的眼睛，也不敢正视外边的世界，那个狭小的房间是我的每天。我早晨五点钟就开始动笔，没有午觉一直到晚上十点多。不仅如此，就连睡觉我都不敢快速进入梦乡，必须要在睡前构思好明天要写的内容。

一个暑假，第二部长篇小说终于完稿，我突然感到从未有过的轻松。那时的我已完全沉醉于我的小说情节中：我把自己当成了小说中的主人公，尽管主人公历经种种磨难，已是万分潦倒，但还是有一个深爱他的女孩一直在支持着他。在他最需要安慰的时候，那个女孩一直在他的身边，给出她可以给出的一切……

趁着这份喜悦还在，我又寄出了第二部小说。

新的学期，高二，开始选科重新分班。我、陆平、黄家如都在理化2班。叶子芷在政史班。新学期，程思蒙、王姗姗、常江、赵州桥都进入了我们高中读高一。

新的学期我将重新开始。教室、食堂、宿舍，三点一线；上课、学习、考试，三位一体。与其说是重新开始，还不如说是机械地迁就。浑浑噩噩地又过了一个月，我才突然感觉到自己一无所有，才感觉到自己有太多的东西要挽

回，才感觉到还有许多许多需要重新开始的地方。想到这儿我不禁潸然泪下，我一直所做的是以学业为赌注，而且还输了，彻底地输了。

重新开始后，我的成绩有了起色，可我的生活还是一直冷漠着，我放心不下程思蒙。过去一直被所我冷漠的，恰是我最关心的，我必须去挽回曾经被我所忽视的。我找各种机会想约程思蒙，可她不知为什么总是在敷衍我的邀请。时间被定格到2002年的11月，程思蒙终于肯赴约，约会的时间被她限定在一个小时之内。

在那片刚刚播上麦子的田野，那石径小道通向一片枫叶林，枫叶飘落的季节。我俩走得很不自然，没有手拉着手，也没有肩并着肩，像是最熟悉的陌生人。我想像以往一样牵起程思蒙的手，可她却很敏感地甩开，我有点措手不及，更有点接受不了这突如其来的隔膜，“怎么了？”

“对不起，我答应过别人从此不和任何男孩牵手。”

“也包括我？”

“嗯。”程思蒙回答得没有一点犹豫。

“好吧，我们做个选择题，我们究竟是什么关系？A还是情侣，B只是朋友或同学，C什么都不是。”

“我选D。”程思蒙的声音很轻，但足够让人听见，“我们高中阶段还是好好学习吧……我也不想耽搁你的学习……”

“真的吗？谢谢你。”我深吸了口气，那时的我难过到了极点。

程思蒙不出声，她只是一个劲儿地走路，而且走得还特别快。

“走慢点……难道我们的感情就这样结束了？”

“一小时到了，我要回了！”程思蒙没有回答我的提问，头也不回地离开了。

我没有去追赶，看着她远去的身影，我狠狠地大叫，我真的接受不了这突如其来的变化，一切来得太突然了，突然得连一点暗示和准备都没有。

还记得那最后的选择吗

不是恋人
也不是朋友
——不识者
不是选择
是抉择

还记得那忠贞的誓言吗
不是今生
也不是来世
——是曾经
不是誓言
是谎言

深秋的枫叶缠绵，缠绵得让人滴血，我的歌声哭泣，哭泣得没人愿听；飘落的心，孤零得如团死了的灰烬，连风都不愿去拂吹；请告诉，为何这是一个谎言，为了这个答案，我已向苍天痴望一千夜！

没有心情去拭干我的泪痕，在喧嚣的大街上，我的身影孤单，步履蹒跚。一路走来，发现身后跟着一个人，是叶子芷。我一阵紧张，偷偷地擦干眼泪，强挤出笑容，“你怎么在这儿？”

“我跟着你好长一段路了，看出你有心事就没打扰……”

“有时间吗？我们走走。”

“我们一直在走呀，只是你从没回头。”叶子芷看着我好一会儿，“别擦了，看得出来，不介意的话能让我知道一点吗？”

♡♡♡♡♡♡♡♡♡♡♡♡♡♡♡♡♡♡♡♡♡♡♡♡♡♡♡♡♡♡♡♡♡♡♡♡♡♡♡

程思蒙的课桌靠窗，每天早晨无论她来得多早，她的桌上总会出现一瓶牛

奶和一小袋零食，有时还会有毛绒玩具。这样的情景让王姗姗嫉妒不已，至于送这些东西的人是谁，王姗姗也伤透了脑筋，“是常江还是邵弘毅呢？”

“我也不知道！烦死了！”程思蒙总是回避这样的问题。

“要是我的赵州桥能这样对我，那我什么都答应他，太浪漫了！”

那个秋风的夜晚，秋雨来得稍有点突然，像是心上人的突然出现。晚自习已经结束，但雨并没有停止，大家都在走廊里等着该出现的人。程思蒙没有太多的幻想，冒雨似乎是肯定的事实。可常江却打着伞出现了，他的表情，他的眼神，就好像专为这个雨夜等了好多年。程思蒙看了看身旁的王姗姗，故意装出一副不在乎的样子对常江说：“你来干什么，我说过我需要伞了吗？”

“呀，好浪漫啊！”王姗姗双手合十，“我的桥桥马上也要来了。”

“走吧。”程思蒙走到了伞下，难掩内心的喜悦，“我桌上每天的东西也是你送的吧？”

“嗯。”常江一脸的笑容，一脸的得意。

整整一年了，这算是一种回报吗？

除了学习，我不想关心太多，也不想让自己活得太累。不想太累，就努力地不去了解，不然大家都很难堪。我不去刻意地关心关于程思蒙的任何事，可陆平对她的关心远远超过了以往，以至于我对程思蒙的任何了解都来自于陆平。陆平说要帮我出气，教训常江，我没有同意，之后他与我的联系便少之又少了。

程思蒙与常江走得越来越近，陆平一万个不答应。而常江对于去年陆平打他的事也一直耿耿于怀。终于在一个夜晚，常江和赵州桥带着几个人拦住了陆平。

“你就叫陆平，你小子一直很嚣张吗，我们老大要见你。”赵州桥第一个上阵。

陆平表现得很淡定，他走近赵州桥，“你们老大是谁？”

“我们老大是你问的吗！”赵州桥瞪起眼，把陆平的衣领一拎，“懂不懂规矩！”

陆平没有作声，形势不利，只能忍让。赵州桥见状更是放心大胆了，“你也不怎么样吗，那你平时嚣张什么！”

这时常江现身，“还记得我吗？那时我还以为你有多厉害呢，草包，纯粹是草包……”

“你就是他们老大？”

“不敢当，兄弟们罩着的……”常江还没谦虚完，已黑了一只眼。

陆平吐了口唾沫，“他妈的我正准备找你呢，今天送上门来了！”

“赵州桥，还不上啊！”常江向已经退到角落里的赵州桥挥挥手。

赵州桥用力甩了他的中分头，再次登场，先是扭扭头，又来了个扩胸运动，可手臂刚张开就放了个响屁，搞得常江不知是该笑，还是该为自己黑了的眼喊疼。

不一会儿又来了两个人，五个人将陆平团团围住，陆平躲闪不及，本能地保护好头部蹲在墙角，任凭对方的拳打脚踢。

这时黄家如路过，立即大声吼道：“都干吗呢？给我滚开！”

“你他妈的别多管闲事！”常江倒是一副天不怕地不怕的样子。

黄家如二话没说，快步上前，抓住打得最凶的赵州桥的头发往后拉，用膝盖狠狠地顶了赵州桥的后背……

事情就是这么巧，不知从哪儿冒出了程思蒙，她出现后第一个眼神就投向了常江，“常江，怎么了？”

常江还没来得及看一眼，就感到一个像石头一样的拳头重重地砸在脑门上，他立即用手捂住头。陆平见程思蒙来了，也停下了第二个拳头。程思蒙快步走近常江，拿开他的手。

程思蒙哭了，用手指着陆平，“陆平，你给我听着，我永远也不想看到你！”

“兄弟，走吧。”黄家如拍了拍陆平的肩膀。而陆平就那么一个人在原地站了好久好久。

程思蒙把常江送进了医院，又骗着家人说要买学习资料，把钱都给了常江

付医药费。常江住院的几天，程思蒙每天都来看他，给他买水果零食，更重要的是程思蒙正式答应常江做他的朋友。

♡♡♡

2003年的4月，非典来袭，街上行人寥寥，大家相互见不到面容，唯有口罩。商店里食盐竟成了紧俏货，抢盐大战随处可见。校园里学生全部住校，禁止任何学生外出，违者开除。校门口大门紧闭，相隔十米划着两道黄线，一边是家长，一边是学生，吵吵闹闹，哭声一片。宿舍里电话从未停息，哭声和谣言代替了欢声笑语。教室里天天消毒，消毒液的味道充斥着每一个角落。每天早上的第一件事就是量体温，班主任每天的第一件事就是上报学生情况。

一场没有硝烟的战争，气氛紧张而又压抑。只要发现疑似病人就必须隔离，只要发现体温异常就必须隔离。在这样的气氛里，谁都不允许生病，尤其是感冒。可就是在这个月里，程思蒙病了，总是呕吐，食欲不振。陆平去看望过她，程思蒙没有关心自己，只是对他说：不要再找常江的麻烦。

几天后程思蒙被家人带走了。陆平把程思蒙生病的消息告诉了我，那一刻我和陆平一样着急；那一刻我不管程思蒙把我当作朋友还是陌生人；那一刻，我顾不了她和常江的种种；那一刻我真的非常地担心她，非常想去看看她；那一刻，我宁愿生病的是我；那一刻，我在一个中午翻墙逃了出去；那一刻，我想我可能要被学校开除了；那一刻，我想我可能要被感染了，我死定了；那一刻，我不知道程思蒙在哪儿，我只想找到她；那一刻，我走了好多医院，没有一家肯让我进去；那一刻，我孤独地站在空旷的大街上，泪流满面；那一刻，我的整个世界就要崩溃了……

没有找到程思蒙，我又偷偷地翻进了围墙，我的世界万籁俱寂。

也是这个月的一个晚上，常江带了几个人再次拦住了陆平和黄家如的去路。黄家如想打过去，可陆平按住他的手，“常江，我想你只和我有仇，让黄家如走。”

“这是什么话，兄弟有难，你让我做叛徒！”黄家如怎么也不肯走，“我和他也有仇，我也揍过那浑蛋。”

常江知道黄家如在高二很厉害，也不敢妄动，“黄家如，今天没你的事，你可以走，今天我和陆平解决一点私事……”

“的确是私事！黄家如，你先走。”陆平拿下眼镜递给黄家如，“帮我拿着。”

仅仅是十几秒钟，陆平的眼角流着血，鼻子也流着血，黄家如刚要上，又被陆平拉住了，“你别上，我希望今天我和他能解决个人恩怨……常江，我不是怕你，我真的不想和你打，不为别的，是程思蒙不让我找你麻烦，我听她的……”

尽管陆平刻意地忍让着常江，可事情并没有结束。常江像疯了一样，总是在各种场合找着陆平的麻烦，为此陆平的脸就没好过几天。最后为了躲避常江，陆平干脆经常逃课，整天在校外游走，这使得老师三天两头地叫他写检讨，请家长。

♡♡

高三开学没几天，我收到了我的第二部小说的退稿。编辑的退稿评语是：“该小说具有一定的可读性，内容新颖，笔法独特，但因考虑市场等诸多因素，本社决定不予出版，望谅！”按常理出版社对长篇小说应在六个月之内给予答复，如此拖了一年的确有点奇怪。也许只是缺少一个出版的时机，如果再投另一家出版社，也许还会有希望。但此时的我倒是很平静地接受了退稿的事实，不必苛求太多，不必孤注一掷，不必抱有太多的希望，一切自然而然。也许是我变了，更多的是我长大了，那个叛逆的年纪，十六岁，只有一次。

带着这样坦然的心境，我进入了高三。高三的生活单调而又忙碌，没有太多的故事，平淡之中的点滴装扮着我的高三。

2003年的平安夜，雪花飘飘。

2003年的平安夜，异常安静，唯有翻书写字声。

2003年的平安夜，高一高二的学弟学妹们在学校的礼堂里歌舞升平。舞台上男女主角穿着婚纱礼服，演绎着浪漫的爱情故事。台下尖叫声、口哨声、呐喊声，声声入耳。

2003年平安夜，我看着不知道是谁送的，又不知道该送给谁的苹果发呆。

灯火阑珊
苹果皮削断
漂泊浪荡一万年
无依无诉心烦

歌声失眠整夜
梦中雨丝乱线
云散一生清晨
无恋无语难言

2004年的新年短暂，高考在即，心思沉沉，就像那寒冷的冬水。

冬水无痕
停滞人间涟漪无数
歌声失眠
演绎落日动人楚楚

河畔黑夜
凭栏久伫
倾听远方星光入宿
人无柰，愁思满

都在今夜忘却疲惫

钟声敲响
新年已过
满腹凄然失落依旧
互相望
爱恋难收场

春雨无声
缠绵人间淅沥无痕
舞步凌乱
上映黄昏心思蒙蒙

2004年的春天，程思蒙回到学校，如凤凰涅槃。

没几天就是程思蒙的生日，生日宴会上她请了几乎所有的老同学，但是没有我。生日宴会上大家谈人生、谈理想，如获新生，只有陆平一个人喝了好多闷酒。宴会散去，人去桌空，唯有陆平久坐不离。

“走吧。”程思蒙拍拍陆平的肩膀。

春天的夜晚安静，安静得甚至可以听见相互的心跳声。程思蒙和陆平并肩走着，也并肩沉默着。

“陆平，对不起，我以前不该对你说那些难听的话……”

没等程思蒙说完，陆平突然拉着她的手，把她抵在一个小巷的墙角，使劲地强吻。

程思蒙被这突如其来的举动吓呆了，使劲地挪开陆平的嘴，“你怎么了，别这样！”

“对不起，对不起，我……”陆平没说下去，只递给了程思蒙一封信就转身走了。

蒙：

请允许我这么称呼你一次。

这封信我犹豫了好久，请允许我自私一回，有些话我实在憋得难受。

其实从初中你和邵弘毅谈时，我就喜欢上了你，可那时一边是兄弟，一边是你，我只好把这份感情放在心里。可不知什么时候又出现了常江，我真的很恼火。直到你和邵弘毅分手后，我以为我有了机会。

也不知你生了什么病在家大半年，你知道我有多么想你吗？你走后常江三番五次来找我，为了不让你伤心，我一次都没有还手。这些事从来都没有让我难过，可见不到你我真的好难过。还好你又回来了，我实在很难控制那份感情，所以我才写了这封信。

我向来不会说话，只能写这么多了。

再见！

爱你的：平

程思蒙没有回信，不过她流泪了。

常江得知程思蒙回校后，经常来看她。程思蒙很高兴，并没有在意他曾经带给她的痛苦。

♡♡♡♡♡♡♡♡♡♡♡♡♡♡♡♡♡♡♡♡♡♡♡♡♡♡♡♡♡♡♡♡♡♡♡♡♡♡

2004年的6月，一切都很平淡，平淡得如晴天的白云，让人爱恋、迷醉，又让人感伤、迷茫。

2004年的6月，我走进高考考场。

2004年6月的一个早晨，程思蒙去看望常江父母，一切早在心里思量了许久。轻快的心情，轻盈的步伐，轻柔微风，忍不住去亲抚，满脸笑容，满脸可爱。

程思蒙的到来让常江妈妈很是开心，又是买衣服，又是送礼物。程思蒙感动得开始一口口地叫妈。常江的爸爸没有说话，但从眼神中可以看出他对常江很有意见。常江回避了老爸的眼神，一句句地向老妈说着程思蒙的好。常妈妈显然对这个准“儿媳”很是满意，“蒙啊，我们家小江经常提到你，今天见到你感觉你比小江说的还要好……”

“高中生应以学习为重，考大学才是最重要的！”常父显然有很大的意见。

“你怎么说话呢，伤不伤人啊！”常母狠狠地瞪了他一眼。

常父似乎感觉到了什么，立即拿起报纸头也不抬地看了起来。

饭桌上常母把菜一次次地往程思蒙的碗里夹，程思蒙推却不了，又不好拒绝，就又把菜夹给了常江。只有常父在一旁一声不吭。

饭后常父把常江拉到房间，似乎有好多要紧的事要说。程思蒙来到常江的房间，静静地坐着。常江的房间真的好乱，似乎从他住进的那一刻起就没人打扫过。常母见状后忙说：“这孩子，一天给他整理一百次都没用。”

“还是我来吧，您先忙……”程思蒙带着微笑忙得很是开心。

整理完了桌椅，又开始整理床铺，说不好听的，这床铺乱得还真不如猪窝。没有叠的被子堆在一角，枕头放在床的另一角上，几本散乱的书在床的对角线上排开，还有几盒卡带把床单撑得老高。程思蒙摇了摇头，唱着甜甜的歌，一副认真而又情愿的样子让每一个男人看了都心动。

叠好了被子，又整理好了书，程思蒙感到莫名的轻松。一切就绪，程思蒙又躺在床上，望着天花板，想着曾经每一天的快快乐乐，再随手翻开本书，一大沓信从书中滑落。程思蒙随手打开一封，是常江还没有送出的情书。程思蒙读着那一句句可以让天昏、让地暗的情话，心里有说不出的高兴，她想这一定是常江还没有来得及给她的情书。一阵甜蜜之后她又打开一封，这封是一个女孩写给常江的。程思蒙表现得很平静，她想常江这么帅，有女孩追求也是在所难免的事。可再多看几封，一切并不是自己想得那么简单……该明白的终于明白了，程思蒙只感到眼前一片漆黑。一切似乎早该如此，而又无能为力。

一阵脚步声传来，程思蒙假装睡着。进来的是常江，常江以为程思蒙睡着了，就轻手轻脚地拿了几本书，然后离开了房间。

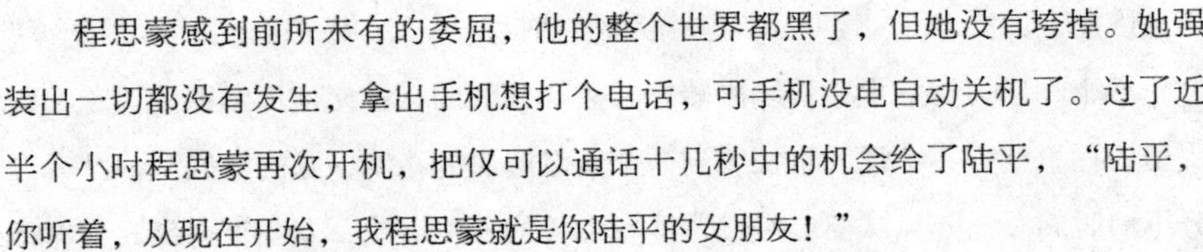

程思蒙感到前所未有的委屈，他的整个世界都黑了，但她没有垮掉。她强装出一切都没有发生，拿出手机想打个电话，可手机没电自动关机了。过了近半个小时程思蒙再次开机，把仅可以通话十几秒中的机会给了陆平，“陆平，你听着，从现在开始，我程思蒙就是你陆平的女朋友！”

那个暑假，我落榜了，复读是唯一的选择！

那个暑假，陆平被一所大专录取。

那个暑假里，陆平也把他所有的时间都花在了程思蒙的身上。那个暑假，程思蒙和陆平过得很开心很开心。

暑假里程思蒙在学校补课，陆平也从来不离开校园，认识他的人见到他都以为他还要来个高四。那一晚，陆平和平时一样等着程思蒙吃饭，在一个快餐店。那一晚，常江扰乱了他们的晚餐。

“你来干什么？”陆平一手指着常江，一手按着拳头。

常江理都不理陆平，径直走近程思蒙，用很流氓的方式拉住程思蒙，“我找你好几天了，你故意躲着我，你今天给我说清楚，你为什么和我分手，为什么和他走到了一起？你说，你说！”

“放手啊！”程思蒙的大叫惊呆了所有的食客，“你还好意思问我为什么？你心里没有数啊，放手！”

“你干什么，放开！”陆平从后面按住常江的头往后拉，常江不但不放手，还差点把程思蒙拉倒在地。

“陆平，这不管你的事，我和他还有点事要解决，你走，走！”程思蒙拉开陆平大嚷，陆平没办法，只有站在一边干着急。

常江见陆平站在了一边就更加放肆了，更加使劲儿地拉着程思蒙，拉坏了她的衣服，引来了好多人围观。陆平大步上前给了常江一拳，程思蒙再一次拉开陆平，“我和他把事情解决了就去找你，晚自习下课时等我。”

“那好，我们说清楚再走。”常江一手捂着脸，一手指着程思蒙。

围观的人越来越多，程思蒙只好答应常江晚上找他，给他一个答复。

一切总算有了个暂时的了结，无聊的看客随着愤怒的身影散开、离去。一切又恢复了正常，但却搅乱了好几个人的心情。

那个晚自习，陆平在校园内转来转去，烦躁的心趋使他那烦躁的灵魂。教室里的程思蒙听不下课，也找不到一个可以解决的答案，她的心好乱，乱得已分不清时间。一阵风从窗口吹过，伴着惊天的一声雷响，夏雨下得每一个人都痛彻心扉。课还在上，陆平还在校园内转，雨还在下，一切都没有改变，他们好平凡，只是平凡中的平凡；他们也好乱，只是生活中的那一点，谁也看不清谁，谁也无心去过问谁，除了那些没日没夜的心甘情愿与无能为力。

这个晚自习好长……雨停了。仅仅是下个楼，程思蒙都感觉是在上刑场。她走得好无力，也好为难。还好，陆平在楼下等着，程思蒙的心里涌起一阵从未有过的高兴。她们俩向校门走着，走得好慢，也好辛苦，显然有好多话要说，可谁都没有说一句。

一切都容不得过多的话语，校门外迎面走来了一大群人拦住了他们的去路。陆平拉着程思蒙一动不动地看着他们，似乎在等待什么。那一群人只是拦住他俩的路，一动不动，似乎也在等待什么。大家共同等待的人终于出现了，常江摆出很是深沉的一副脸，和几个小时前的失态大不一样，仿佛在短暂的时间内被精心包装过了。

“你说过晚上给我答复的，我来了，让不该出现的人让开。”常江说得好平淡，也好强硬。

“陆平，你回去吧，这事是应该说清楚了，放心，十一点之前我回来，没事的，你先回去吧。”

“不，我不回去，人多算什么，我不怕的……”

“我让你回去没听见啊！”程思蒙大声对陆平嚷着，是的，她不能再让陆平为她受伤了，她不忍，也不能。

“常江，你听着，我跟你走，这是我们两个人的事，我不希望牵扯到别的人……放过陆平，让他回去。”

陆平真的不放心程思蒙的离去，但也不能违背程思蒙的意思。尽管有一万个不愿意，他还是目送她的背影越来越远，“记住，十一点之前回来，我等你……”

常江一阵欣喜，大手一挥，一大群起哄的人各自散去。那个雨后的夜晚，常江和程思蒙沿着街道走着，彼此都没有说话，只是一直走着，走得好远，一直走到街道的尽头，走到了没有人家也没有道路的田野，向着不知道是哪里的方向延伸。

“你要是没有什么要说的那我就回去了，明天我还有课。”程思蒙转过身就要走。

不等程思蒙转完身，常江立即拉住他，用一种从未有过的凶狠声音对着程思蒙大嚷：“你敢！”

“我有什么不敢的！”

“你试试看！”常江拖着程思蒙往着更黑的方向走，“到现在你都不说话，你不感觉你应该给我说清楚吗？”

“放开！我自己走！”程思蒙丝毫不畏惧，“有什么要说的，该说清楚的是你！”

“我有什么要说的？我做错了什么！”

“你自己心里清楚！”

“我清楚什么！你别给我乱扯，你说你为什么和我分手，还和那个人好上了，我就搞不懂他哪点比我好？”

“比你好的多着呢！”程思蒙一阵冷笑，“他比你体贴人，他比你尊重我，他听我在意见，他追我的时间比你长，你打不过他，他比你高……够了吗？这些方面你有哪一点比得上他的？”

“够了！”常江听得很不耐烦。

“我累了，我不想走了。”程思蒙看看时间已接近十一点，她答应陆平的，她必须回去。于是她蹲在地上任凭常江怎么说就是不走。

“你走不走？你非要我拖着你走是不是？”

“就这一点你就比不上陆平，无论如何他都不会让我累的。”

常江不说话，瞪大眼睛看着程思蒙，程思蒙吓得回避了他的眼神。最终常江妥协了：“那好吧，我陪着你在这歇一会儿。”

本想回去的计划又落空了，程思蒙很失望，她此时真后悔没让陆平一直陪着她。为了不让陆平担心，她拿出手机，准备给陆平发个短信。

一句话还没有编辑好，陆平的电话就打过来了，情急之下程思蒙干脆接了。程思蒙的手机漏音，漏得足以让常江听到。常江立即上前夺电话，慌乱之中把程思蒙的手撞了，程思蒙一阵大叫，让整个原野都撕心裂肺。陆平在电话的那头只听到一声长叫，伴着手机被摔碎的声音。

常江摔了手机后立刻拉起程思蒙，“快跑，不然陆平就要找到这儿了。”

“我跑不动！”程思蒙边哭边说，“我求求你，我要回家，我的手断了……”

“我背着你跑！”常江使出他的所有力气背起了程思蒙，不走公路，专走那些很是泥泞的小道，“我不能让陆平找到，我什么也不顾了，我要杀了你，然后我自杀！”

程思蒙吓得一句话也不敢说，任凭常江胡乱地跑。

跑了好久好久常江放下了程思蒙，“我跑不动了，你下来走走吧。”

程思蒙不敢说话，尽管她很累，手也很疼，尽管那小路很泥泞，或者说根本就没有路，任凭常江死拉硬拽地走过一条田埂又一条枯沟。

常江实在累了，在一个连自己也不知道是哪里的田野边停了下来，大口喘气，“现在陆平怎么也找不来了……我决定今晚就把你放在这儿，我走了，再见。”

常江摆摆手，用一种死人惯有的表情笑了笑，然后走了。那一刻程思蒙吓呆了，等她回过神来，常江已经消失了。她吓得连哭都不敢。

好一会儿常江又回来了，傻笑着看着程思蒙，“把你吓着了吧，我哪能走啊，我去小便的，哈哈……其实我就想你能再陪我一晚，我也不想这样的……我不想分手，我希望你能考虑清楚再做决定……”

“我已经考虑清楚了。”

“不行，你没有考虑，给我一个你考虑的期限，考虑好了我等你。”

“那三年。”

“不行！”

“那一年。”

“不行！”

“那六个月。”

“不行！”

“那三个月。”

“成交！”

也不知时间是今晚还是第二天，一切好让人害怕。陆平发动了他所能发动的所有朋友，找了整整一夜，一切未果。

已是凌晨时分，常江的心情平静了不少，“我送你到陆平那儿，到那儿我就走，不能让陆平看见我。”

天明时分又开始下起了雨，下得好大。在陆平的住所前，在常江挥手离开的那一瞬间，程思蒙泪流不止。不是为昨晚的遭遇而落泪，更不是为手疼而落泪，尽管昨晚的遭遇一辈子都难以忘记，尽管她的手还很疼很疼。在常江的身影即将消失在雨中的那一刻，程思蒙几欲喊住他……最终在陆平的怀里，她哭得像个孩子，像一场灾难后的重生。

这一天程思蒙没有上课，在陆平的床上，她流着泪入眠。这一天，陆平第一次为一个女人洗着泥泞的衣服，刷着泥泞的鞋子。

在这个多恋的季节
空中飘着雨丝
在充满爱恋的路上
孤零的心在起伏
——纤细的断草伏泣
生命竟如此的脆弱
脆弱地让这个季节失恋

（三）一生何求

如果说时间是一个季节，那么在这季节中，一两个树叶由绿变黄，根本用不着记载，青春的时间总是转眼即逝。我的高四，如期而至。

2004年的这个9月，叶子芷考上了南京师范大学，陆平去外地读了一所大专，程思蒙读高三音乐班，我复读。

复读班里恰好有黄家如的加盟，才让我的心里稍稍有些安慰。我还清楚地记得那天黄家如走进教室的那一瞬间，他一个劲儿地看着我，我们对视了好久，有一种重温过去，忆苦思甜的感觉。

石老师所带的班级在这次高考中成绩显赫，能者多劳，肩负着提高达本率的重任又落在了他的肩上。很巧，他当了我四年的班主任。这一次，我是这个班的班长。

如果说我的高中三年是浑浑噩噩地过来的，那么高四这一年，我必须打破这种混沌的状态。属于我的时间不多，能给我的机会也不多。但黄家如貌似并没有领会到复读的真正意义，也许他只是简单地听从他父母的安排。

据说班主任石老师带完毕业班之后想辞职去南方的，学校又是加薪又是提干才留住了他。但据学生间的小道消息，石老师最终决定留下来的真正原因是看上了学校一位女教师，叫叶子菡。

叶子菡是学校从北方招来的教师，人长得很漂亮，喜欢摇滚音乐，尤其喜欢香港的Beyond乐队。一天她在校门口的一家音响店拿起一张Beyond的碟去付款，当她走到收银台前，却看见另一只手也拿着张Beyond的碟。叶子菡有一种突如其来的兴奋，立即抬起头，“你也喜欢Beyond的音乐？”

另一个人是黄家如，他耸起肩，一脸的惊讶：“你是我见过的第一个喜欢

Beyond的音乐的女孩子，一般来说女孩都喜欢偶像派的明星，你有个性！”

“你是高几的？”叶子菡看着黄家如。

“我高三，怎么，你是从哪个学校转来复读的？”黄家如觉得叶子菡说普通话一定是外地转来的。

“我，我是高一……”

“高一？我看你是高四还差不多，长得这么着急，哪像高一的学生。”还没等叶子菡说完，黄家如就打断了她的话，“喂，小学妹，我跟你讲，我看你长得漂亮我才告诉你，我们学校可变态了，尤其是德育处……还有，我们学校食堂的饭菜可难吃了，我劝你千万别住校，现在住校外还来得及，最后我还是劝你转学吧，这个学校没有最变态，只有更变态……”

叶子菡捂着嘴巴笑了起来，“来这学校是改不了了，同学，不，学长，怎么称呼你？”

“我叫黄家如，你叫什么名字？”

“黄家如？不如叫黄家驹得了，我叫叶子菡。”

“我也觉得我就是黄家驹。”黄家如甩了甩头发准备离开，“不和你多说了，高三时间紧。”

“哎，同学，你是高三几班的呀……”没等叶子菡说完黄家如就哼着Beyond的《长城》走了。

几天后黄家如在学校里又遇到了叶子菡，他上下打量着她，惊讶地走上前来：“你哪来的特权，你怎么不穿校服？你是不是哪个校长家亲戚……我说你一个外地人跑这儿来读什么书呢。”

“叶老师早啊。”班主任石老师也不知花了多少脑筋才找个机会“恰巧”路过。

“你也早，石老师。”

黄家如把眼瞪得就和蜗牛一样：不会吧，怎么会是老师？

石老师走远后黄家如又悄悄地跟上叶子菡，“等下，你真的是老师？”

叶子菡微笑着站在黄家如的面前，“你说呢？”

就这样黄家如和叶子菡面对面站着，一个满脸惊讶，一个满脸微笑。

按照蔡智恒《第一次亲密接触》中用的方法：黄家如自己的身高是179厘米，他看叶子菡的角度是俯角15度，与她所站的位置相隔3块方砖，约60厘米，所以叶子菡的身高h＝179－tan15°×60＝163；再换一种方法，今天是九月份，距9月23秋分日没几天，得出太阳直射点在赤道附近，而此地为北纬37度左右，叶子菡的影子有11块方砖长，约220厘米，所以她的身高h＝tan37°×220＝166，取一下平均值得出叶子菡的身高为165厘米。

叶老师人长得漂亮，身材又好，不单是石老师想要追求，就连黄家如这种学生间的情场高手也垂涎三尺，“难怪您看起来这么成熟，叶老师，能问一下您的方龄吗？”

“24。”

“看不出来有24岁吗，怎么看怎么像学生！我是复读生，我没你想象的那么小哦。”

“算了，你还是把我当作你的学妹吧，学长……不过我们也是朋友，不是吗？”叶子菡看了看时间，“我要去上课了，下次再聊……”

“叶老师，我今晚请你吃饭。”黄家如看着叶子菡走远的身影恋恋不舍。

“改天吧。”

时间就是一把杀猪刀，也是一块磨刀石。叶子菡在这个陌生的城市里认识的人并不多，时间久了她便把黄家如当成真正的朋友，偶尔一起吃饭，也一起逛街，谈天说地，谈笑风生。

叶子菡的生日那天，在她的小家里，黄家如为她准备了一个好大的蛋糕。那晚他们都喝了酒，那晚他们也说了很多。那晚黄家如点燃一张抽纸，变出一支玫瑰送给了叶子菡，叶子菡开心地鼓起掌来，“好！送给我的？”

“是的，做我女朋友吧。”

叶子菡愣住了，“你喝多了在玩小孩过家家吧？”

“我没喝多，我是认真的……做我的女朋友吧”

“我是老师，我比你大。”叶子菡放下了手中的玫瑰。

“你又不是我的老师，我也没你想象的那么小。”

“你这确实让我有点惊讶，太突然了，你让我考虑考虑……”

那晚叶子菡失眠了，黄家如也失了眠。一星期后黄家如捧着一大束玫瑰，送给了叶子菡。在彼此都呆滞了足足一分钟后，叶子菡接过了玫瑰说：“说实话，我真的有考虑过，可我比你大四岁……我今天接受这花，但并不是说我们就可以像正常的情侣一样……为了我们都好，我希望你不要让任何人知道，在别人面前我们只是朋友，如果我们真的过得很好，我等你毕业。”

“我答应，我全答应，这也是我所想的。”

以后的日子里黄家如经常去叶子菡的小家，叶子菡也经常给黄家如买一些学习书籍。中秋的那个晚上，叶子菡送给了黄家如一把吉他，“按你现在的成绩，考本科还是有难度的，去学音乐吧，通过这条路考个艺术本科还是不成问题的……还有我还知道你喜欢打架，以后不许了……”

那晚黄家如接过吉他，边弹边唱着beyond的《喜欢你》：“喜欢你，那双眼动人，笑声更迷人，愿再可，轻抚你，那可爱面容，挽手说梦话，像昨天，你共我……”

高三就是一座随时会塌下来的山，也许你可以越过，山的那一边是自由的天地自在，山的这一边是心神不安的恐惧依然。黄家如不想让叶子菡对他失望，也记不起是叶子菡对他的第几次提醒，可成绩总是没有起色。那种崩溃的感觉就像站在断桥上，看着最亲的人，却很难捕捉到那种渴盼的眼神。

一天黄家如又与人打架了，原因只是一次打球不小心砸了别人。德育处决定给这些打架的同学处分，叶子菡找到了德育处主任：“黄家如这学生我认识，能不能写个检查教育教育就算了，毕业处分会跟着档案的。”

“那学生和你是亲戚？”

“不是。”

“是邻居？”

“也不是。”

“那就不要说了，我不希望我们学校的老师为这样一个学生求情。”

那一晚，叶子菡和黄家如吵架了，叶子菡哭了，黄家如消失在了黑夜中。

♡♡♡♡♡♡♡♡♡♡♡♡♡♡♡♡♡♡♡♡♡♡♡♡♡♡♡♡♡♡♡♡♡♡♡♡♡♡♡

高四就是一堵墙，一堵没有影子的墙，天空阴沉。影子也是一堵墙，一堵看不到的墙：

影子是一堵墙
我伸了又伸
始终无法越过
墙的黑影跟随

走不出的心头淤积
淤积在阳光的季节
等待在墙角的苍老
苍老在高中的第四年

墙是一个影子
消失在多梦的黑夜
我伸了又伸
没有影子的季节孤单
那心
谁为保护，为谁痛苦

压抑的第四年，看不到尽头，寒窗十三载，不敢去想象，因为舍不得你的笑容远方。我，迷失了方向，我，思念成疾。

十三年来的学涯
没见过的晨光
漆黑中没了想象
唯独骄阳午后
眯不着眼睛的床上
莫名地叹息泪落
弄不懂那些伤感
为何是阳光的消受

十三年来的日夜
没想过的童年
青春没了想象
都在高中的第四年
你不舍地笑落远方
怎能想起
你的孤独
是我的不忍与不让

一片空气
一张渔网
一片薄纸
一堵厚墙
只是一年的距离
时间却拉伸了空间
十三年来的阳光
不是晨曦，是骄阳
不是露珠与小草的缠绵

而是枯藤与崖壁的思念

无数个晚上，我都在想象，这一年我该怎么过。高四，压力太大！高四，身体与内心都累。我渴望一种音乐的晚上，钢琴与舞步谦让。

钢琴与舞步谦让
谦让的晚上
唯有歌声沙哑
沙哑的不胜大雨一场

琴声哭泣
断断续续地呜咽了四夜
只为弥补
考场未及的四天

Beyond的《再见理想》
没日没夜的
不是我在哭丧
Co Co Lee's《月光爱人》
没完没了地
倾覆我的天堂

高四是辛苦的，心理上的辛苦远远大于身体上的。高四是孤独的，那种孤独超出了整个读书生涯的所有。几个月前的同桌，几个月前的笑容，几个月前的身影，都不在了，他们在墙的另一面，我试了又试，看不到对面的一切，唯有对面的快乐声音。

上了大学的同学很少会有联系高中同学的，我的孤独他们看不到，他们的

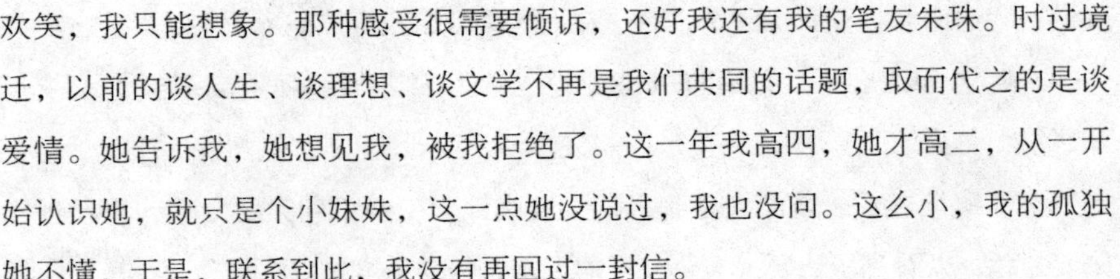

欢笑，我只能想象。那种感受很需要倾诉，还好我还有我的笔友朱珠。时过境迁，以前的谈人生、谈理想、谈文学不再是我们共同的话题，取而代之的是谈爱情。她告诉我，她想见我，被我拒绝了。这一年我高四，她才高二，从一开始认识她，就只是个小妹妹，这一点她没说过，我也没问。这么小，我的孤独她不懂，于是，联系到此，我没有再回过一封信。

夕阳沙漠的自由
你在古堡中
漂泊浪荡
萦绕着千年心事心伤
珠的一丝寄托泪断
挥洒不尽
爱恋的怀旧与枉然

连绵在三年之前
安排了一千天的缠绵
一个转身舞断
相见不能，相遇无语
既不忍，又不敢
这一夜尽是泪水！

同样孤独的还有班主任石老师。这些日子，他有事没事地出入高一办公室，也有事没事地向叶子菡大献殷勤，使得高一的许多男教师都有一点不快。不仅如此，一天下来石老师至少会有十次与叶子菡的“不期而遇”，就连学生都觉察到了什么，更别说当事人了。石老师在事业上成就显著，成长迅速，在感情上自然也不能落后。没几天他就当着好些老师的面，将一大束玫瑰送给了叶子菡。叶子菡似乎早已看出石老师的动机，也早有预感。她接过石老师的玫瑰说："谢谢你，花我接收了，可这花太漂亮了，我有点配不上……"

"叶老师谦虚了，只有你才能配得上。"石老师勉强地笑了笑，大步走开了。

一切继续过着，就像大雁到了秋天要南飞，树到了春天要发芽，狗看到了屎要去舔，人看到了钱要去捡，一样的正常，一样地度过。

最后的机会，来不得半点马虎，包括伙食和睡眠。为了能吃好，能睡好，我住校外了，住在了叔叔家。由叔叔看管着，爸妈放心。

每天同样的周期性表情，同样的单调生活，就是要习惯耐心地去等待时间。五点起床，五点十分刷牙洗脸，五点二十到早餐店吃早餐，五点半骑上自行车……三点一线的往返，同样的时间，路上的所遇、所见都不是巧合，是规律。总有一个女孩，行驶在我前边每一天，我加快了速度赶上，又从不超越，一直这么看着，看着她的背影……背影很像叶子芷，就这样一直像下去，不要知道是谁，不要打破那样的梦。叶子芷已经进入大学，我能知道的只有这些，也许子芷早已忘了我是谁。高四孤独，孤独的我感情泛滥。

那个晚上，我翻来覆去，很难睡着，不知是该想想这几天突然想起的叶子芷，还是该回忆一下早已过去的程思蒙。这一夜失眠，幻想而又觊觎。窗外漆黑一片，看不见行人，听不到脚步声。我的窗前没有阳光。

我的窗前没有阳光
忧郁地失去脚印

信笺从窗口飘落
疼痛的无人知晓
雁鸟自屋顶路过
冰冷的北风带头

你的名字

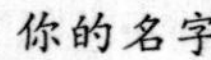

一万次地乱石楼下

我的思恋

三千回地汪水远方

当我再见到你时

你已成为别人的新娘

♡♡♡♡♡♡♡♡♡♡♡♡♡♡♡♡♡♡♡♡♡♡♡♡♡♡♡♡♡♡♡♡♡♡♡♡♡♡♡

这一年的元旦之夜，高一高二依旧歌舞升平，高三学子的心情难以平静。这一晚，领导开明，全体高三学子去操场上看电影，放映的是《天下无贼》。

当刘若英跳下火车，刘德华与葛优决斗牺牲的那一刻，好多同学流泪了。电影散场，一个身影不经意地擦肩而过，是程思蒙，我的内心一阵悸动。她的一个摆手，一笑回眸，一声“嗨”，留下了我孤独的身影独自忧伤。两年多没见，我们都一直在改变，忘却、留恋，难道只为了等待这一天？

仅仅是那个不经意的擦肩，像梦的点滴，萦绕在无数个日日夜夜。那种感觉如初恋的兴奋，却远比初恋痛苦。去想着一个可以擦肩却不能见面的人，明知道这没有结果，却自醉地看着天，看着自己也知道多么渺小的一片天。我不敢去面对，也不愿意继续沉醉，更不忍去打扰她的生活。一切的一切，如果还有一份奇迹，就算是重新开始。黑夜的冬天，无所苛求。

冬夜深深天黑，蒙蒙笑容，热闹一擦肩。八百天花季人生，两年等待在黄昏。

放纵放肆昔日乱，成熟沉静，嘴角怯冲淡。恋伊思伊暮至冬，触摸不及人未寒。

如此单调地度过2005年的新年，距离第二次高考还有四个月的时间。我

无法全身心地投入学习，我的心思很乱，很想得到那一丝渴求的安慰。不只是我，高四真的很让人崩溃。这个阶段，感情胡乱寄托，不求结果，只要安慰，没有理由。

不知道这个世界是什么做的，有些欲望来得很是迫切，顾不得时间，也顾不上空间。我满世界地打听程思蒙的手机号码，很是迫切，却又不想让人知道。为了这个号码，真的好辛苦，但我还是得到了。以后的数个晚上，我无数次地拿起手机，无数次地编辑好短信，又无数回地取消发送。那种感觉，比暗恋还要痛苦！

再过几天就是程思蒙的生日，我只求在她的生日到来之时，送上也许是这一生最后的一次祝福。仅仅是最后一次，我已筹划了好几天，却在大街上不经意地碰到了陆平。一阵都很尴尬的寒暄过后，我预感到了所有，礼物没有送出。思来想去，我觉得还是得发条祝福短信。送上简短的祝福后，我愿意狠下心来忘掉我与她的一切。

“最近还好吧，怎么一直没和我联系呢？”程思蒙回了短信。

收到短信，我不知所措，这不正是我所期待的吗？我编辑了好多，又删掉，再重新编辑：“你也还好吧，祝你和陆平幸福。”

“就那样，没什么幸福不幸福的，你以后要是有时间就和我发发，打发打发时间。”

之后的我们，每天短信都发到深夜一两点，从那以后我的心情特别好。不管是在课堂还是在下课，只要程思蒙的短信一来，我随时奉陪。终于在一个晚上，我克制不住我的心情，重复编辑了十几次，说出了我最想说的话：“我还能重新追你吗？”

“你看还有可能吗？”

“我知道你有他，可还能再给我一次机会吗？”

“你知道我和他是什么时候开始谈的吗？”

“有几年了吧。”

“我就知道你这么说，其实我们去年暑假才刚开始。”

今晚的话就这么多，我也没有再问，程思蒙也没有再回答！

时隔三天，程思蒙告诉我，说她梦到我了，我激动得像个虔诚的基督徒，双手合掌道："感谢上帝！"

那个晚自习，程思蒙又发了个短信给我："我感冒了，心里也很难过！"

这是我两年来第一次为她着急，我要送她去医院，她不让；我要立即去见她，她又不让；我又要求晚上送她回家，她还是不让。

放晚自习的校门口，我又看到了陆平，他分明看到了我，却躲避着我的眼神。

那一晚程思蒙短信告诉我，说她与陆平吵架了，很是伤心。我没有相劝，只是回她："让我来照顾你吧。"

程思蒙没有回复，过了好久我又发了条短信："难道是因为他你就不能重新接受我？就是离婚了还有复婚的呀？"

"至少我不是这样的女人！"

那一晚的对话就此中断。

此刻的我已不在乎是否有陆平，也不在乎她曾经是怎么离开我的，我什么都不在乎了，我只要程思蒙能再爱我一次！哪怕一天也行！

一星期后陆平回了大学，之后的日子程思蒙便经常与陆平在电话里吵架。吵架的原因很多，但都很简单，比如程思蒙亲热地称呼陆平为"我的老头子"，陆平就严肃地告诉她不要用这个称呼；比如陆平问她为什么不及时回短信，程思蒙就生气地对他说"你管的也太多了"。每每吵得厉害的时候，程思蒙就会向我倾诉。要知道一个人的痛苦在关心他的人的身上是加倍的。尽管我知道自己绝不能再这样对程思蒙充满幻想，尽管我也知道我再这样下去肯定无心复习功课，弄不好高考会再次落榜，尽管我知道如此下去我的一生都不会幸福，可我还是不顾一切地帮她、劝她、陪她！

只要程思蒙能开心，我真的什么也不顾了。牺牲了自己的时间、精力，明知道考试作弊不对，还一次次地的在程思蒙发来求救短信时放下手中的笔，及时地给她答案，为她服务。

春景无色，孤夜无语。这种日子不知道是上天的安排，还是上天的惩罚，一切的生活还在继续，尽管让人心疼得撕心裂扉。

“今天我们的数学考试多亏了你的答案，你知道我的考了多少分吗？”

“我只给你选择和填空题的答案，你能考好是你自己发挥的结果。”

“你知道我考多少分吗？就八十分，竟然全班第一，不可思议吧，我们音乐班学生什么成绩你也知道，我们学艺术的平均每门六七十分就够了，哪像你们每门一百多还不够……嘿嘿，以后还要你帮忙……对了，明天能不能把《测试八》的答案给我，再把《测试七》的选择题的解题过程详细地写下来给我？”

“没问题。”就是有问题我也不会说，我心甘情愿。

“你好像每天晚上都关机的，你能不关机吗？”晚上程思蒙发短信给我。

“好吧。”我也不问为什么，除了答应，我找不到更好的回答。

这一夜和无数个夜晚一样，我很难入睡，深夜两点被手机震醒，是程思蒙发来的短信：“老公，我想你……”

我先是一阵欣喜，立即回了句：“我的蒙，我永远爱你！”

回完这句话，我怎么想怎么觉很不对劲，又发了句：“我是邵弘毅，我不是你老公，你是不是发错了？”

半个小时过去了，没回，邵弘毅又发了句：“我的蒙，你怎么了？”

一直到天亮，程思蒙始终没回短信。

第二天我什么也没问思蒙，我猜得到昨晚她发给我的话是准备发给陆平的。直到程思蒙莫明其妙地问我：“昨晚怎么到最后不回我短信了？”

“没有啊，昨晚我们聊了吗？”

“我们不是聊了很多吗？你装什么傻啊，怎么说忘就忘？”

“我说的是实话，你昨晚到底和谁聊的你不会搞乱了吧。”

又是没有回答，半天后程思蒙回个短信：“对不起，我昨晚是准备和你聊的，可我也不知道怎么搞的，竟一直和他在聊。”

我感到的是一阵莫明其妙，搞不清前后的因果关系，就这样，一切没有结

果最好，我怕结果。

以后的日子，我除了带给程思蒙学习上的帮助，还不忘送给她关心："天下雨了要带伞""要早睡觉，不然明天会困的""早饭要吃，不然没力气听课"。除此之外我还多了份依赖："这个星期天的下午陪我聊聊天好吗？""以后晚上能多回我几个信息吗？"可给他的答案多是"看着办"。

我真的认命了，我只求生活在幻想之中，对于程思蒙，我不奢望拥有。一切很是矛盾，矛盾的我还是写了封长长的信，有一万字：

那晚你叫陆平老公，尽管你发错了而发给了我，但我还是很高兴，毕竟有四年没有听到你这么称呼我了。

那晚你又和陆平吵架，你知道我有多么的伤心，可我什么也不能说，我不能打扰你们的幸福，尽管你们经常吵。你是我的初恋，他是我的兄弟。

1998年9月，初一，我们分在了一个班，那时我第一次见到了你。在元旦晚会上，我被你的舞姿所迷倒，那时我没敢想那么多。

1999年10月，为了欢庆国庆节，我第一次送你礼物，一张欢庆建国50周年贺卡，落款连"朋友"二字都不敢写，又改成了"同学"二字。

2000年4月，我们才初二，第一次约会，在送你回家的路上，我紧张得差点摔跤。

2000年11月，你递给我一封情书，说这辈子嫁定我了。

2001年2月，我们第一次牵手，那时你不好意思地把手缩了回来，然后还是被我拉住。

2001年8月，我就要读高中，你要复读，我们一起恋恋不舍。

2002年11月，在那个田间小道上，你就那样走了，那一刻我哭得很是伤心，我想喊住你，可是没有出声，因为你不可能回头，那一天算是真正的分手！

2003年4月，非典，得知你生病了，我翻出围墙，一家家医院地找你。

一切都是多余，程思蒙没有回信，我也没有多问。

离高考仅一个月的时间，学生们太过压抑，太过紧张，老师们争分夺秒，压缩一切可能的时间。

星期日的下午石老师还要求同学三点到教室自习。

中午，黄家如在网吧里转悠，我就发个短信问："有无空机？"

"没有。"

我和黄家如都郁闷地回到教室，从一点一直看书到三点，直到大家都来了，班主任石老师也来了。

又坐了半个小时我无聊地走出教室，去了下厕所准备再出去买点东西。反正都是自习，先自习和早自习没什么区别，没必要自习给老师看。

黄家如见我走出教室就以为我要去网吧，便走出校门，可到了校门口他并没有找到我，就打来电话。于是我们一起去了网吧。一个小时后我从网吧出来了，黄家如不肯走，一直到晚自习他才回来，班主任石老师很是生气地把他叫到办公室："你今天下午去哪儿了？"

"没去哪儿。"

"怎么邵弘毅一出去你就跟出去，你们下午是不是在一起的？"

"是的。"

"哦。"石老师喝口茶，"上网好玩吧，和哪个小女孩聊天的啊？"

"我没有那么无聊。"

"境界不低吗，那你就是玩游戏了，是不是啊？"石老师一边说还一边用手推黄家如。

黄家如一边往后退一边用手挡，"有话就说，别动手动脚的！"

"你算什么东西，我动不得啊？"石老师怒了，动完手不过瘾又动起脚来。

"那你又算什么东西？老师就可以打人了啊？"黄家如毫不示弱。

"滚，你给我滚！"石老师用手指着黄家如，发出前所未有的怒吼。

"办公室又不是你家，你让我走我就走啊！"黄家如把门一摔，向教室走去。

"像这样的学生还得了，翻天了不成？"办公室里一个女老师插了一句。

石老师越想越气，又来到教室，走到黄家如桌前，“你认为你在这个教室还能待得下去吗？”

黄家如先是把眼瞪得大大的，然后把书往桌上一拍，走了。

一天下来黄家如都没有回来，这事也惊动了德育处。在这个紧要关头，容不得学生有半点闪失，德育处要求石老师必须亲自把黄家如给找回来。

黄家如也太不巧了，或者也可以说他就等着石老师来找他呢，在大街上，他与石老师碰面了。

石老师把手搭在黄家如的肩上，生怕他再跑了，边走边说：“是不是邵弘毅让你去网吧的啊？你怎么能听他的呢，他在带你学坏，你看他每天在学校不学习，其实他每天晚上回家都学到十二点多……”

黄家如回到了教室，我立即送上笑容，可他理都不理我，一天下来都是这样，我真不知道我哪儿得罪了他。

课间黄家如和同学们叽叽喳喳地谈笑着，我仅仅是路过，他立即停止了说话。我觉得这其中肯定有蹊跷，就走上前去问：“黄家如，你什么意思，如果是我不对的地方我一定向你道歉，你用不着这样。”

“没什么。”黄家如说完又看看我那怀疑的眼神，“真的没什么。”

“你为什么不说实话，你是不是认为是我告诉班主任你在网吧的，是不是因为这样你才不和我说话？”

“不是，你不要乱猜，我告诉你吧。”黄家如把前因后果一五一十地告诉了我，最后还特别提醒我要保密，要不然他就要带家长了。

之后的每天石老师都用异样的眼光看着我，我先是忍着，可每天那种奇怪的眼神一直困扰着我，使我静不下心来。我非要把事情弄清楚才好，可又想想还有一个多月就高考了，忍忍算了。如此的想法犹豫了两天之后我还是找到了石老师：“石老师，对于黄家如那件事我只想说，黄家如去网吧和我没任何关系，绝不是我约他去的，我也并没有想把他带坏……”

“不要急，我们先看看这个。”说着石老师拿出一张纸，“我也没这么说，是黄家如自己说的，这有他写的保证书，你看看，我没有乱编。”

我比谁都郁闷地接过那张保证书，上面写着：

邵弘毅先发短信约我上网，一个小时后，他离开了网吧，我还在，一直到晚上。我保证我说的话句句属实。

黄家如

“什么呀，那天下午我只是问他……”

“那天下午你们有没有去网吧？”还没等我说完石老师就打断了他的话。

“去了。”

“那就行了。”石老师转身向办公室走去。

对于这种不考虑结果，只知道嫁接的“保证书”，我无奈地摇摇头，无力地回到教室。还没等我把椅子坐热外边就有个女孩找我，我心里一阵激动，可仅仅是十几秒之后，我的心就完全凉了：那女孩转告我，我的叔叔邵主任在德育处等我。

“你还想不想高考啊！”不等我站稳，叔叔就一阵劈头盖脸地训了起来，“这是什么阶段，你疯啦！你不想高考了现在就回家，没人拦你，学校不少你一个，学校没有你本科率也没什么影响……说，以前的我就不追究了，就从高三以来你去过多少次网吧，分别和哪些人，干了什么，在什么时间，都给我写下来！”

说着叔叔递来一个本子，让我全写下来。我接过本子，愣了愣，一字没写又递了回去。

“为什么不写！这最起码说明你的态度有问题，还不知道错！快写！”叔叔说着又拿出手机，“我马上就告诉你爸，让你爸来……你也没看看你一个高中生都忙些什么，高一写什么小说，现在又上网，看看你成绩退步的幅度……”

“我成绩没有退步……”

“你还顶嘴！马上让你爸来收拾收拾东西给我滚出去，你爱住哪儿住哪

儿，别住我家了！”叔叔发飙了，前所未有。

我实在听不下去了，我真的很难受。

回到教室，我收拾起几本书，在同学们异样的目光下离开了教室。

我就这么走了，走得没有声音，没有怨言；走得没有原因，没有负担；走得没有顾虑，没有对错。

我就这样走着，突然接到了黄家如的电话。我犹豫了一下还是接了。

“邵弘毅，你现在去哪儿？”

“回家睡觉。”

“对不起，我也是被逼的，老师非让我供出一个，不然就得带家长，那保证书我也不想那样写……”

“不说了，都过去了，没事的，我们还是朋友。”

“你先听我讲完。”黄家如有些激动，“他们老拿叫家长来恐吓我，我交代了，他们今天他们还是告诉我爸妈……”

“好了，不说了，我要睡觉了。”

我就这么走了，像是一场远行，带着沉重的包袱。

我的远行
沉重的包袱带着
我的碎步
丰富的世界踏遍

初夏的细雨
浇湿了烈日的心情
清晨的迷雾
朦胧着寒冰的足迹

那带着流浪的心结

正如远行的鞋中
暗藏的一颗沙砾
那充满旅行的欣慰
正如远方的高山
掩饰的不再疲惫

从时间的这头儿到那头儿
被你低头的温柔打动
誓言的恪守
似乎是我的包袱
两手空空，何去何从

从空间的这边到那边
被你倾倒的酥体唤醒
行者的疆界
似乎是我的信念

♡♡

我就这么走了，看见一辆南下的长途大巴就拦了下来。

售票员问我到哪儿，我一阵迷茫，“先等等，让我想想……”

最终我决定去苏州。一路上我的手机震动不停，就好像谁都知道我已经远远地走了。老爸的电话不停打来，我真的没有勇气再去听他的声音，于是我残忍地把他的号码拉进了黑名单。

这回我真的下定决心走了，我不想因为亲人的泪水而停住脚步，我要去流浪。这是我所向往的生活，也是我唯一的生活。我的流浪不能让太多的人担心，我只能发条短信安慰家人：不要急，我会回来的，该回来的时候我会回来

的，就当是出去散散心……

什么高考，什么责任，什么美好生活我都不要了，我下定了决心要去流浪，去寻找我想要的自由，去做我认为最幸福的事情。在汽车的最后一排，没有人注意到我。我望着窗外，望着这一辈子都有可能再也看不到的家乡，不禁泪水潸然。我强忍着泪水，强忍着不让别人看见，可泪水还是啪嗒啪嗒地落了下来，像是夏天的大雨无法止住；像是思恋的情感无法割断；像是一棵青松，永不枯黄……

我听着飞儿乐队的《我们的爱》去流浪了，那样的歌词像是为我而写的：从此以后我都不敢抬头看，仿佛我的天空失去了颜色，从那一天起我忘记了呼吸，眼泪啊永远不再哭泣，我们的爱，过了就不再回来，直到现在我还默默地等待……

一路的风景很美，在这个季节更美，天很蓝，水也很宽，一个陌生的城市在等着我，直到夕阳西落。在不知道是哪儿的地方车子停下，司机对我说："苏州到了。"

下车的地方是郊区，一片荒凉，看不到太多的人烟。天已渐黑，分不清路，也不知道路，一切都很陌生，一切就像是来到了死坟。但一切我都不在乎，也都无所谓，只要能离开我不愿待的家乡，只要能寻找到我想要的自由，哪怕流浪他乡也惘然。

好不容易看到一个带客的二轮摩托，我立即走了过去，"能把我带到最近的一个公交站台吗？"

"十块钱。"

"不会吧？"

"小兄弟，和你说实话，要是在过年我们肯定宰你，但今天宰你一点意思都没有，路真的很远，你被黄牛车骗了，在郊区就把你丢下来了。"

我觉得这车主说话也蛮实在的，就给了十元钱，可只要认得钱的人遇见这种事都后悔，车刚发动没一分钟就到了一个公交站。人不生地不熟，我只有认宰。

坐着不知道是多少路的公交，没有目标地过了无数个站台，直到终点站。今晚的晚饭没有吃，街角是我的一夜，这一夜没有梦，因为心都死了，哪儿还有梦！

第二天清早，我被冻醒，找寻了半天只有一家兰州拉面馆可以让我负担得起。尽管这样，我还是吃不下，其实我早已饿得没有了力气。一身轻松，也口袋空空，没有钱，必须要生活；一身凌乱，像一条死狗。

为了生活，我必须要找工作，为了生存，一切我都干。在饭店洗盘子，冲厕所，包三餐还能有二十块钱。面对那些人的疑惑，我只有笑容。尽管得到的报酬很少，但我却很高兴，至少我还能活下去。无论如何我都要活下去，哪怕是某天失去了生存的勇气。

这一晚我“奢侈”地可以住网吧了。晚上我又习惯地发短信给程思蒙：“这两天过得好吗？”

“我回家了，音乐专业考试没考好，考大学没希望了，不想读了。”

我没有多问，也没有安慰，只是轻轻地告诉她：“我走了。”

这回她急了，这是她四年来第一次为我着急：“怎么了，你在哪里？”

“我在一个要么是天堂，要么是地狱，反正不是人间的地方。”

“你千万别想不开干什么傻事啊，你回来吧，有什么事能让你这样，你一直很坚强的。”

“我走了，我要去流浪，我在一个很远的地方。”

“你回来吧，有什么想不开的，一切都会好的。”

我没有回下去，任凭程思蒙一条一条地发来：

“你回来吧，我求你了，你回来吧……”

“你知道吗，其实我还是有点爱你的，毕竟你是我的初恋，我一生都无法忘记。”

“你为什么不回我短信？不理我了吗？我好伤心！”

“难道你不爱我了吗？可是我分明还是爱着你的，你回来吧，我想见你！”

短信一条条地发来，每一条都那么撕心裂肺，这回我再也无法控制我的情

绪了，泪水又是潸然，“我的蒙，我怎么会不理你呢，我说过我永远爱你的，现在依然！”

“你在哪儿？能告诉我吗？我想去找你。”

“不要问我在哪儿，也不要来找我，我舍不得。”此时我的心和程思蒙的心一样的痛。

“你告诉我你在哪儿吧，求你了，我去找你，我去陪陪你，哪怕一天也行，难道你连我也不相信，我不会对任何人说的。其实我想把我的……”

“不要把省略的说出，我心领了，我很感动，也很满足，这一生我没白活，我真的很知足了。我不是不相信你，只是我现在在流浪，我养活不了你，我不能让你跟着我受苦！”我不争气的眼睛又开始落泪了。

“我有手有脚的，我不要你养活，你身上有钱吗？要不要我打钱给你？”

我的心在这一刻彻底崩溃了，我告诉了她我在哪儿，也同意了她明天就过来，并说好了带她去美丽的水乡周庄。

当晚我在博客上伤心地写着：

我的蒙，我的不对，我的过错。

七年前你的舞步迷乱的我的年龄；

四年前的一个下午，刚刚三个月没见，你就哭湿了我的双肩；

三年前的一个下午，我为你流下了最后一滴泪，我无法接受这突然的隔膜；

这三年，我认了，我每天都向佛祖祈祷，哪怕再能和你相爱一天；

这三年，我懂得了最大的爱是成全，我祝你幸福，你的幸福就是我的快乐；

今天，你哭了，因为我走了，你很着急，知道我是多伤心，你说我不理你了，我怎么会？

我没办法，我不能告诉你我在哪儿，因为这不是天堂，但是明天我就带你去。

天上一天，人间一年，

为了再见一天，

菩提树祈祷了五百年，那只是人间的五百天。

而我

却想苍穹祈祷了一千夜，

只为了那一天……

不知道季节的到来，

我不要你说出，

我心领了，我狠狠地满足。

每一次流泪，

都希望痛快地流个够，

而饶过下一次。

可是

泪水越留越多，

我止不住了……

这一天，我给人家工作没有拿到工钱；这一天，我累得像一团泥；这一天，我太想程思蒙了；这一天，我想象着马上就能与程思蒙去美丽的周庄；这一天，程思蒙的电话一直关机；这一天晚上，我的心快要死了。

又等了一天，还是没有程思蒙的消息，她的手机继续关机。这一天，我给人家散传单，收获五十元。又是一天过去，我拿出所有的钱，一心奔向那个我向往的地方——周庄！

在从没有去过的路上，看着从没有看过的风景，我并不孤单。向着那个向往已久的地方前进，不顾一切，只为能够看一眼心目中的古镇。就好像去看一个多年没见的爱人一样迫切。迫切地忘记了陌生与惧怕，迫切地忘记了时间与空间。

到了昆山，我很想买一张地图。可一张地图的钱抵上一碗拉面，我没有

买。只是在一个报刊亭前翻看一会儿，用最快的速度记下了。

好不容易找到一个公交车站，四处打听才知道去周庄的车已经下班了。车站前边的黑车不断地向我招手。为了那个梦想中的地方，我顾不了那么多，上了一辆面包车。我明知昆山到周庄的公交车费只要八元钱，也明知自己身上连吃饭的钱都没有，但面对司机的三十开价，我一点也没犹豫，只为了能够快点到达那个梦中的圣地。

一路上黑车司机脏话不断，可我并没有丝毫的紧张与害怕。那一刻对我来说，一切都已无所谓，连心都死了，还在意那么多干吗？前边一辆三轮车一会儿快一会儿慢，黑车司机极为恼火，立刻占道超车。可那三轮车又突然转向，害得黑车司机来了个急刹车，立即打开车窗伸出头，“你找死啊！”

我看了看司机，开始担心会不会被他中途扔下。为了讨好司机，我附和他：“那些人一点交通规则都不懂，转弯也不开转向灯。”

“就是，特别是这些三轮车。”司机看了看我，开着车，哼着八九十年代的歌，享受着胜过开F1的快感。这时迎面来了辆公交车不太正常地转了一个弯，黑车司机先是常规地伸出头骂几句，然后觉得还不过瘾又立即调转车头，狠狠地拦住了那公交车的去路：“你他妈的想死啊，会不会开车啊！下次别让老子再看到你！”

“对不起，对不起。”公交司机连连道歉。

“这小子态度还不错，他要是敢和我顶嘴，我非揍他不可。”黑车司机得意地走了。

我没有出声，不知道能聊点什么，也不敢和这司机聊点什么。司机也觉得有些无聊就和我攀谈起来：“你是哪里人？”

“北方的。”

“今天刚到这儿？”

“是的。”

“你在周庄工作啊？”

“不是。”

“那是去同学那儿，还是有亲戚在那儿啊？”

“都没有。”

“你以前去过周庄吧。”

“没有。”

“你不会还是学生吧？”

“我是高中生。”

司机瞪大眼睛看着我，翘起大拇指，“江湖人小胆却老！”

到了周庄夜已降临，找不到一个可以待很久的地方，一个人孤单地转了很久，终于看到了我想象中的小桥流水。可是门票一百，我无力负担！夜已深，周庄的街上，我的身影孤单，用沙哑的声音唱着沙哑的歌，用流浪的脚步走着最伤感的步伐。

一座佛塔下，我的身影出现，看着身边的周庄大桥。周庄大桥下的过船很忙，整个周庄都很忙，只有那个塔下的孤影，虔诚地向佛祖祈祷到凌晨。凌晨风起，吹得人好冷，吹得大地都心疼。我站在一座石桥上，吹着湖风，看着佛塔，又想起了还没联系上的程思蒙。本来说好一起来的，现在却只有自己一人！一阵风吹过，我再次泪水潸然，落入周庄的水中，毫无声响。

风吹得我心好冷，心好疼。我写下了我的心疼：

为了来这个地方，我已等了好多年；

今天的到来，有点突然，更有点无奈；

在那个桥上坐到半夜，除了哭，其他什么也不会，我也不知道一个男子汉怎么会这样；

蒙要来找我，我们说好了一起来周庄，现在却只有我一个人，这辈子我一定还要带你来，我不是要你，我是要你快乐，我的成全是不会反悔；

周庄的水，也是蒙的泪，是四年前留下的，以后，我不会再让你流泪，也不允许别人让你流泪；

周庄的水上漂着塑料袋，周庄到处都是灰尘，周庄的停车场面积比公路

还大；

周庄太小，周庄的人太多，都是外地人，周庄只有迎接，反正与之交换的是金钱；

周庄的人爱交友，路上、网吧随便遇到人就“交谈”，我不懂；

周庄是有钱人的天堂，一辆辆私家车载着胖汉和美女；

周庄是一对对情侣们爱的桃源，在古桥上恋爱，别有一番滋味；

于是周庄比我还累，周庄几十年未安眠，周庄的灯，一点就是几十年；

只有我，一个人在周庄静坐到深夜，哭到天亮，周庄是像我这样人哭的地方，周庄的水，全是泪；

他们不懂周庄，他们也糟蹋了周庄，他们的口水与鼻涕和着我的泪；我的蒙，我要带她去真正的周庄。

蒙，给我机会吗，我只要你一天，哪怕再等上四年！

为了来这个地方，我已等了好多年！

天亮了，周庄下着小雨，好冷！我一个人走着，没有吃，没有喝，没有睡，没有洗！

一个喷泉边，我捧一把周庄的水，洗了洗疲脸。步行街上我闻了闻“万三蹄”，却只能走进兰州拉面馆。周庄好冷，下着小雨的周庄更冷，我忘记了自己，忘记了家。这周庄不是我想要的，我要找到属于我的周庄！

周庄的早晨我好无助，在小桥流水的边缘，在不知死活的早晨。我的手机即将欠费，但我还是再一次拨起了程思蒙的电话，希望把最后一个通话的机会给她。电话通了，终于通了！

“你在哪儿？”程思蒙很平和地问。

“在周庄，在没有你的周庄。”

“我被爸妈送回了学校，你回来吧。”

一切说得好无力，为了程思蒙，我下定了决心回去，下定了决心去用一颗爱的心来换那颗死掉的，没有顾虑和负担的心。

我回去了，不顾一切地回去了，就和不顾一切地离开一样。一切只为了程思蒙，因为蒙还爱着我。

没有钱回去的路也艰难，走一路打一路的小时工，够一段路的车费就走一段。这样，每一天都会离思蒙更近。

一路走来
无心多望一眼
那现代的文明
那明天的路程
只为多留恋一点
那已去的朱颜
那黯褪的馨香

是你让我远足而来
是你让我张开双臂
是你让我流连忘返
也是你让我
忘却得不给理由
——没有遗憾

你彻夜无眠
额头上的油腻层层
来不及拭去
已浮华了半个世纪

就这样迎接
再这样送去

青衣白衫长发飘飘
喝着咖啡与可乐

小桥、流水、人家
找不到你我的连接
忘却了流浪途中的家乡
唯有流水、泪水

木鱼声阵阵
夹杂着喧嚣沉沉
香火不断
虔诚地一磕三跪
只可惜
佛祖无眠
心乱得不厌其烦

看惯了那些荒唐的青春
一次次决定将自己自由地流放
去那遥远的水镇古乡
寻找逝去的记忆
伴着迷惘的泪水飞扬
不远万里
却将自己的身体输个精光

流浪的脚步没有停歇
在闹市和孤野
仰望着落日黄昏

内心的感觉

全是撕烈与狂野

吉他声失真

就和滴血一样心疼

一脸茫然

分不清方向

一厢情愿

那多愁的流浪

♡♡

我回来了，这一走就是十天，与十天前相比我明显地瘦了。我回来了，很狼狈地回来了，我回来了，很失败地回来了。我接受了所有的处分，写了十几份检讨，被很多老师找去谈了很多次话。我当着全班同学的面读检讨，被德育处狠狠地骂着：一个极不称职，也极不配的班长！一个很没有水平，很不合格的学生！

最后一个找我谈话的是石老师："你上网的事我绝对没有向你叔叔说过，我也没说过是你带坏了谁谁谁，要知道话被人家一传就会变味……"

最后的半个月，最后的无奈，我失望而走，失望而归。

程思蒙对我并没有我出走那几天的热烈，甚至还不如出走之前，一切又陌生了许多，成为最熟悉的陌生人。那天晚自习，我发个短信给程思蒙："你说过要陪我的，可以陪我一晚吗？"

"你想的是什么？"

"那你说'其实我想把我的……'是什么意思？"

"哦，我说的是想把我的心放在你那儿，不过现在你已失去机会了。"

"天啦！我是个十足的浑蛋！我想知道我是什么时候开始失去机会的？是刚才，还是几天前。"

“我也不知道是什么时候。”

“也许是一开始我就没有机会……那我出走时你为什么说那些话，你知道吗，我看了那些话落泪了，我觉得我一辈子无憾了！”

“对不起，那时我只想你能回来！”

我一阵苦笑，笑得泪流满面！

那一晚我们一直聊了好久，我的心死了。

“要不明晚我们找个地方好好聊聊吧，我想把我这些年所经历的都告诉你。”

就这么一直发到了一点半，最后我们决定不睡了。我走在午夜的大街上去接她，然后沿着大街走着。

这一晚很冷，风也大。我和程思蒙并肩走着，谁也没刻意地看着谁。一切就像第一次约会的情侣，但却不害羞，也不矜持。我走着走着不时地撞到程思蒙的肩，然后彼此分开一段距离，再撞在一起。如此地重复了好几次，我们相视一笑。接着程思蒙走到我后面，把我的肩往下按按，“我帮你纠正一下走路姿势，还有，我们班的女生强烈建议你把发型搞一下。”

一路上我俩有说有笑，与几个小时前相比，就好像换了两个人。最后在程思蒙住的地方，我们靠床而坐，忘记了时间，忘记了这个夜的宁静。也不知从什么话题开始，我们谈得好苍凉，我们说着自从分开后各自的一切一切，从四年前开始说起。

程思蒙看着我，深吸一口气说：“知道吗？2003年的平安夜，你们在学校里歌舞升平，而我却在医院里……孩子送给什么人家了我都不知道……那一年，我才十七岁！”

说到这儿程思蒙再也控制不了，泪水潸然，像刚洗过了脸，声音呜咽，不停地抽搐。这一刻，我好想让程思蒙在我的肩上大哭一场，可我还是没有，毕竟这时的程思蒙不是我的女友，我能做的只有给她递纸巾。

“我真搞不懂常江为什么对我那样，我为他付出得太多太多，可他……”

我实在听不下去了，我的内心怎么也接受不了这样的事实。我看着程思蒙，有种说不出的心疼，“好好地哭一场吧。”

“我不想哭。”程思蒙一边拭着泪，一边用几乎连自己都听不到的声音说，“这些年早就把眼泪哭干了，我不想哭。”

“我也不知道该怎么安慰你，我只能希望你过得幸福。”我的泪水也已在眼眶中打转，如果她再说下去，我肯定也会泪水潸然。

已是深夜四点，我们就这么坐着，好长时间没有声音。夜很静，程思蒙偎依在我的怀里睡着了，睡得像一个小孩。

就要高考了，我无法平静。我强迫自己接受关于程思蒙的所有事情，强迫自己忘掉那个不该去爱的人。

直到一天早上，程思蒙告诉我她又回家了。早上吃完饭后她一直想吐，可能是食物中毒。

我表现出超乎寻常的关心，我比谁都还担心。可一天后程思蒙又关了机。那一刻我彻底地认了，我确信这一辈子我是栽在程思蒙的手里了，我忘不了她。晚上我又发了好些短信，等着程思蒙开机看到，也等着程思蒙能够回答：“我只想知道你为什么不爱我？”

直到第二天程思蒙才回了我短信：“要我给你一个不爱你的理由我没有，我给你一个让你不要爱我的理由，那就是我不是一个好女孩！我现在谁都不想见，包括我的父母，我只想到一个陌生的地方，找个人嫁了，平平安安地过一生。”

“你为什么要这样说？发生了什么事，可以告诉我吗？”

接着没有回答，但我预料到了所有：“你现在在哪儿？我能去找你吗？”

仍是没有回答，我说出了我的判断：“你昨天天突然想吐，你以为是食物中毒，回家后你家人带你去医院查了，发现不是中毒，是怀孕了，你家人骂了你，你就和你家人吵了，然后你又打电话给陆平，你们又吵架了，对吗？”

“也许从今以后你都见不到我了，再见。”

之后程思蒙的电话不是关机，而是彻底停机了。

再见了，我的爱人
我的爱人
遍及天涯海角
优美的文字
漂浮于你的音符
生命的舞者
荡漾起我的凌步
断断续续，模模糊糊
聚会在今天弥散
弥散的没有结果

我的爱人死了
死在冷雨夜的角落

♡♡♡♡♡♡♡♡♡♡♡♡♡♡♡♡♡♡♡♡♡♡♡♡♡♡♡♡♡♡♡♡♡♡♡♡♡♡♡

就要高考了，教学楼上天天有撒不完的试卷，像是下了三天三夜的白雪。6月6日，我们坐着大巴出发了。6月7日上午，考语文，在语文作文上，我写下了我的“凤头、猪肚、豹尾”。

高考的那几天，叶子菡也是监考老师，当她习惯性地拿着金属探测仪往一个个入场的学生身上靠时，一个男考生打破了这很是紧张的局面：“叶老师，是我。”

“家如，是你，一定要好好考。”叶子菡边说边用金属探测仪在他身上移动，突然响了一声，子菡盯着他没有出声，似乎在等着他的解释。

“没东西，真的没东西，不信你摸……”

“是不是皮带上的？”

“不是……”

“自己把不该带的东西主动拿掉，不然带进考场就是作弊。”

“这么严重啊，就是皮带上的，真的。”黄家如看了看叶子菡，又掀起衣服，“这几天考完了我找你。”

叶子菡微笑着点了点头。

高考结束后黄家如和叶子菡一起去看电影，这是他们第一次公开在公共场所出现。

第二天黄家如就失去了联系，先是一连几天的关机，最后就是一直停机。叶子菡伤心急了，眼看着一天天地过去，她谁都没告诉，偷偷地回老家了。

家乡还是那个样，在北方的农村，一切还是那些样的荒凉，包括人们的认识与思想。

叶子菡一连几天心神不宁，母亲看在了心里，就把女儿位到了房间：“闺女，怎么了？”

“妈，没什么，就是最近工作太累了。”

没过几天，叶子菡又离开了家，因为她不能让父母担心，也不能让他们感到丢脸。

2005年的夏天，我整天在街上晃悠着，一切都死过了一次。

2005年的夏天，叶子菡又回到了她的工作地，一切既熟悉又陌生。

那一个夜晚，我在大街上无助地走着，像是一只失落的狗，失落地连自己是谁都无需在乎。

那一个夜晚，叶子菡在铁轨边整整坐了一夜。想着自己纯洁的大学生活，再想想工作一年来的磕绊感情，不知道人生的路还有多长。

那一夜我和叶子菡相遇了。那些日子，我们一直在一起。

2005年的夏天，我竟然考上了南京邮电大学，读计算机科学与技术专业。

这个暑假，我不再孤独，失恋什么的屁都不算什么，我把我的所有希望都寄托到大学。

这个暑假里，我和我的同学们疯狂地玩着，放肆而又堕落。十三年了，堕落两个月又何妨？

这个暑假，叶子菡也像是一个刚毕业的高中生，跟着我到处鬼混。我们今天在这个同学家吃饭，明天再换下一家，后天再换一家……一连半个月都没有回过家，吃着转饭，喝着啤酒，上着网，吹着牛。

将近开学，没等我向叶子菡告别，她已收拾好行囊："弘毅，我要走了。"

我的世界突然缺了点什么，有点魂不守舍，"去哪儿？"

"我要去读研了。"

"那是好事呀。"

她的回答很让我惊讶，惊讶之余我有点高兴也有点失落，"那我们还能再见面吗？"

"你猜？"

"应该会的。"

"肯定会的，我去南师大读研，都在南京，怎么会见不到面呢？"

"你吓死我了，我以为我们不会再有机会见面呢。"我有种说不出的高兴，像是卸下了沉重的包袱，拉起她的手，"走，撮一顿！"

我要像风一样自由，就像你的温柔无法挽留；我要像天空一样蔚蓝，就像你的到来天天做伴；我要像海一样宽广，就像明天的世界精彩不断……

（四）盛夏光年

南京，六朝古都，孕育了太多的文明，沉淀着太多的文化。清凉山文化、大明文化、民国文化、钟山文化、秦淮文化……无论哪一条主线，都可以延伸很远很远。六朝古都，我来了！我不仅是来读大学的，也是来寻找自由和寄托梦想的。

走进大学校门的那一刻，像是期待已久的重生，我把所有的寄托、梦想、人生都放进了大学。一条条横幅，一句句标语，像是为我一个人而写的。轻松、自由、快乐、激动，从未有过。

大学的第一件事便是军训。一次晒黑的过程，一次脱胎换骨的机会，一次独立生活的考验。我们学校的军训不是在本校园进行，一大早，一辆辆大巴排满了校园，目的地是大山里的某个部队。军训一共也就十五天，在这个炎热的季节，根本不需要带太多的东西。但好些同学像是在搬家，大箱小包好几个，忙得不亦乐乎，更多的是不知所措。

大巴向陌生的地点驶去，车厢里欢声笑语。相比高中的压抑生活，大学是自由的，这种自由在此时的欢声笑语中得到完美的体现。

部队里兵哥哥们都出去拉练了，他们的宿舍都分给了学生。我们系的大巴出发比较迟，等我们到了部队，先抵达的同学早已安顿好了。由于宿舍有限，我们系的同学竟一时无法安身，站在太阳底下默默地等待。这种等待有焦急也有气愤，更多的是嫉妒。最终我们被安排在部队角落好久不用的一排小平房里。平房里没有卫生间，二百多人只有一个两蹲位的公共厕所。平房前有一排水龙头，那是我们的生命之源。条件虽差，但被兵哥哥们打扫得还算干净。最主要的是，我们的艰苦条件换来了我们的优待，我们这两百来号人被封为两个

独立连，平时训练都不受大部队指挥。这种“册封”的优势在之后的军训生活中越来越显现出优势。

因为彼此都还不熟悉，当天晚上，宿舍里很少有人讲话，都在玩着各自的诺基亚神机。渐渐地，话题从交流手机开始，然后开始自我介绍，然后就放开肚皮吹着各自的牛皮。杨阳洋，一直在讲诉着他高中传奇经历，从恋爱到打架，没有他不涉及的地方。无论什么话题，他都是一套套的理论，然后配上实践故事，一直说到大家封他为助教。但最终他的外号却叫“八六哥”，源于他喜欢打10086找客服聊天。陈凯，有钱人一个，从穿着上就能看出，我们都一直叫他凯子。

在部队里军训有很多的规定：早上5：50起床，还不准早起，不给洗漱。五分钟后站好队，6点钟准时出操训练。6：30回宿舍洗漱，十分钟后再次列队去食堂吃饭。吃饭前先围桌子坐好，等教官说“开始吃饭”才能吃饭，吃完后自己洗刷自己的饭盒和勺子。值得一提的是，吃饭没有筷子，夹菜什么的都只能用勺子。吃饭的时间也只有短短十分钟，吃完后再次列队训练。晚上时间也是有安排的，听讲座、看电影，统一时间熄灯，还有人查宿舍不让说话。除此之外夜里还要安排同学轮流站岗，一人两小时。最好的站岗时间是刚熄灯那两小时，反正大家也睡不着。最悲惨的是站岗被安排在深夜三、四点，正是美梦当头的时候。

军训的第一天，就有人偷偷早起洗漱，倒不是因为时间来不及，而是水龙头的数量有限，抢点水都是件困难事。最要命的是上厕所。两个蹲位，一人一天要干一次吧，按每人五分钟时间算，二百个人一个接一个地上，也要排上八个多小时！我记得我站岗的那个夜晚，清楚地看见有人溜到草丛里解决了大事，一边大声喘气还一边说：“靠，蚊子！”

同样也是第一天，我们独立连的优势体现出来了。大部队都在一起训练，顶着烈日，没法去偷懒。而我们由于距大部队较远，可以自由安排训练场地，也可以偷偷地多休息几分钟。没几天这种优势便在皮肤上体现出来：黑色连与白色连。

第一天午餐，大家都在抱怨饭菜太难吃了，看不到肉，也看不到油。当晚，部队唯一的小卖部就脱销了，连榨菜都卖空了。两三天后，当我们再次坐到餐桌前，不等教官下达开饭的命令，大家都把包子全捏一遍。一般来说，被人捏过的包子别人会嫌弃，是不会要的。但在这种情况下，就是被人吵过一口也照样有人要。一周之后，只要教官下达开饭命令，饭菜会在30秒内分光，然后倒上汤就吃完了，光盘行动在每一桌都表现得很完美。

早上，我们排着整齐的队伍，整齐地唱着“日落西山红霞飞，战士打靶把营归”，大步向食堂进发，意在告诉大部分，我们“白色连”的狼来了。

我们的优越感仅仅体现在我们的皮肤上，其他条件一概没有，比如洗澡的问题。我们只能在水龙头前冲冲凉水澡，尽管九月份的夜晚天气还是比较凉的。但是大部队却拥有公共浴室。这种积怨终于爆发，我们向教官提出要洗热水澡的要求，经过教官的协商安排，终于让我们达成了一次心愿。那天傍晚，我们二百来号人穿着大裤衩，端着盆，在浴室外列队等待。天渐渐地黑了，蚊子也出动了，可我们下定决心，不管发生什么，今晚我们必须要洗到热水澡。其实大部队的男生们也没洗过几次热水澡，浴室一直都是给女生用的，但今晚必须例外。女生们不急不忙，边聊天边笑着走着浴室，再擦着头发聊着天出来，一个接一个，从不间断，根本无视我们列队的等待。就这样一直站着，一直被蚊子咬着，一直到了九点钟，连教官都受不了了，开始对浴室大喊：“再给你们三十秒，再不出来我们就冲进去了！”然后我们二百来号人开始大声地倒计时：“30，29，28……”

这样的方法果然好使，女生纷纷出来了。这么奢侈的热水澡，十五天我们只洗过这一次。

军训了这么多天，我们独立连根本就是与女生无缘，只有在吃饭的时候才能看到一个个黑妹的存在。在数次观察与鼓动之后，八六哥决定一马当先，好好实践一回他的丰富理论，以对得起他助教的称呼。但事实证明，往往叫得最凶的人最没有胆量去做。不管我们怎么鼓动，八六哥始终不敢去要女生的号码，只会在背后点评哪一个最漂亮。

这种鼓动在彼此之间滋长，最终演变成打赌：打80分，输掉的一方每人去要一个女生的手机号码。中午，我排队蹲坑回来迟了，他们的牌局已经开始。我根本不知道他们有这样的赌注，静静地在一边看着。八六哥一方已经打到J了，凯子那边还打着2。这种输赢几乎已成定局，凯子却突然起身说："邵弘毅，帮我顶两把，我要去蹲坑，憋不住了。"

我二话没说就接过凯子的牌。在这种巨大的差距下，我方输了是很明显的事。此时我才知道这牌是有赌注的："我是接替凯子的，输只能算他的，凯子哪去了？我靠，掉粪坑里啦。"

"少废话，输了就是输了，晚上吃饭的时候去要号码。"

"不带这样的，我不知道有赌注啊，昨天打牌不是赌泡面和水的吗，我去买泡面。"我想脱身，但这一帮饥渴男肯定是不会放过我的。

"愿赌服输。"八六哥又开始了他的大篇理论，"做人要守信，愿赌要服输……"

"我靠！"我用无助的眼神看着我的对家，"怎么办？"

"不关我的事，我不是你们宿舍的。"

这兄弟说完就走了，连他是谁我都不认识，不认识也来打牌，还打有赌注的牌。

看着大家期待和饥渴的眼神，我深深地叹了口气，"好吧，我就为革命牺牲一回吧。"

"这哪儿叫牺牲啊，这是一个多么光荣的任务啊……"

辛苦训练了一个下午，大家都期待着吃晚饭，而我却感觉是要上刑场："我今天不舒服，晚饭我不想吃了……"

"少来，你就装吧，逃得过初一逃不过十五。"八六哥比任何人都急，"想逃跑，没门，我跟你讲啊……"

听着没完没了的唠叨比去要号码还要艰难。

晚饭桌上大家一直在念叨和催促着，还没等我准备好，我就收到一条短信。我打开短信很是诧异，是一个陌生号码发来的。

“和哪个小姑娘聊天的？谁发的短信呀？”凯子在一边说得很大声。

“发的是什么呀，给我们看看呢。”八六哥也在一边附和着。

我无辜地看着他们：“一个陌生号码，发了两个字。”

“哪两个字？”

“发的是‘是谁’。”

顿时一桌的人笑得前仰后合，与此同时隔壁桌的女生也都把目光投向了我，那一刻我感觉莫名其妙。

晚饭还在继续，凯子还是很不淡定，“记住你还有要号码的任务，就要那个，就那个低头玩手机的那个，看到没？”

“知道啦！不就是你想要吗，成全你。”我放下碗，一直在等待机会，等待一个合适的机会，不丢面子也不被关注。

男生吃饭本来是很快的，但今晚，我们吃得都非常慢，一直在等待，一直在催促。再慢的话女生都要吃完了，看见先前玩手机的女生离开饭桌，我赶紧上前，用自己强大的身躯挡住那一群色狼的视线，“同学你好，请问能要你的手机号码吗？”

那女孩先是一愣，然后一脸的羞涩，在思考了三秒钟之后给我一个致命的回复：“算了吧。”

尴尬！我除了尴尬还是尴尬；笑声！那群色狼除了笑声还是笑声；背影！那女生除了背影还是背影。

晚上的宿舍里炸开了锅。大家如获珍宝一样分享着发来“是谁”短信的号码。他们一个接一个地发信息过去，但对方并没有任何回复。

对于他们超乎寻常的激动我并没有兴趣，因为这完全是寄托在我的痛苦之上。我躺在床上，无聊地和高中女同学发信息聊天，而这位女同学竟在她们宿舍把我说成了一位传奇人物。

没多久我又收到一条陌生短信：“有人让我发信息给你。”

我回复过去：“请问你是？可不可以自我介绍一下？”

“我叫王嫒嫒，南师的，我的下铺正在说你的故事。”

我这才明白我的高中同学就是在王嫒嫒面前把我说成了传奇人物。

“我叫邵弘毅，这么晚了你还不睡觉啊。”其实我只是想告诉她该睡觉了，更直接的意思就是：我有事先不聊了。

“我的床还没铺好，我睡什么觉啊。”

还挺有趣的妹子，可以聊下去，“那你来我们宿舍睡吧，我们这有空床。”

“你那一大群色狼，我哪儿敢去。”

“怎么会，你睡我床上，我保护你。”

“不要，你还是睡我的床下吧。”

“靠！地位这么低。”

“地位不低啦，我的床下是你的高中同学。”

我发了省略号过去，表示我对她的无语。

“我睡觉啦，我要抱着我的小鸭子睡。”王嫒嫒回复道。

“干吗呢，是不是在和那个‘是谁’聊天？”凯子见我一直在发信息，就抢过我的手机。

“唉，不带这样的啊，手机给我。”

没等我起身八六哥就拉住了我，“凯子，快翻翻他的信息，我说那妹子怎么不回我们短信呢，原来和他一直在亲热啊。”

“不是的，不是你们想的那样。”我挣脱着，待我挣脱出来，凯子已看完了我的信息。

“牛！真牛！抱着小鸭子睡，你就是那只小鸭子吧。”凯子跷起大拇指，深深地点了点头，“杨阳洋，你只能叫八六哥了，助教不是你当的，助教非邵弘毅莫属。”

接着凯子就把短信的内容说了一遍，说完之后八六哥也跷起了大拇指，“他不是助教，他比助教高多了，他就是我们的导师。”

从那开始，我被他们叫了四年的导师，工作后依然在叫，也可能会叫上一辈子。

没等我解释，凯子的手机就响了，一阵“警笛”的铃声划破宿舍：前边车辆靠边靠边，后边有车队……

“你好，请问你是……你打错了。”凯子接了电话，没说几句就挂了，“不知道哪个二百五，打我电话还问我是谁，还叫我以后别骚扰他女朋友。”

没等大家讨论，八六哥的电话也响了，“凯子，是不是这个号码，159的，250结尾的。”

“是的是的，怎么也打给你了？”

“大家不要出声，我开免提。”八六哥按了免提键，和我们一起分享这个奇怪的来电，“你是谁啊？”

“你别问我是谁，请你别在骚扰我的女朋友。”

“你的女朋友是谁啊？你是哪个学校的啊？”

“你们刚刚发短信骚扰的就忘啦。”

“我知道你是谁了，我们宿舍刚才有人接到电话说‘我是呆子’，是不是你呀？”八六哥举起他的诺基亚大砖头，向我们发出坏坏的笑容。

“我是南大大三的，小心我来找你们。”

“南大的？我看你是电大的吧，我告诉你，我们都是吓大的，呆子！”八六哥毫不示弱，说完就挂了电话。

“搞大了，我们搞到人家女朋友了。”凯子脸上的笑容消失了，义正词严地辩解道，“我们又没怎么，不就发几条短信吗。”

“号码还是250结尾，一看就是个二百五，我们这么多人怕毛，我倒要看看这二百五是谁。”八六哥的情绪相当激动。

凯子像是看到了团结的力量，“他女朋友本来就不是什么好货色，矬男矬嫂，还配不上我们导师呢……是她主动勾我们导师的好不好。”

“什么什么？”我越听越觉得故事不是这样子的，“和我有半毛钱关系？”

“导师，我跟你讲，就是那矬嫂勾搭你的，发‘是谁’短信的就是她……”

“嗯嗯！”八六哥一直在“嗯”，不让凯子说下去。

“八六哥，实话实说了吧……导师我们对不起你，等军训结束了我们请你吃肯德基。”凯子一边说一边把手指向窗外，就好像矬男矬嫂就在窗外看着一

样，“我们只是把你的号码写在纸条上，放在隔壁桌上，那桌那么多女生，而且拿到纸条的也不是矬嫂，可干吗就发信息给你。”

“靠，都这样了，那你们干吗还要我向她要号码，多丢人，换一个要不行吗？”我当时无比愤怒，但看着这群傻娃们诚恳的态度也就消气了，“我不生气，最后实话告诉我，纸条是谁写的，谁放的，什么时候放的？”

没人回答，大家都一个劲儿地摇头。当晚我收获了一箱泡面，是大家谢罪的表现，但一箱我只吃到三包。

第二天的军训，我们只有一个目的，观察和矬嫂走得最近的男生，看看究竟谁是她背后的矬男。

每逢休息时间，我们白色独立连的瓜娃子们就怕别人不知道自己白，非向我们敬爱的崔教官请求加入大部队。其实不就是想去大部队看看黑妹吗，不就是想在休息的时候和黑妹们拉歌吗。这种要求崔教官竟然也同意了。

休息时间，大家一个劲儿地拉歌，女生连中也一个接一个地站出来献歌，场面盛似欢腾。而我们就一直在寻找矬嫂，找到她之后又一直在搜寻矬男，一天的搜索无果。

晚上看电影，放的是《太行山上》。当电影里喊到“崔二旦”的时候，我们连齐刷刷地调转头，去找我们敬爱的崔教官的身影。崔教官没找着，但我们几人却发现了比崔教官更重要的人物：矬男！

矬嫂的旁边坐着一个男生，举止亲密必定是矬男。尽管天很黑，尽管军训这么多天了大家都不白，但还是掩盖不了矬男的黑，矬男真的好黑哦。

矬男的黑远不至他的皮肤，还包括他的心。军训才几天，军训中男女同学能接触的机会又少之又少，这小子竟然已经下手了，而且还成功了，心真黑透了。都说上大学就是来谈恋爱的，可这也太快了吧。

军训的时光像雨又像雪，有雨天的泥泞与劳累，也有雪天的欢乐与自在；但军训更像是雨雪前的风，一切都才是大学的刚刚开始。带着彼此的外号，带着笑容和谈资，带着对矬男和矬嫂的痛恨，带着我和王媛媛的暧昧信息，就这样我们离开了部队，结束了军训。

回到学校后开始正式分宿舍，每间宿舍四人。我、凯子、八六哥在一起，我们的宿舍另一位舍友是矬男。

男人在一起没有永远的敌人，只有永恒的话题。仅仅是一个晚上过后，先前的尴尬都换成了诡异的笑容。原来矬男的大名叫高山，由于太黑大家还是习惯叫他小黑哥。矬嫂叫秦多多，和小黑哥是高中同学。小黑哥自高中开始就一直暗恋秦多多，但始终没有表白，更谈不上是她的男朋友。小黑哥所做的一切只是为了扫清情敌，也许只是自作多情。

对于男生而言，大学由如下几个阶段组成：恋爱、游戏、友情、毕业。对于女生而言，大学的组成是：恋爱、学习、打扮、失恋。大学由这两种人组成，这两种人的交集就是就谈一场轰轰烈烈的恋爱。

由于刚从高中走出，大家难免还保留着稚嫩的书生气。仅仅过了一个月，女生开始烫起头发，穿起了高跟鞋，男生开始剃掉胡须，脱掉运动装。尽管如此，女生还是喜欢找学长，男生喜欢找学姐。

我们的宿舍也不例外，找学姐没门路，找新生还是没门路。渐渐地，“在大学谈一场恋爱”就成了一句轰轰烈烈的誓词，就成了一晚晚卧床的谈资，就成了难以完成的梦，就成了找号码发短信的冲动。

我也不例外，大学给了我勇气，也给了我精神寄托。每天晚上和王嫒嫒发短信也是我的必修课。直到有一天我又收到了嫒嫒的短信：“今晚怎么睡呢？我是抱着我的小鸭子睡呢还是抱着手机？”

这分明是赤裸裸的挑逗。对于这种光荣，我必须把这份荣光带给每一位舍友：“兄弟们，我要脱‘光’了，嫒嫒说要抱着手机睡。”

“真的假的，这么直接？”

“当然是真的，短信在这儿呢。”我高举手机，用得意的眼神看着每个人，“你们看着，要不了多久她就说想我了。”

话音刚落嫒嫒的短信来了：“我想你了。”

“这么神！”小黑哥凑过头来，用怀疑的眼神看着我。

没多久嫒嫒向我表白了，她说她有点喜欢我。

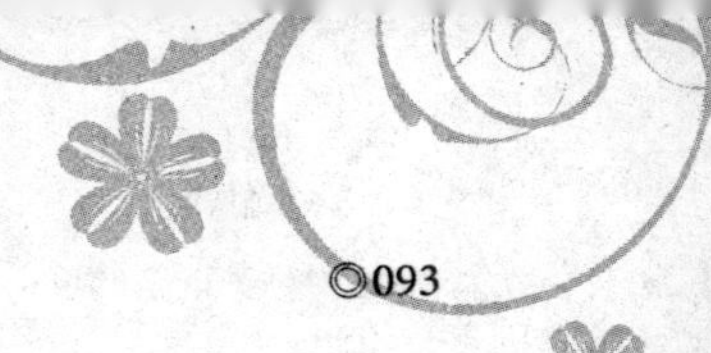
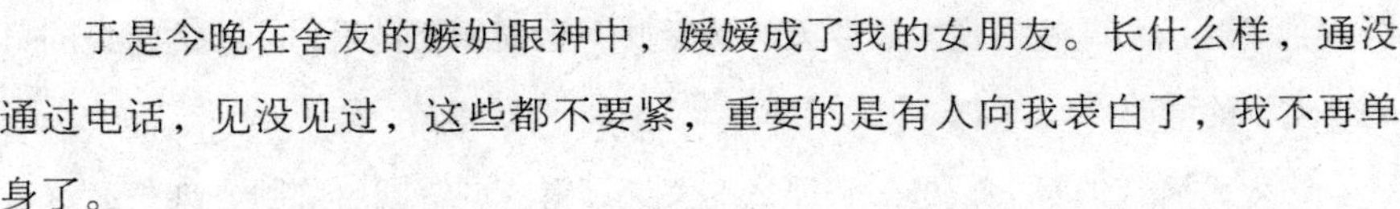

于是今晚在舍友的嫉妒眼神中，嫒嫒成了我的女朋友。长什么样，通没通过电话，见没见过，这些都不要紧，重要的是有人向我表白了，我不再单身了。

“导师就是导师，果然不一样。”凯子跳下床，走到我跟前，“导师，这么大的好事是要请客的。”

当晚，我请大家去食堂大撮了一顿，和大家一起分享着我的喜悦。

喜悦来得有点突然，我难以确定。第二天早上我发信息给嫒嫒：“昨晚我们发的信息算数吗？”

“我昨晚没和你发信息呀。”

“不可能呀，你不是说你喜欢我的吗，还答应做我的女朋友。”喜悦果然是短暂的，短暂得超出了我的想象。

“怎么了？”凯子看出了我的表情。

我把短信了内容和凯子说了一遍，凯子倒不以为然：“她故意的，女人就这样比较腼腆。”

“你这都看不出来，她这叫欲擒故纵。”八六哥向来理论经验丰富，他这么一分析我觉得也有几分道理。

“你直接和她说，爱我就大胆说出来，直接点。”凯子倒是不拐弯、直接得很。

我觉得凯子说得也对，成就成，不成就不成，搞什么欲擒故纵之类的，我可没那么多情调，于是我就回信息给嫒嫒：“爱我就大胆说出来。”

“你是不是搞错了？我真的没有向你表白过。”

“你确信昨天你的手机没有被别人用过？”

我很是郁闷，而嫒嫒表示出比我更强烈的郁闷：“手机一直在我手里的呀，你别急，我再查查已发短信，我做过的事不应该忘得这么快啊，我敢做敢当。”

我没有继续回信息，失落、好奇、愤怒充满了我的大脑。我打开昨天的短信，一条条看，找不到半点可以解释这奇怪现象的地方。过了好一会儿，我终于找到了原因：昨晚的媛媛和今天的媛媛并不是同一个号码，昨晚的媛媛的号码是凯子的号码。

怒火，满腔的怒火，可又是那么的哭笑不得：“陈凯呀陈凯，你怎么这么损呢？”

“不是我的主意，不是我。”凯子一边摆手一边往门口退。

“导师，你别生气，我们招了。”八六哥企图用坦诚来感化我，“是我们共同的主意，我们在你上厕所时偷偷拿了你的手机把陈凯号码的名字改成媛媛。”

“不是这样的……”凯子表现出一脸无辜的样子。

“别打岔。”我打断了凯子的话，“还有什么骗我的都招出来吧。”

“还有……”八六哥刚要说什么又打了个喷嚏，“没什么了。”

“算了，原谅你们了。”我无奈地摇摇头，“一帮畜生，又骗感情又骗饭。”

自打这件事以后，我的手机开始加密，我的柜子开始上锁。

刚刚“恋爱”，又回归了单身。我和媛媛继续发着信息，只是话题不再那么暧昧了。我们宿舍的志向也没有变化，继续找妹子。

南邮的男女比例一直严重失调，想找个妹子难度很大。而不远的南师就不一样了，据说南师的男女比例是1∶4。找妹子，到南师！这是我们南邮男生们共同的口号。

为了响应我们的共同的口号，我们宿舍4人买了4辆二手自行车，每天晚上都骑着车去南师吃饭。吃饭是伪装，找妹子是真。不过南师食堂的饭的确不错。

想与妹子有个邂逅，那是电视里的故事。事实上我们就这么走在路上，与我们迎面而来的女生都在与我们邂逅，只是我们没有勇气去搭讪，也没有技巧和能力去搭讪。每天就这么看着美女来美女去，看着美女挽着帅哥的臂膀走过来走过去，看着人群潮来潮去。我们一直在邂逅，却从未有结果。

如此折腾了无数个日日夜夜，终而无果，宿舍的这一群畜生又开始打起媛

媛的主意，非要我约媛媛出来和大家见一面。说得好听，就当是交个朋友认识认识，有这么一女和四男交朋友的么？

男人的本性是相通的，其实我也想见见媛媛的真面目，所以我就答应了。

时间约在一个中午。出发前凯子一直在吹头发，吹完后自言自语道："我真是帅得很。"八六哥一边梳头擦鞋，一边提醒大家不要在美女面前叫他"八六哥"，要叫大名。而小黑哥却没有任何打扮，自然就是美。其实小黑哥的心根本不在南师。

中午11：11分，一个光棍时刻，我们怀着无比激动的心情走进南师校园。无论在什么时间，南师的美女总是数也数不清。有人说在南师校园里一个人走路是有罪的，两个人走路是很对的，三人走路是犯罪的，看来还是有点道理的。

经过女生宿舍楼前，那些奇特的景象把我和我的小伙伴都惊呆了：不是因为看到了太多太多的美女，而是楼下站着太多太多的男生。那些男生时而蹲下身，时而玩弄手机，时而相互交流一下各自的体会。直到他们的女友打扮好了，高昂着头，挺高了胸，伴随着嗒嗒的高跟鞋声，走到对应的男生面前，轻轻地伸出手，就像牵宠物一样牵走一个个男生。

我们的约会地点在食堂，媛媛早早地就到了。我们一行四人像傻子一样坐着，没人敢抬头，不停地拿出手机以掩饰内心的紧张。

也不知时间是怎么度过的，也记不得是怎么散场的，可能是媛媛说她要去上课了我们才依依不舍地离开。我觉得媛媛不是我喜欢的类型。小黑哥说媛媛长得就那样，我们深知此时就是天仙在他眼里也不如秦多多美。凯子说媛媛脸上有痘痘。八六哥说大家的要求太高了，媛媛比较接近他心目中的女神形象。而我们一致认为八六哥的女神标准有点低。

从食堂回学校大门的途中，我们一直在看美女，也一直在讨论。正当大家讨论一个人走路是有罪的时候，一位女神迎面走了过来。

"快看，美女！"凯子第一个发现。

我们四人立马把眼光齐刷刷地投过去。

美女也注意到了我们，一直看着。本来美女的注意力并不在我们身上，但有我们四位色狼的眼神在，是人都会用鄙视的眼光看我们的。

女神擦肩而过，大家都把头转向脚步的相反方向，美女也惊异地回过头来，然后再次回过头来，直到站住。

美女站住后，大家立马又转过了头去假装一直在走路，而我却从美女的眼神中似乎捕捉到了什么。我下意识地回过头，一直看着她，美女也回转过头一直看着我，我无法相信自己所看到的一切，上前几步。

“嗨，同学你好！”美女向我说话了。

“我没认错吧，你是叶子芷？”我睁大眼睛看着她，我确信真的是她。

“是我，我以为我这辈子再也见不到你了。”叶子芷的眼眶湿润了。

我好想紧紧地拥抱一次，但是我没有，我们就这么面对面站着，然后都笑了，是带着泪水的笑，是甜蜜的笑。

（五）好久不见

下午我没回学校，和叶子芷一起在南师大的校园里一直走着、聊着。子芷向我讲述着大一的生活和适应的过程，而我问她的是有关各门科的学习方法与考试。这样的话题其实都不是我们真正想聊的，也都没放在心上，聊过就忘了，一切像是怕冷场而故意在制造话题。

傍晚，子芷说有一家饭店的菜特别好吃，我就骑着自行车，载着子芷，向饭店进发。

“饭店怎么走啊？”我载着子芷骑得很慢，因为我很享受这种过程。

“我指导你走，你骑就是了。”子芷抓紧了我的衣服，却没敢挽住我的腰。

“我们差不多有两年没见过了吧。”我一直在寻找话题。

“是一年零五个月，我记得清楚吧。”

“你比以前更漂亮了。”

“是吗？”子芷得意地甩了下长发，“骑错了，右拐。”

绕过大成名店，向仙林的更深处进发。路途不近，我很享受这路途中的时间。

接下来的路上没有多少话语，子芷轻轻地挽住了我的腰，又轻轻地放开了，“你……你有女朋友了吗？”

“还没。”

“哦。”

子芷拨弄一下头发，“我也没男朋友，去年想谈的，可不敢谈，怕被人家骗。”

“哦。”

接下来又是沉默，子芷又一次拨弄一下头发，“那……你现在对我的感觉，不，是印象，和几年前有什么不同吗？”

“这个吗，我也不知道怎么说，和你在一起挺开心的。”我说出这话时感觉到一阵害羞，害羞得差点撞到人。

“你骑车小心点。”子芷再一次挽住了我的腰，“今天能遇到你真的挺意外的，能见到你我也很开心。”

“那……我们……我们能开始吗？”

“就这样开始了？不送个花呀什么的？”子芷把头埋进我的后背，甜甜地笑了，“哎，错了错了，向左拐。”

说实话，我从没买过花送人，也不太好意思去买花。不是觉得羞涩，也不是觉得高调，而是怕被拒绝。

路过一家新开张的店面，门前放满了鲜花。子芷示意让我停下，拍了拍我的后背，“正好有，你去偷几朵给我。”

“真的假的，这不太好吧，等会儿我去买。”

“没事，你去呀，快点。”子芷边催促边推着我。

“那我真去啦。”

唉，这也太丢人了吧。为了赢得美女的芳心，这点丢人算什么。待我轻手轻脚地采完几朵后，店里有人出来一直看着我。子芷却在一边笑得合不拢嘴：“我不认识你，你别靠近我。”

有时细想，自己心中那个遥不可及的女神并不是自己所想要的，那只是一个梦，一个可以遐想却无法触及的梦。而真正能和自己走到一起的，总是在不经意间被自己所忽视的那个人。如果不加留意，那错过就是错过了，来不及后悔，也不该去后悔。

那天很晚我才回到宿舍，不等我洗个澡，舍友们就围了上来。

“你今晚怎么回来了？不该在外边开房吗？”凯子第一个发问。

“别乱说，只是一个同学。”我低声地回答道。

“我只是想问你是不是和嫒嫒在一起，又没问那个美女，你不打自招啊！同学？谁信呢，为什么不是我同学，不是杨阳洋同学？老情人吧。”凯子越来越八卦了。

“真的就是一个高中同学，都大二了，怎么也不会看上我这种大一新生的。”我急于解释。

“我也这么想的。”八六哥也跳下床，“本来是去见嫒嫒的，结果你见了美女就忘了嫒嫒，这样吧，嫒嫒交给我了。”

“导师，反正你一直不缺妹子，要不把你这同学介绍给我们认识认识？”凯子用猥琐的眼神看着我，又向八六哥坏坏地笑了笑，“八六哥，你觉得呢？”

“很有必要。”八六哥立马响应。

“没门！想都没想！”我毫不犹豫地拒绝了这帮色狼的请求。

自始至终只有小黑哥一句话也不说。他在床上和她的女神秦多多发着信息。小黑哥每发去一条，等二十分钟对方才回复一两个字，不是“嗯”，就是“哦”，也有可能是“呵呵”。

从此之后，我们不再骑车去南师大吃饭了。自行车一直放在楼下，风吹雨淋，直到被偷。

从此之后，舍友们也不再用色咪咪的眼神去看美女了，大家似乎已习惯了这种单身生活，静静地等待。

从此之后，我一直盼望着周末，我只想见到叶子芷。

♡♡♡♡♡♡♡♡♡♡♡♡♡♡♡♡♡♡♡♡♡♡♡♡♡♡♡♡♡♡♡♡♡♡♡♡♡♡

年少是用来轻狂的，青春是用来赞扬的，生命是用来舞动的。以“赞扬青春，舞动人生”为主题的迎新晚会就要开始了。

对于大一新生来说，迎新晚会才是大家进入大学生活的标志。突然从枯燥的高中生活中走出，去接触、参与多姿多彩的文艺活动，那种兴奋和好奇是掩饰不住的。

迎新晚会的前半个月，校园内就贴满了宣传海报与节目征集海报。不仅新生好奇围观，就连老生也会讨论几句，看看今年的晚会有没有创新，节目有没有突破，更重要的是留意一下这场晚会有没有各自喜欢的学生偶像。可以说迎新晚会是大学校园里最具影响力的活动。这场活动所传达的不仅仅是学长学姐对学弟学妹的欢迎，也向大一新生们宣告了大学生活的开始。这场活动所呈现的不仅是学校文艺活动的最高水平，也给了才艺双全的美女帅哥们展现自我的机会。通过迎新晚会，大家所看到的是精彩的节目，所想到的是台上的才子佳人，所思考的是自己的大学生活。

没多久迎新晚会的节目单张贴出来了，我们清楚而惊讶地看到一支现代舞的领舞是秦多多。带着这种惊讶，我们向小黑哥求证。得到此秦多多就是彼矬嫂的回答后，我们决定，就是不吃晚饭也要占领前排座位，一睹矬嫂的风采。

晚会当晚，舞台宏大、灯光炫丽，嘉宾满座、观众沸腾，彩旗飘飘、鲜花弥香。所有演员更是光鲜艳丽、美轮美奂。

晚会上，除了固定的工作人员给表演嘉宾送花之外，也不乏众多宅男宅女给心目中的女神男神献花。后者送的花可以自己带走，但前者送的花必须留下，下一位演员上场时还要重复使用。

好不容易等到矬嫂上场，我们都坐直了身体瞪大了眼睛，有种不可思议的感觉。矬嫂用其独特的舞步，自由地抒发情感，很具感染力，迎得了现场一阵阵的掌声和尖叫声。

晚会结束，我们和大家一样意犹未尽，我相信今晚过半的宿舍都在讨论迎新晚会。小黑哥一直在夸着他心目中的女神，可我总觉得他愈是夸赞，女神愈是遥不可及。凯子也一改他往日对矬嫂的态度："其实矬嫂一点也不矬。"

"就是，谎言说了一万次就是事实，但矬嫂被说了一万次仍然是女神。"八六哥一直在抒发情感，一直在独白。

当时我不知道该怎么形容矬嫂，但现在回想起来觉得矬嫂无论是长相还是气质都有点像汤唯。

那晚我们卧床聊了很久，话题许久都没从矬嫂身上挪开。最后我们纷纷表达了要加入学生会的想法，尤其是文艺部。总结一句话：想要妹子就得入学生会，想要女神就得入文艺部。

迎新晚会刚结束，学校各个社团的招新活动就拉开帷幕了。校学生会、院系学生会、环保协会、心理协会、武术协会、轮滑协会、文学会……什么样的协会都有，没有你见不到的，只有你想不到的。看来在大学校园里谁都想自立门户，谁都想坐老大。但论其影响力而言，还是学生会最受欢迎。所以我们宿舍一致认为应该加入学生会，尤其是为了妹子和女神。

加入学生会也是有要求的，比如要有一些才艺什么的。面试那天我们都没勇气上台发表竞选演讲，只有凯子不知从哪儿拿来一把吉他走上台，“尊敬的各位学长好，我叫陈凯，我会弹吉他……”

凯子没有过多的华丽语言，也没有一大堆的排比句，仅仅是一把吉他，他就被校学生会文艺部录取了。回到宿舍后我们都很好奇，凯子从来没说过他会弹吉他。可凯子说他会，但一周内我们也没听过他弹过哪怕一首完整的曲子。

凯子能够加入校学生会文艺部给了我们深刻的启发，那就是必须要有能够与妹子搭讪的神器。没多久我们宿舍买了四把吉他，若干本自学吉他的书籍。吉他便是勾妹子神器。

我们刚从高中走来，我们还有努力学习的激情，我们的意志还没有被磨灭。少年们，拿起你们的吉他开始学习吧。我们不渴望成为黄家驹那样的人物，也不曾想去登台表演。我们只想拿起我们的吉他，在夜深人静的校园里弹奏，在妹子路过的林荫道下抒情，在宿舍走廊里与女生宿舍楼隔空聆听。那段时间我们弹断过弦，磨出过泡，翻烂过书。但我们始终没有在夜深人静的校园里弹奏过，也没有在妹子路过的林荫道下抒情过，更没有在宿舍走廊里与对面隔空聆听。时间久了，我们自得其乐。

在新生宿舍楼里经常会有校、院、系的各级学生会学习部的人来推销英语报、学习杂志。想想高中时一箱箱的学习资料，进入大学以来大家就没买过一本学习书籍。我们都知道大学是轻松的，但轻松容易让人麻痹，容易让人堕落。我们必须要学习，必须要买学习资料。所以对于学习部的贴民心、暖人心的下基层活动我们还是比较欢迎的。订了一大堆的报纸书籍，一直在墙角摞着，而且越摞越高，直到毕业了和教科书一起当废纸卖掉。后来想想，也不能说我们被学长们骗了，只能说是我们不能明确自己的需求或是不爱学习。

学生会是个神奇的组织，可以让新生们为之振奋，努力加入；也可以让同学们恨之又恨，置之不理。每周都有生活部的人来查宿舍卫生。刚开始我们还是很配合的，还特意在查之前打扫一遍。但时间久了，人也变油了，该得几分是几分，你查你的，我玩我的。后来路过一个老生宿舍发现，只要有生活部的来查卫生，老生直接一盆水倒在门口。在老生宿舍取经之后但凡遇到查卫生的，我们要么不开门，要么一个字——“滚”。一个月后，宿舍楼下张贴出这个月来每个宿舍的卫生得分情况。我先是从前往后看，没找到我们的宿舍，再从后往前看，终于找到了，而且等级还是“B”。但旁边的同学告诉我，只有两个等级，不是A就是B，而且几乎都是A。

时间就是一把杀猪刀，磨灭了幻想，却催发了激情。我们渐渐地对学生会失去了兴趣，却催生出自己拍MV的想法。我们认为我们可以做得更好，可以做出真风采。

那时网络上流行“后舍男生”。以恶心出名不是本事，我们要做出我们的组合，以搞笑出名，争取超越“后舍男生”。因为我们的宿舍在五楼，所以我们把我们的组合起名为“五楼后座”，并且在宿舍门上贴上我们彩打的标志。接着我们又开始编写宿舍舍歌。那一段时间真是轰轰烈烈，天天找灵感，录视频。没有摄像机也没有DV，一切仅靠一台卡片相机，然后自己剪辑。把扫把当吉他，把脸盆当架子鼓，把吹风机当话筒，用床单当衣服，把枕巾裹在头上……一切道具源于简单的生活工具，源于大学宿舍里仅有的几样东西。不仅如此，我们还用纸盒做道具，做帽子，自己写剧本，上紫金山上采风找灵感，拍摄属于我们自己的微电影。我们把拍好的视频放在视频网站上，一时间点击率居高不下。随便上传一个，三两天内点击率必突破十万。有一个视频只是八六哥一个人随着音乐乱舞蹈却赢得了几百万的点击率，因为我们把这个视频命

名为《大学生宿舍激情舞蹈》。最出名的视频当属八六哥用牙签吃泡面的那一段。

如果那时我们能坚持下去，没准我们还能火呢。只可惜时间真的是一把杀猪刀，磨灭了激情，催发了堕落。

时过境迁，如果不加提醒也许我的这些小伙伴们都会忘记他们当年的杰作，但是只要打开电脑，搜索一下“五楼后座”，至今还会有好多作品依然存在。

夏去秋来，我喜欢初秋的感觉，尽管好多人都对我说南京没有秋天。初秋时节树叶还没有飘落，寒流还没有来袭，花香还没有散尽，人情还没有迷失。在这个初秋时节，我的高中笔友朱珠一直在我QQ上留言。我不习惯打那么多的字，那天我们约好在QQ上语音。

我的台式机没有耳机只有音响，尽管我把音量调到最低，我和朱珠的聊天还是会让宿舍的人都听见。朱珠说我的声音很像她的哥哥，想认我当哥哥。我不知道女孩喜欢认哥哥的到底出于怎样一个目的和心理，但那时我一点也不委婉地就拒绝了。拒绝之后我听得出那边的哽咽，想给对方点安慰，却无奈于舍友听得这么认真而开不了口。我甚至很直接地告诉朱珠，我们之间没有可能，也不可能见得了面，但朱珠却还是坚持要我做他的哥哥。一个下午的语音也没谈出个什么快乐，气氛压抑，情绪低落。她最后希望我每周写一封信给她，要邮寄。我很明确地告诉她，我不会写信，附近也没有邮局，网络这么发达，网上留言就好了。

之后朱珠一次次地网上留言，我却一次次地简短回复；一次次想要求点什么，却被我一次次地拒绝。直到有一天她说她很伤心，说她哭了很久。

那一天，我整天都打不起精神。我不知道该怎样处理这件事情，更不想伤害一个这辈子都可能见不到的人。与其说我过于冷漠，不如说我太过于理性。当晚我决定打电话给她，把一切都说清楚。让她能认识到现实，也让我能够宽慰自己，求得一个安心。那天晚上，我们电话聊了很久，一直聊到凌晨，聊到手机发烫，聊到手机欠费。

后来朱珠在QQ上给我留了很长的一段话：

哥：

尽管你没有答应，但我还是这么称呼你。我们认识也好多年了，以前我们一直一起交流爱情，交流文学，我们不是青梅竹马，也算是半个知音。可能你一直觉得我太小，但我不这么认为。小的是年龄，却不代表任何其他的东西。我不知道你为何不喜欢认我这个妹妹，也许你有很多妹妹，也许你只是不想与我联系，但我想你肯定有你的道理。

哥，你知道吗？我现在读高三，我的内心好压抑。高三太痛苦了，我是有多么的孤独，我多么想能够得到你的安慰，就像我们刚认识那会儿一样。

哥，高三上网本来就很不容易，我却经常去网吧，不为别的，就想看到你能给我留言，对我说点什么，可我却一次次地等空。

哥，这几天给你带来烦恼了，对不起！

读完朱珠的那段话，我有想哭的感觉，奈何于在舍友面前，我不能落泪，也不能悲伤，我只能告诉朱珠："你现在的首要任务是好好学习，熬过这一年，等你考上大学了，什么都会变的，什么都会好的，大学是新的一片天空。"

然后我默默地删掉聊天记录，永远地隐身QQ。

舍友们都觉得我太绝情了，不管怎么样也不能这么伤一个妹子。但那时我只想告诉朱珠，我们得现实点。其实后来回想起那天的对话，我也觉得我好无情，我的每一句话都那么伤人。我们所谓理性的人、成熟的人、过来的人，我们谁没有对人生、对未来、对爱情幻想过？我们为什么总是要用过来人的口吻去劝说别人、教育别人，我们为什么总是会用自己的伤疤去打破别人的梦境？没有幻想过怎会经历，没有经历过怎会懂的？

不曾走过

怎会懂得

时间从指尖滑过

如同记忆的折磨

折磨着梦里梦到醒不来的梦

不曾渴望

怎会拥有

脚步被黑夜带走

如同冬雪的消融

消融着画里画到画不完的痛

（六）曾经的你

我的每一天都期待能够见到叶子芷，但却不愿天天黏在一起；我的思念如泉涌不绝，却必须要保持一种"又何必朝朝暮暮"的风度；南邮和南师相隔仅仅半个小时的路程，但美的存在恰恰是因为距离。周末，是一个美好的时间，不长不短，也无需对舍友过多地解释。我喜欢周末，喜欢周末和子芷在一起的点点滴滴。

子芷是我的向导，跟着她的脚步去领略南京的历史和文化；我是子芷的拎包，历史和文化都和爱情一起从包里打开。

我们从白马湖公园出发，走着紫金山木质栈道，抚摸左侧的郁郁竹海，听着风声和吱吱声的交织，向森林更深处前进。

我们沿着太平门路蜿蜒，踩着公路边的白线，触摸六百岁的明城墙，呼吸着湿润与葱郁的气息，向历史与文明致敬。

紫金山又名钟山，整个钟山文化都围绕着紫金山。沿盘山公路而行，感慨的不仅仅是风景，还有好多遗迹。我们沿着公路走，一直走到琵琶湖公园。琵琶湖不大，但在高高的明城墙下显得尤为壮观。回想冷兵器时代一夫当关万夫莫开的场景，不禁感慨古人建筑城墙的毅力与代价。城墙脚下有一条木质小桥，走在桥上可以纵观湖景，也可以触摸城墙。如果心细，可以看到墙缝间的糯米与石灰，还能看见好多墙砖上的文字，都是古时铸砖时留下的印记。有些文字还清楚可辨，有些已模糊不清，但这都遮挡不住我们的好奇。子芷高中时学的是文科，所以她一直在给我讲有关明朝的历史。明时江南首富沈万三助筑都城有功，于是在沈万三和朱元璋之间就有了好多故事和历史遗迹，中华门城堡的聚宝门便是其中之一。不幸的是，沈万三最终却被朱元璋发配云南，度过

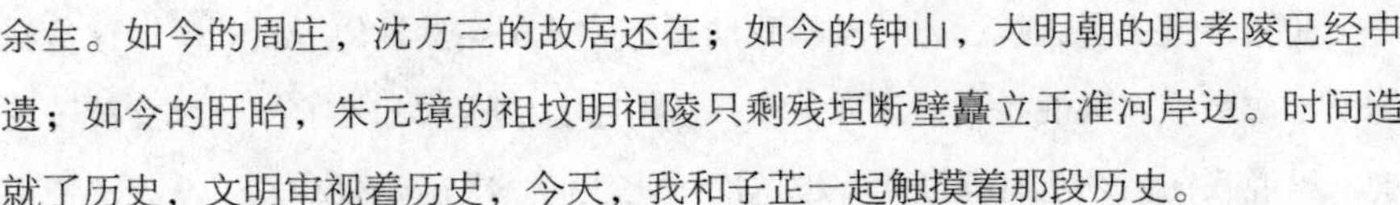

余生。如今的周庄，沈万三的故居还在；如今的钟山，大明朝的明孝陵已经申遗；如今的盱眙，朱元璋的祖坟明祖陵只剩残垣断壁矗立于淮河岸边。时间造就了历史，文明审视着历史，今天，我和子芷一起触摸着那段历史。

城墙高大，湖面平静，无风流动，城墙脚下很是闷热。子芷走在我前边，后背稍许汗湿。

继续往前走，可以看到好多新娘在琵琶湖边拍婚纱照。能够选址在这里，多少有点文艺气息。面对这些漂亮的新娘，子芷驻足观望了好久，而我也观望着子芷的后背好久。我不知道那一刻子芷的心里会想些什么，但至少我的心里想的都是邪恶的。好一会儿她什么也没说，我什么也没说。

南京的明城墙很长，“因天时就地利”，依山傍水而建，设有内十三城门，外十八城门。留给今天的记忆就是一堵鬼脸墙和好多条以城门命名的大街。我和子芷闲不住脚步，又来到下关的绣球公园，试试马皇后的超级大脚，远眺长江。再从凤仪门登上城墙顶上，俯瞰南京城，一直走到鬼脸墙，亲临秦淮河。秦淮胭脂，六朝文墨，富贾云集，青楼林立。我让子芷给我讲讲秦淮河的历史，她告诉我整个秦淮河的文化就是青楼文化。我问她有哪些出名的青楼女子。她告诉我说秦淮八艳个个都是美女。于是我们的话题转到了美女身上来。子芷说其实女孩子也是喜欢看美女的。我告诉她女人眼中的美女在男人的眼中大多不是，女人眼中的帅哥，在男人眼中和矬男没啥区别。说到这里她若有所思地问我：“那我在你的眼里算不算是美女？”

“是的，十分的话能打十二分。”

“你骗我。”

“我没骗你。”

“你就是骗我。”

“我讲的是真话。”

“真的？”

“是真的。”

有关真假的数次对话之后便是沉默。沉默中我们一会儿对视零点几秒，一会儿又转过头去远眺远方。没等我准备好，子芷突然拉住了我的手，这是我们第一次牵手。虽说我牵过无数个女孩子的手，但这次却是唯一一次女孩子主动。虽说我在情场上有点经历，但这次却比任何一次还要激动。还没等子芷平复下她那激动而稍有羞涩的心情，我狠狠地吻了她。子芷先是猝不及防，但只在短暂的一两秒之后，我们都进入了最佳状态。就在明城墙之上，就在秦淮河畔，就在城市之中，就在蓝天之下。一切的环境都是那样的符合此时的情调，唯一的美中不足之处在于脚踩的是“鬼脸墙”。

傍晚时分，子芷说要带我去见她姐姐，她姐姐在南师随园校区读研。这算是见家长的节奏吧。

我们沿着北京西路走着，深秋叶落，黄色的银杏叶随风飘洒，纷落不断，大片大片，落在地上沙沙作响。子芷身着白色连衣裙，走在落叶纷纷之中，一阵微风吹过，长发飘飘。那一刻，我走山走水走天下，只为寻找这深秋的落叶纷纷；那一刻，我拍草拍树拍绿叶，只为等待银杏叶黄的辉煌；那一刻，我寻花寻柳寻妹子，只为一睹女神的飘逸与迷醉。

这一回，我主动牵起子芷的手，用肌肤的接触去证实自己的拥有，用实际的行动，来驱除内心的虚无缥缈。

民国56号建筑就在路边，沧桑但并不老旧，端重但并不古板。深秋银杏叶黄纷纷，民国唱诗歌声吟吟，白裙美女大方落落，匆忙身影心思沉沉。这是我所想到的场景，也是我所享受的场景。感受得到，触摸得到，呼吸得到。

我用我沉着的步伐掩饰我的激动，子芷像只欢快的燕子在我的左右围绕。面对这样的美景，这样的意境，我们约好，等晚秋了，我们去浦口北站看落黄的梧桐树叶在铁轨上飘落。铁轨情结，秋风叶落，遗弃之美。

子芷的姐姐在校外租着一所房子，为了我们的到来，姐姐在家忙碌着。穿过深深巷陌，愈见城市的古老，愈见市井的自在。在郁郁葱葱的大树之间，一排不起眼的老楼夹杂中间，墙壁上长满了爬山虎。走在老旧的楼梯上，就连木质的扶手都吱吱作响，随之我的心也越来越忐忑。姐姐的房子就在楼上，我的脚步却显得沉重。

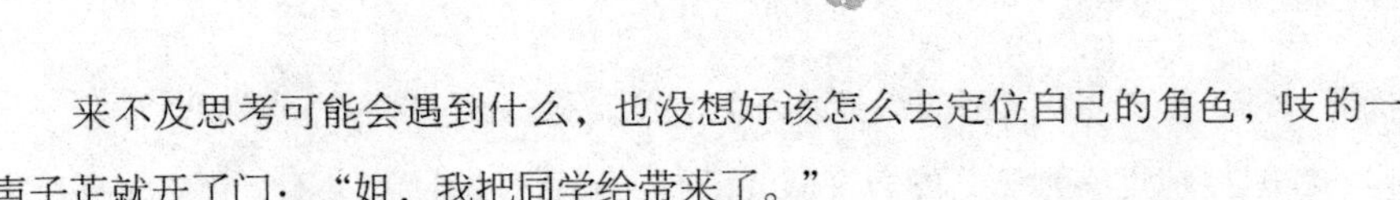

来不及思考可能会遇到什么，也没想好该怎么去定位自己的角色，吱的一声子芷就开了门："姐，我把同学给带来了。"

"是哪位帅哥啊？"厨房里传出了姐姐的声音。

"是矬男一枚，我的男朋友。"子芷拿来一双拖鞋给我，然后独自向厨房走去，"姐，今天做的什么好吃的啊，可不能亏待了客人。"

"好吃的多呢，你最爱吃的可乐鸡翅。"子芷的姐姐端着菜从厨房里走出，"让我见见帅哥。"

我刚要打招呼，一瞬间彼此都愣住了，像是时间的停滞，也像是上苍的恩赐。

"叶子菡？"我惊讶得只换了一只拖鞋就停止了所有的动作，"叶子菡，叶子芷，我早就该起到你们是一对姐妹……"

"你们认识？"子芷郁闷地看看我，又看看姐姐，"你们怎么认识的？"

"暑假时，我……"子菡吞吞吐吐地蹦出几个字又冲进厨房，"菜要糊了！"

"你姐不是在我们中学教英语吗，我英语又不好，经常被老师叫到办公室，我们英语老师和你姐坐对面，然后就认识了呗。对了，叶老师，您怎么读研了，不教书了？"

"对呀，那会儿你那么调皮，没想到也考上大学了吗，还成了半个叶家人。"子菡又从厨房走出，向子芷挥了挥手，"老妹，下去买袋盐来。"

在只有两个人的房间里，时间短暂，空气凝固，我的心一团乱。

子菡给我倒了杯水，"我妹也没和我说过，我只知道她最近有男朋友了，但真没想到会是你。"

"我和她高中是同学，没想到会在大学见到。"我只顾低着头喝水，眼神忙乱，神色紧张。

"天底下就是有这么巧的事。"子菡微笑着看着我，"我妹妹真幸运，她有你肯定会幸福的。"

又是沉默了一会儿，子菡起身走进厨房，"我记得你爱吃青椒土豆丝，我就很奇怪，怎么会有人把这么普通的菜当成最爱，今天我再炒一次吧。”

我明显地觉察到子菡的声音低沉了许多，我和她说：“不是我最爱吃青椒土豆丝，而是就没几个人不爱吃青椒土豆丝。”

“姐姐，盐来了……”叶子芷把鞋子脱得东一只西一只，迫不及待地冲进厨房，“姐，你的脸色好差哦，你怎么哭了？”

“有吗？”子菡拭了拭眼睛，“是这青椒给辣的……来，把这菜端上去。”

“青椒土豆丝，这菜好吃。”子芷端起菜看了看子菡，“姐，你怎么啦，今天你有些不对劲儿。”

“嗯？”子菡回转过头，“有什么不对劲儿的吗？”

“哦，没有。”子芷端起菜走向客厅，“青椒土豆丝来喽……”

“姐，你看邵弘毅怎么样？”子芷把筷子咬在嘴里，歪着头看着子菡。

“很好啊，我妹的眼光不会差的。”子菡也歪着头看着子芷。

“我就知道姐姐的眼光和我一样。”子芷又歪着头看着我，“你觉得我姐怎样啊？”

“啊？”我看了看子芷，又看了看子菡，一脸的拘束和尴尬，“你姐是个好老师，人又漂亮。”

“你这丫头，今天高兴得有点语无伦次了吧。”子菡夹了个鸡翅给我，“来，尝尝我最拿手的可乐鸡翅，刚学不久，我妹最喜欢吃了。”

“嘻嘻，姐，我们三人碰一杯。”子芷端起杯子，“邵弘毅，你以后要是敢对我不好，我和我姐都不会放过你的。”

“哪敢。”我勉强地露出一丝笑容。

晚饭后天黑透了，我决定回去。子芷和子菡一直把我送到公交站台。

晚上天空飘着细雨，深秋的风把整个夜晚都吹得清冷。细雨打在落叶上，沙沙作响，听上去好似寂寞。这么晚，公交车已经停了，我拿出手机看了看时间，又以看了看远方的灯光，很是焦急。

“弘毅，要不你今晚就别回去了，住我们家吧。”子菡看出了我的焦急，“老妹你说呢？”

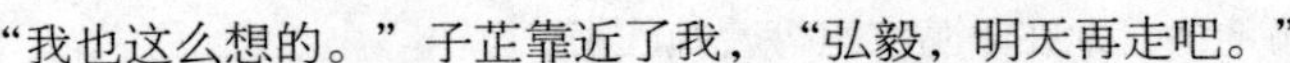

"我也这么想的。"子芷靠近了我，"弘毅，明天再走吧。"

"这不太好吧。"我竟然脸红了。

"有什么不好的，走，回去。"子芷挽住了我的胳膊就往回走，"快点，雨越下越大了。"

客厅里我一个人看着电视，什么忙也帮不上。子菡在厨房里洗着碗，子芷也走进厨房帮姐姐一起洗，"姐，你今天是不是有什么心事？"

"没有啊。"

"怎么会没有，我是你妹妹，我一眼就看出来了。"

"我就是突然想起我以前的男朋友了。"

"你都没和我说过你的恋爱史，也不让我取取经。"

"有什么经可取，都很平淡的。"子菡对着子芷笑了笑，"去陪陪你那位吧，我一会儿就洗好了。"

"姐，我一定帮你物色一个好男人。"子芷笑眯眯地去了客厅。

子菡长吁了一口气，自己对自己一番苦笑，最后轻轻地摇摇头。

只有一间卧室，我睡客厅，子芷和子菡睡卧室。

子菡早早地进了卧室，子芷一直偎依在我的身上聊了好久，聊她的姐姐，聊我们的未来，直到很晚很晚才被子菡叫了进去。

这一夜也不知道子芷和子菡有没有睡好，反正我失眠了。我仰望着黑夜中的天花板，眼角微微地有点湿润，说不出原因。

深秋的风吹落了校园的落叶，红红的枫叶再也不像八九十年代的信笺，飘落无声，轻轻扫去，遗憾痛心。繁华世界，一点一点浮现梦的点滴；泛黄照片，承载不了昔日的记忆；唯有思恋，挥之不去触摸不及。繁忙的人海，疲惫的记忆，一切都好累、好疼。

只要有空，我都会去南师找子芷。时间久了，愈加难舍难分。这段时间子芷在市区找了份家教的兼职，每逢周末她都要去给学生上课。为了能见到她，我经常从仙林跑到市区。

子芷心疼我，让我不要来市区，说时间都浪费在了公交上。而我更是心疼子芷，经常偷偷地背着她在子菡家里等着她回来。

“子芷还没回来？”我的焦急写在了脸上。

“才几时没见啊，就想成这样。”子菡微笑着看着我，“对了，我妹刚才打电话来说她今晚不住这儿了，上完课直接回学校。”

“她怎么没对我说呀。”

“你也没告诉她你在这等她呀。”

“姐，那我就先回学校了。”

“别呀，我妹不在你就要走呀，这家里不还有我了吗，又不是没有人……你坐坐看看电视，我给你做饭去。”

“姐，我怕这么晚子芷一个人回去不安全，我得送她。”

“好啦，你再等等吧，她会来的，我逗你玩的。”

“真的？”

“真的，不信你发信息问问。”

“好吧，那今天我就不走了，好久没吃姐姐做的菜了。”

“你呀，就记得子芷，都忘记我对你的好了。”

“怎么会呢！”说着我也走进厨房，“今天我打下手。”

“不用不用，你去看电视吧。”子菡拿走我手中的菜。

“还是我来理菜吧。”我从子菡的手中拿过菜，一不小心握住了她的手。那一瞬间，像触电一般，菜散落在地上，我尴尬地回避了子菡的眼神。

“看你紧张的。”子菡捡起地上的菜，“你又不是没碰过我的手，那个暑假，你哪天不是牵着我的手。”

子菡看我许久没有说话拍了拍我的肩膀，“和你开玩笑的，你别当真啊。”

“哪会。”我说得很没底气。不管说者是不是无心，听者始终有意。那个暑假的点点滴滴又浮现于我的记忆，记忆过于清晰，无法忘记，很难面对。

子芷回来的时候我还在呆呆地看着电视，眼神在，心不在。子芷趁我不注意轻轻地走到我的背后，想偷偷地捂住我的眼。还没等她的手碰到我的眼，我就紧紧地抓住了她的手，“就你这小伎俩，还嫩着呢。”

子芷顺势搂住了我的脖子，“刚才看电视上哪个美女的啊，眼都直了。”

“我的口味有点重，看的是芙蓉姐姐。”我转过身，捏了捏子芷的鼻子，“小东西，想我了没？”

“我才没想你呢，我想我姐做的菜了，你继续做你的芙蓉姐夫吧。”子芷亲了我一下，迅速跑进厨房，“姐，我饿了。”

有两个周末，我没有去子菡家等子芷，因为我怕会与子菡有眼神的对视。哪怕只有零点几秒，我都觉得我是有罪的。

周末的晚上，子芷和子菡卧床而谈，子芷一次次地催着姐姐给她找个姐夫。

“我都不急，你急什么。”子菡把手中的书放下，“邵弘毅好些天没来我们家了，你要关心的人是他，而不是姐……你要不跟他说说，让他明天来我们家吃饭？”

“我晚上回来这么迟，哪舍得他跑这么远来等我。”子芷一脸自豪地看着子菡，然后拿起了手机，打给了我：“喂……”

第二天我来到子菡家，买了好多零食和水果，“我都快把这儿当成我自己家了。”

“这就是你家……来就来吧，还带东西。”子菡笑眯眯地开了门，“好长时间也不见你来，我妹一直念叨着你。”

“这段时间学校课多，就没怎么来……对了，姐，天气越来越冷了，我给你和子芷各买了条围巾和帽子，也不知你喜不喜欢。”

“真的？”子菡像小孩子一样得意地跑过来，“弘毅，你蛮贴心的吗。”

“挺漂亮的。”子菡走到镜子前转了又转，“弘毅，来，帮我把后边的头发拿到围巾外边，你看看，好不好看？”

我和子菡边看电视边等着子芷回来。

“姐，子芷在哪里做家教的啊，要不我去接她吧？”

“她很快就会回来了，你再等等。”

电视里放着电影《十面埋伏》，放到“小妹”和“金捕头”在草地上滚动的那一段，我不好意思地走开说：“我去倒杯水。”

一杯水倒完我又等了等，估计那段情节快结束了才走进来。可张大导演偏偏对那一段情节浓墨重彩地大写特写，时间远远地超出了我的预期。我无法回避那激情的画面，只得低着头一直喝水。而子菡却看得十分投入，“你说这电影到底是想表达什么？”

“这个我就不懂了。”我这才抬起了头，看了一眼屏幕中那依然放肆的场景，又看了看子菡，“电影就喜欢用这种情节来吸引人气。”

“这不正合你们男人的口味吗？”子菡目不转睛地看着我。

我和子菡对视了一秒钟转过去，再抬起头，又与她的眼神对视上，“别一直看着我呀，我什么都不知道。”

“看把你吓的。”子菡起身向厨房走去，“这有什么不好意思的……我去看看黑米粥怎么样了。”

子菡刚走进厨房就听见子芷的声音：“姐，邵弘毅来了没？”

“来了，她还给你买吃的，还有围巾和帽子。”子菡洗着碗，“马上准备吃饭……老妹，有一条围巾和帽子可是我这个妹婿买给我的啊，别都私吞了哦。”

“知道了。”子芷跳跳蹦蹦地走进房间，也和子菡一样试了又试，“亲爱的，你对我太好了。”

“我对你这么好你有没有要表示的啊？”我走近子芷笑眯眯地看着她。

“你想要什么表示？”子芷转过身甜甜地看着我，然后紧紧地抱住我，轻轻地闭上眼，把她温暖的唇递给了我……在那接吻的一瞬间，子芷交给我的不单单是温暖的唇，还有整个人的重心。我一时没站稳，两人“啊”的一声倒在床上，一声傻笑……

“开饭了。”客厅里传出子菡的声音。

饭后子芷走进厨房轻声地对子菡说今晚天太冷了，要和我睡一起。

“那姐姐我一个人也冷呀。”子菡张大嘴巴看着子芷，“你要有分寸呀。”

“放心，就是睡睡觉，姐你别多想呀……我们睡客厅，你睡卧室。”

“那你要学会自重啊，男人会冲动的。”

“姐，他要是乱来我就进房间里跟你睡，只要我不同意他不会乱来的，我

相信他。”子芷低着头把一个碗足足洗了三分钟。

“好吧。”子菡摇了摇头，“你自己要有分寸，姐相信他也相信你。”

这一夜子菡失眠了！

♡♡♡♡♡♡♡♡♡♡♡♡♡♡♡♡♡♡♡♡♡♡♡♡♡♡♡♡♡♡♡♡♡♡♡♡♡♡♡

2005年的平安夜，南京雪花飘飘，灯火辉煌，夫子庙、新街口人满为患。大大小小的圣诞树布置出节日的热闹。一边商家拿出所有的手段在打折、促销，一边报纸上的某某专家在大声疾呼：是商家的炒作把中国人带入了文化误区。总之一切都挡不住人们的快乐与热情，这才是一个节日的魅力所在。

雪依然在下，恰是最好的圣诞礼物。欢声笑语充满了整个城市，也填满了多数人的心。这一晚大学城里空了，浩浩荡荡数万人在同一时刻涌进了市区，成了这个城市的欢乐主体。

我牵着子芷的手，踩着浅浅的雪印，和所有的情侣一样，快乐地走着，甜甜地笑着。这一晚人真的又多又挤，这一晚这个城市也显得好小好小。这一晚我们碰到了小黑哥和秦多多，也碰到了八六哥和王嫒嫒。看来他们一直相互背着在偷偷地发展。

冬夜深深天黑，雪花笑容，热闹步行街。二十岁花季人生，年少等待在凌晨。苹果皮削断，无依无诉无烦。

放纵放肆昔日，成熟成稳，嘴角怯冲淡；一整夜欢腾无眠，触摸不及人未寒。云散一生清晨，无思无念无言。

第二天的宿舍里有点安静，大家都抱着各自的手机不放。

“好啦，昨天还没缠绵够啊，大白天的还发着短信。”我走近凯子，“凯子，你昨晚和谁在一起的？”

“我一个人在宿舍玩游戏的，昨晚双倍经验。”

“凯子，你可能还不知道吧，昨晚我看见八六哥和王嫒嫒在一起，小黑哥和秦多多在一起。”

“我靠！”凯子跳下床，一边说一边用手指着，“昨晚一个说去买打折衣服，一个说去参加同学聚会，结果你们都去约会！”

“我真是参加同学聚会的。”小黑哥辩解道。

“闭嘴。”凯子像吃了药一样西斯底里，“小黑呀小黑，我该怎么说你，女神搞到手了也不说一声，带着女神去参加同学聚会有面子吧。”

“我……”小黑哥想辩解什么。

“八六呀，八六，你最卑鄙，这嫒嫒是你的吗，是导师的，我们都没舍得下手，你倒好，一直偷偷勾搭着。”

“我不是不好意思和大家说吗，怕你们笑话我，我们也是昨晚才正式确定的关系。”八六哥扭过头去，“这也不能怪我，我们第一次去见嫒嫒时导师没看上人家，跟叶子芷走了，嫒嫒多伤心，我就发短信安慰安慰……”

“伤心要你安慰呀，不还有我们了吗？解释就是掩饰，现在好了，就我一个人是孤家寡人了。”

“还有我。”小黑哥并没有像八六哥那么开心。

“有你什么事？”

“她根本没有答应我，我们仅仅是一起去参加老同学圣诞聚会，恰巧被导师看到了。”

“秦多多心这么铁？”凯子很惊讶，为顾及小黑哥的感受，又把话题转向我，“导师你别笑，你也有错，整天把嫂子藏来藏去的，也不带给兄弟们瞧瞧。”

校园中的每一幢建筑，每一条路，每一棵树，都是一道道亮丽的风景线，是静态的美；校园中的每个美女的身影，每个轮滑的动作，每一个学霸的刻苦，也是一道道亮丽的风景线，是动态的美。这些美相互交织和描绘着，交织着大学的风景，描绘着时光的足迹。

圣诞已过，元旦已走，一切都提醒着我们该期末考试了。

每逢期末，就是学霸的天下，学霸的世界你不懂。

每逢考试，就是学渣的末日，学渣的世界最辛苦。

面对考试学霸不用复习，就凭他们平时的刻苦，对付这种考试真是小意

思。面对考试学渣们也不用复习，就凭他们平时的堕落，再复习也没有什么用。上课睡觉玩手机，一学期下来书上连个名字都没写过；课后打游戏包夜，一学期下来泡面吃了不少。

不管怎么样，不管是哪类学生，对于大学考试还是心生畏惧的。考前请老师划定考试范围，考前一个月突击占领图书馆，操场、楼顶埋头背着书……因此许多人都说大学是堕落的，甚至有人抛出读书无用论。不错，大学里学的知识是比较死，理论大于实际。不错，刚毕业的大学生走向工作岗位是什么都不会。不错，大学生中间也存在好多滥竽充数的。但我们平心而论，五年之后，十年之后我们再比较比较。我们的比较往往也存在一个天大的误区：以点概面，以金钱来衡量。大学不仅是来学知识的，也不仅是为了更好地找工作。只有读过大学的人才懂得，那宝贵的四年是我们一生的财富，那四年的经历是我们一生的礼物。也许我们可能会忘记小学同学，淡化初中同学，模糊高中同学，但至少没有那么撕心裂肺。对于大学同学，有些毕业了就是诀别，一生难见却牵挂一生。

科技发达，就连小抄都可以缩印；方式不变，多少年了，作弊还是那几种方式。带小抄很难拿出来，做过老师的人都知道，只要站要讲桌上，下面同学的一举一动都看得清清楚楚。写大腿上也不可能，这是冬天。写在透明胶带上也不好使，那得卷上多少米才能写完我们的无知。唯有提前进考场，把小抄写在桌上和墙上。如今不管哪所大学，包括211和985，只要教学楼够老，没有哪张桌子和墙壁是干净的，密密麻麻，就和留言板一样。

尽管监考老师深知大学考试的实质，也多少会睁一只眼闭一只眼。但对于大一新生，尤其是进入大学的第一次考试，一切必须从严。四年的陋习，不能从一开始就养成。当监考老师走进考场时，我们早已按学号从门开始排开，可监考老师偏偏要折磨我们，让我们按学号从最里边座位开始排开。虽说每个桌上都有小抄，但只有老天能够认得别的同学写的是什么。无从抄起，无法下手，大眼瞪小眼，焦急等待。

《模拟电路》是我们的死穴，被我们誉为天书中的天书，每个人都做好了补考的准备。这场考试的其中一位监考老师特别器重八六哥，因为他曾带着八六哥搞过一些小科研，八六哥也助他写过好多小程序。开场二十分钟，八六哥要交卷，其中一位监考老师阻止了："考试还没半小时，不可以交卷。"

这时器重八六哥的老师在门口挥了挥手，"没事，让他交，这位同学能力强，我知道的。"

于是八六哥便第一个交卷走了，他的恩师走到讲桌前翻了翻他的试卷气得想吐血：白卷！

♡♡♡♡♡♡♡♡♡♡♡♡♡♡♡♡♡♡♡♡♡♡♡♡♡♡♡♡♡♡♡♡♡♡♡♡♡♡♡

当一切都习惯和熟悉之后，时间便会过得很慢。当好多年以后再回忆这段时光的时候，记忆却无从展开。能记得住的，永远是匆忙的，能展得开的，永远是不一样的。

时间匆忙，2006年的9月，我们迎来了大二的生活。一年前，我们是客，今天互换角色：接新生。在火车站和汽车站都有学校的大巴，校方把学生接到校园后，自己去办理入学手续，办完手续后就被领到一个大厅里。大厅里我们带着工作牌，接受着新生的挑选。此时，不管新生来自哪里，也不管他们有多少困惑和疑问，学长和学姐就在那里，不离不弃；此时不管新生是娇小还是强壮，不管他们有多少大包小包，免费的劳力就在那里，不悲不喜。

学姐们把淑女和女汉子的作风全拿出来，抢着迎接学弟，但她们别忘了，我校男多女少。学弟们怎么也接不完，学妹们却少之又少。每当有学弟走到我们跟前，我们先扫视一下大厅里还有没有学姐，如果有就推过去，如果没有，只得硬着头皮带着他们去宿舍。在学弟面前，我们要让他们知道，学姐是我们的，学妹也是我们的，带路可以，拎包没门。每领一个学弟，我们的心情都是复杂的，走得太快的话，回头还要继续领学弟；走得太慢，也有可能就错过了为数不多的学妹。

每当有学妹走进大厅，学长们都争先恐后地主动上前。如果竞争激烈，

两个学长接一个学妹也是可以的。送学妹去宿舍的路上，学长们总是很积极地帮忙拿东西，尽管有的学长身材明显地比学妹瘦小很多。一边拎东西，一边攀谈，一边问姓名，一边留号码：“这是我的号码，你先留着，以后要是遇到什么困难或者不懂的地方可以打电话给我。”我想大多数女生刚进大学的那一刻都是被学长这样宠着的，男女比例特别严重失调的晓庄、南审除外。其实学长们这么做也没有什么恶意，无非是想找个搭讪的机会。学妹们如果要防学长，最要防的就是防喜欢问家是哪儿的那种人，那种学长对谁都回答是半个老乡。在大学里，学长最喜欢对老乡下手了。防学长不如防老乡。

大厅里学妹供不应求，学弟供大于求。但偏偏有个学妹一直坐在那儿，不管谁主动上前，她都委婉地拒绝。难不成该学妹只喜欢学姐？换了学姐上去，也同样如此。好一会儿，这学妹拉住了一位学长：“你好，请问你是大二的吗？”

“是的。”

“那请问你是学什么专业的？”

“通信工程，怎么了，你也是这专业的？”这位学长好奇地看着她。

“没事，我找学计算机的。”

“我是学计算机的，你不会也是我们系的吧？”我好奇地走上前。原来等这么久就一直想等本院的学长啊。看来是个爱学习的妹子，看来我们计院也是受妹子欢迎的。

“那你能带我去宿舍吗？”学妹用期待的眼神看着我。

“好的。”我拖起她的拉杆箱，“跟我走。”

“学长，等一下，我还有好多行李在车里呢。”说完该学妹跟着应该是他爸妈的中年人走向一辆车。

我的天啊，一个拉杆箱还嫌不够，这一车的行李不会都交给我吧。看来我是想多了，学妹的爸爸让我上车指路。

到了女生宿舍的大院，我们下了车，学妹爸爸递了一支烟给我，“小伙子，谢谢你了。”

“叔叔您客气了，我不会抽烟。”我连忙摆摆手。

“哪有上大学了还不会抽烟的，拄着玩吧。”

推却不下，我只好接过烟。本想带回宿舍给八六哥的，叔叔又客气地递上了火，我只好抽着玩一回。

我谢过此烟准备转头回去，学妹又叫住了我：“学长，等一下。”

我的天啊，都送到宿舍楼下了，难不成还让我给你们扛箱子。

“学长，你能留个号码吗，我以后有什么不懂的地方可以问问你。”

“我犹豫了，一时没有回答。”

“说得对，小伙子，要不你就留个号码吧，我们家闺女平时太受宠了，第一次独立生活，不管是生活上还是学习上难免会有不懂的地方。”叔叔也发话了。

还有没有节操，这难道是想托付终身？

“好的。”我接过纸笔写下我的号码。

“学长，怎么称呼你？”

我又在纸上写下我的大名。

“邵弘毅，名字不错，‘士不可以不弘毅，任重而道远’。”这位叔叔接过我的纸点了点头。

看来总算有识货的人，我愈发对这位叔叔产生了好感。

晚上我收到一条陌生短信：“学长你好，今天谢谢你。”

我今天接的学弟学妹可多了，天知道是哪一个，于是我回了条：“你是？”

“我是今天要你号码的那一个。”

今天要我号码的人也多了去了，我无法知道是谁，于是我就没有回信息。

过了好一会儿这个号码又发信息来了：“学长，我想请你吃饭。”

“不好意思，我不知道你是谁。”

看来前辈们说得对，大一单身不要紧，只要熬到大二，只要成了学长，妹子会源源不断的。

“我爸给你烟的，你想起来了没？”

要过我号码的学妹是不少，可被家长递烟的学妹仅此一个。我回复她：“你不用太客气，这是我应该做的，你也是我们计院的？”

“我的专业是电子商务，学长你什么时候有空？”

我又没答应接受她的邀请，还问我什么时候有空，太自作多情了。而且又不是我们计院的，今天干吗要找计院的人接她。我把我的疑问发了过去，过了好久她都没有回复。

晚上我们又卧床交流今天的接新生心得。凯子说他接到了好多美女，也留了若干号码，就是没人联系她。而八六哥说竟然有个学弟打电话过来，号码被他拉黑了。我把我遇到的蹊跷事也和大家说了说，大家觉得我的艳遇又要来了。这回凯子坚决要求我把这个号码给他。我怕凯子又像去年那样搞我的恶作剧，就没有同意。凯子没得到号码就自我推理说我是吃着碗里的看着锅里的。

晚上快十一点了，我又收到那个学妹的短信，写得很长：“学长你好，也许你不知道我是谁，但我看到你的名字之后，我就知道你就是我要找的人。我是朱珠，我们好久没联系了。今天是我们第一次见面，虽然时间很短，但我还是很开心。第一晚在宿舍里根本睡不着，你可以出来陪我一起坐坐吗？”

一瞬间我什么都明白了，该来的总会到来。我迅速穿好衣服下了床。

“干吗干吗，这么晚了你干吗去。”舍友们好奇地看着我。

“我出去有个事。”我头也没回地走出宿舍。

“靠！这也太快了吧，导师想逆天啊。”

校园里，我们绕着大路一直走着，我不知道该怎么面对这件事情，我想当面对朱珠说声对不起。

“舍友们都在说接她们的学长帅，但我觉得肯定没有你帅。”

“得了吧，我长得很丑的。”

“怎么会，我说的是真话。”

“晚上天黑看不清，白天你就会发现我长得真的很丑的。”

关于我长得丑不丑的对话就这几句，然后是沉默。

“你还说我们不可能见面，这不，今天不就见面了。”朱珠靠近了我，一边说话一边看着我。

而我刻意地与她保持一定的距离，“好巧。”

“这不是巧合，是缘分。”

这样的对话永远都像是在没话找话，很尴尬，却很难逃避。

“对了学长，你有女朋友吗？”

“有。”

“也是我们学校的？”

“南师的。”

“有照片吗？可以给我看看吗？”

我打开手机相册，把手机递给了她。

又走了好长的路，我开始有点紧张了，“太晚了，早点回去睡吧。”

“好吧。”

我把朱珠送到宿舍楼下就回去了。刚躺到床上就收到朱珠发过来的彩信，是她的照片，附两个字“晚安！”

这么奇葩的故事我根本不敢和舍友说，也没敢和叶子芷说。

新学年，我们要做的就是为新生营造一个新的开始。学校的各大社团纷纷开始招新。年年都有新面孔，年年都有新妹子，在社团真好。

凯子代表校学生会文艺部，整天坐在路边的桌上，拨弄着他的那把吉他。只要有美女驻足，他定会深情地弹奏一曲。为了文艺部的招新，凯子可谓是鞠躬尽瘁。

作为新生，朱珠对各大社团的招新充满了兴趣。她问我加入哪个社团比较好，我左思右想还是建议她加入校学生会文艺部。一来朱珠的形象还是不错的，文艺部需要这样的美女；二来朱珠有点才艺，被文艺部录取的可能性比较大；三来文艺部有凯子在，通融一下还是能加入的；四来把朱珠交给凯子吧，没准他俩能擦出火花。

有凯子的帮忙，朱珠成功地加入了文艺部，我也期待着她和凯子能擦出点火花。但不曾想凯子因为没能竞选上文艺部的部长，心一狠，抛弃了文艺部的学妹们，主动退出学生会了。

宿舍里，凯子有太多的不快需要吐露：“真他妈黑，说好是演讲竞选，其

实早就内定了，耍人玩啊……学生会有什么意思，当个部长主席的又能怎样？想当官都疯了都，毕业了屁都不是……这些新生也是的，太傻了，就是一个打杂的，还争着抢着要进学生会，等他们到大二了就后悔了，完全就是被人耍的，全都是二百五……"

"好啦，你当初不也是争着要进学生会吗，不被耍过怎么会有这么痛的领悟呢。"小黑哥劝说着。

"狗屁，我当初是耍他们的，我根本就不会吉他，他们也信了，只有我耍他们的份。"

"好啦，我都把学妹朱珠托付给你了，你还有什么可难过的。"我也加入了安慰凯子的行列。

"得了，人家在我面前总是问和你有关的问题，你倒是一直走桃花运。"

"我觉得这朱珠应该是凯子的。"小黑哥一脸严肃，看来是经过深思熟虑的，"你们想啊，当年嫒嫒是导师的，最后被八六哥泡到了，现在朱珠也将重蹈嫒嫒的覆辙。"

"有理，八六哥你说呢，你当初是用什么方法把嫒嫒搞到手的？"凯子拽下八六哥的耳机，"听什么呢，讨论正事。"

"我的方法是蜻蜓点水……"

"什么乱七八糟的，通俗、简单、明了。"凯子夺过八六哥手中的MP4看了看，"我靠，八六哥你看的是什么呀，这么牛！"

我们都围了过去，然后纷纷举起大拇指。

八六哥不急不忙地挥挥手，又重启了他的"助教"模式："知道我现在研究的是什么吗？"

我们一起摇摇头。

凯子并没有对朱珠下手，我想他应该有他的原因，不仅仅是怕被拒绝这么简单。没有凯子的插足，朱珠一直约我去压马路。拒绝的次数多了，连我自己都不好意思再说不去了。

一个没有课的下午，朱珠又约了我。我想我不能再回避了，这件事必须说清楚，必须有个了断。

十月份的栖霞山丹枫迎秋、香火不绝。我点燃一炷香，心似虔诚地三次鞠躬。朱珠一直想和我说些什么，但始终没有开口。想必在这香火圣地，一切儿女情长显得过于庸俗。寺内僧人诵经，细细听之，挺有感觉，久而久之，内心愈加平静。如果在生活中遇到了什么烦心事，来一次栖霞山，听一听僧人的经文，我想会突然领悟许多。

山里池水颇多，即便是浅浅一泊，也有几块形态各异的石头镶嵌其间。珍珠泉边有一块巨大的台子，锻炼的老人在上面打太极、练嗓子。太级拉长了时间与空间，放慢了生活的节奏；那一嗓京腔铿锵有力，传出去好远好远。林间有一处小湖，几块石头相连，通往一条山路。我走在前边，朱珠主动抓住了我的衣服。

爬山在于登顶，这就是目的。我今天陪朱珠的目的本想是借此机会说清楚，但难以开口。朱珠约我的目的在于和我聊聊心思，却也没有几句对白。

我们在“始皇临江处”远眺长江、远观日落。夕阳与红枫相间，红枫上挂满了善男信女的美好愿景。

我们就这么沉默着下山，再次路过寺庙，木鱼声沉，敲打着内心的点点滴滴。

在公交站台边，我们等了很久，每一辆车都挤满了人。

“我们打车回去了，天快黑了。”我说。

“我们走回去吧，反正也不远。”朱珠说。

“好吧。”

我们就一直走着，却一直走不到尽头。路是没有尽头的。

“学长，你觉得我怎么样？”

“很好啊。”

“那与以前相比呢？”

“哪个以前？”

“我们都没见入大学之前。”

“都很好，以前我们都爱好文学，现在可能都变了吧。”

“爱好是变了，但有些东西没有变……学长，我们认识五年了，五年时间好多东西都变了。”

“是的，事物是一直变化着的。”

“学长，你还记得吗？去年的这个时候你对我说过的话，你说等我考上大学了，什么都会变的，什么都会好的，大学是新的一片天空。”

“有什么不对吗？”

“差不多是这样子的……我寻着你的足迹来了……其实南邮也蛮好的。”

“是蛮好的。”

我们走了有一个小时的样子，还是没到学校。按朱珠这种速度，再走一个小时差不多。我本想加快脚步，却不曾想朱珠突然牵住了我的手。那一刻，我差点摔倒；那一刻，我的心一阵冰凉；那一刻，我比初恋时第一次牵手还要紧张；那一刻，我觉得时间快要停止了；那一刻，我的额头在冒汗；那一刻，我无法拿捏这只突如其来的手；那一刻，我拿开也不是，握紧也不是；那一刻，我身经百战却突然紧张害怕；那一刻，我竟然哑口，声音颤抖……

“学长，你介不介意换个女朋友？”

“介意。”

“那你介不介意多个女朋友？”

我吓得没敢回答，我怕我回答之后又会有新的疑问句。

一辆出租车驶来，我赶紧拦下：“走路太慢了，还是打车吧。”

出租车停下，我本想坐前排，但朱珠拉着我的手一起坐在了后排。在出租车内，朱珠还是抓着我的手不放，把头靠在我的肩上。

（七）完美生活

当我们渐渐学会了适应，生活就开始变得平静。

对于朱珠，我除了不再接受她的约会之外，对于她的短信回复得也少之又少。生活不知道该怎么继续，我总是纠缠于难以决断之中。时间是把杀猪刀，它会把一切疙瘩都切平。我和子芷一直发展得很好很平静，没有什么波澜起伏。每个周末我们都看不到八六哥的身影，如果哪天他在宿舍了，那肯定是媛媛的亲戚来了。小黑哥貌似有所顿悟，不再唯秦多多马首是瞻，他和她真的就只是老同学了。凯子除了游戏，已经找不到第二种乐趣。

平静会使人变得堕落，而我们却渐渐适应了平静。大学本该如此，可我们却不认同：大学不应该是这样的，我们还有很多重要的事要做。

小黑哥加入了找兼职的学生大军。交完中介费后，他和几个学生被安排到乡镇去散传单。城市市场趋于饱和，抢占农村市场绝对是王道。每天小黑哥他们一伙人都被一辆面包车拉到乡镇集市上。先是放一串鞭炮，把乡里乡亲的都吸引过来，然后开始放大喇叭、散传单。所宣传的都是一些保健品之类的东西。如此地东奔西跑，六合区的所有乡镇都被他们跑遍了，但工资却没有拿到手。事后也去找过中介，找过公司，均没有下文，有的同学竟然和公司的保安打了起来。无奈之下小黑哥灰溜溜地回到了宿舍，这也彻底地打消了我们出去找兼职的念头。

找兼职不成，那我们就自主创业。那时“58同城”什么的也就才刚刚开始，我们准确定位市场，要打造一个“南京高校网上交易平台”。网站由八六哥写代码，我做图片，凯子负责买域名租用空间，小黑哥负责向各大论坛发广告搞宣传。分工明确，工作效率才能提高。一周后，我们的网站做起来了，大

家再次分工，每人管理一个模块。如此乐此不疲，当百度能够搜索到我们的时候，我们的噩梦也就开始了。网站两天一小黑，一周包瘫痪。被人家植入木码，广告灌水，甚至还植入了色情内容。

迫于技术不精，我们的首次创业半途而废了。对我们宿舍而言，损失了一些钞票；对整个班级而言，贡献不可抹灭：大家在灌水广告中找到了很多支撑他们大学生活的网站。这些网站不但成了大家的精神支柱，也为他们塑造了一些新的偶像。

生活还得趋于平静，我们还得适应这种平静。

对于女同学而言，找着机会出去逛街。对于男同学而言，找着机会出去吃饭。对于我们宿舍而言，找着机会出去喝几杯小酒。过生日得请客，脱单了得请客，考试挂科得请客，过了英语六级得请客，拿到奖学金也得请客。名目众多的名头只是为了找个理由出去聚一聚，消遣一下寂寞的大学生活。关于考试挂科请客得说明一下，不是为了在伤口上撒盐，而是鼓励大家不要挂科。关于拿到奖学金请客也得说明一下，不是为了庆祝，就了为了宰一顿。我清楚地记得我拿过一个五百块的院级奖学金，请客花了六百；小黑拿过一个三百块的系级奖学金，请客也花了六百。

我们宿舍没有北方人，上大学之前也都没喝过酒，但大家对酒的贪恋绝不亚于北方人。喝酒的真正意义不在于贪酒，也不在于酒有多好喝，其实大家都觉得酒很难喝，喝过很难受。如此的作践仅仅是为了证明彼此有多牛，仅仅是为了证明为了兄弟的情谊比酒还深。

没有偷奸耍滑的机会，不用杯子，把碗放在一起，平均分。四个人，从一瓶白酒到两瓶，从36度的到52度的，从只喝一种酒到白加啤，从白加啤到白加啤加红……我们一直在提升自己，一直在证明自己的发展空间。其实一泡尿撒过，一场觉醒来，什么都没有，肚子空空如也。那被酒精撑足了的空间里，塞满了自大与高傲，其实全是废料。

酒不醉人人自醉，一点都不假。我们一直在自我陶醉。尤其是八六哥，他一直想证明无论是泡妹子还是喝酒，他都是我们宿舍最牛的。我们承认这一点，因为在酒桌上能够证明自己所有能力的只有酒量，八六哥就可以做到。有一回大家都喝的眼神迷离之时，八六哥似乎很不尽兴。他拿着大碗，向我们每人都敬了一碗。酒敬完之后，倒是我们向他表示敬意。八六哥接受了我们的敬意之后，一时无法坐立，肚子里翻江倒海，一瞬间，鼻孔和嘴三孔齐冒。那场景，那架势，那表情，除了恶心还是恶心。八六哥吐完之后满血满状态原地复活，而我们却个个神志不清。

夜深人静，我们在大街上拦车，没有出租车愿意带。如果我们当时能够清醒地记下车牌，事后一定举报。这不是个例，数次实践证实，在南京市，出租车是不愿带醉酒的人的。我们踉踉跄跄地走在大路上，唱着对生活的赞歌。那一刻，黑夜、高楼、行人、车辆，都不在我们的视野范围内，我们只看到天空，只看到巴掌大的天空。

还好南京有很多的夜班公交，公交车司机是不会拒载的。每次遇到这种情况我们都发誓下次就在学校附近吃饭。但在南京待过的人都知道，零几年的时候仙林地区有多荒凉，仅有的几家饭店一直很难占到座位。

回到学校，我们像发了疯一样，大喊大叫，小黑哥一直喊着："北京奥运，全球盛事。"

后来我就在想，那一晚小黑要是跑到女生宿舍楼下，对着秦多多表白，没准还能成呢。搞不懂在醉酒的状态下，在最冲动的那一刻，他为什么关心的是国家大事。

我们不想回宿舍，一直在校园内转悠。凯子见到女生就喊"美女"，搞得我们都不愿承认认识这家伙。在一排摆放整齐的自习车前，凯子用他瘦小的臀部用力一顶，所有的自行车就像多米诺骨牌一样纷纷倒下。我们连笑带跑一路撒欢，见没人发现又再一次走近自行车。我们四人合力将一辆自行车挂在了树上。做完这些八六哥觉得还不够过瘾，他提出了一个大胆的举动："从小到大我从来没见过女厕所是啥样子的，应该和男厕所不同，走，去看看。"

我们这一群人居然同意了。挑来挑去，只有教学楼里的厕所此时可能没有人。我们静悄悄地上了楼，互相推揉着谁第一个进去，结果只有八六哥进去

了。没等八六哥出来，我们连滚带爬地下了楼。八六哥出来以后却大声地对着空荡荡的走道大喊："一样的，就是没有小便池。"

见我们不见了，八六哥淡定地按下电梯，他非要坐电梯下楼。这么深的夜里，电梯里只有一位自习归来的妹子，八六哥看了看那妹子："这电梯里好挤呀。"

那妹子一直低着头，用她颤抖的手按了一下二楼，然后在二楼就匆匆地下了电梯。

一大早八六哥就忙忙碌碌，制造各种声响，搞得我们都无法睡懒觉。

"八六哥，你不会是要把我们卫生间改造成女厕所吧。"凯子把头探出被窝。

"我太饿了，昨晚吐空了，我在泡面。"八六哥把面放进饭盒，拿起水瓶就开始倒水，倒完水后又一个人自言自语，"靠，哪天的水，凉的。"

一大早就有这么搞笑的事情让我们还怎么睡觉。我们看着八六哥把饭盒里的水倒掉，默默地提着水瓶下了楼。

"这个死猪，自己不睡还不让我们睡，得整整他。"小黑哥睡意全无，也下了床，把他的伟大构思和我们说了一遍。

我们一拍即合，纷纷下床。为了不出现叛徒，大家决定明确分工，每人做一步：小黑哥打开八六哥的电脑，并把整个桌面截了屏，保存为图片；我把该图片设为桌面；凯子删掉桌面上的所有图标。做完这些我们关掉电脑，继续上床睡觉。

八六哥打水回来，吃饱喝足后打开电脑。我们不知道他当时做了什么，在想什么，反正后来他重装系统了。这件事在我们三人的心里一直藏了很久，有若干个机会想承认错误可一直没有。

经历过拍视频、学习、恋爱、创业、吃喝、恶搞，我们越来越喜欢这样的生活，丰富多彩，幸福自在。真正陪伴我们接下来大学生活的只有DOTA。都说女人寂寞穿丝袜，男人寂寞打DOTA，我要为我的舍友正名：不离不弃，不悲不喜，培养感情，建立友谊，讲究战术，学会合作，这才是我们打DOTA的目的所在，而无关寂寞。

当矮人族和兽族在森林中进行一场史无前例的大战时，久居森林的精灵们也加入了战斗，最后又唤醒了腐烂之地的亡灵。最终成就了DOTA中的两大对立势力：天灾军团和近卫军团。一方为了保住自己的战争古树，一方则为了保卫自己的冰封王座。五对五的游戏就这样开始了。与舍友战，宿舍间对战，网上求虐战……那种岁月不牵扯情感、物质、金钱，甚至不牵扯电脑的好坏，不关乎任何不相干的东西；可以是舍友之间，也可以是陌生人之间，不需要认识，也不需要知道对方的背景；仅仅是为了单纯的协作，为了共同的目标，为了胜利而奋斗。

这样不顾一切的合作，这样为了一个共同目标而所做的努力与奋斗，这样才是大学的魅力所在，才是除了学习之外最大的收获与成功。

♡♡

“我多想看到你，那依旧灿烂的笑容，再一次释放自己，胸中那灿烂的情感……”如果说《弥撒》是DOTA的战歌，那《完美生活》就是我们大学四年的情感。短暂的空虚之后，生活才是完美的，笑容才是灿烂的，这才是我们的完美生活，也是你们的完美生活。

如果大学的笑容仅在舍友之间绽放，那难免会让人误会是一辈子的好基友。我们所庆幸的是我们的宿舍圈不仅仅是四个人，也不单单是男人。以前的聚餐总认为只要兄弟几个在就行了，后来才发觉，仅有兄弟几个是不行的。仅有兄弟的宴会过于直白和露骨，我们需要一点绅士风度，也需要自己塑造一些好的形象。

之后的聚餐我都会带上子芷，八六哥带上嫒嫒，凯子带上小黑哥，小黑哥带上秦多多。

我们舍友四人以前聚餐是无所谓地点和环境的。拆迁安置点，城南老街巷，路边大排档，还有湖南路风波庄……只要有座位，只要够便宜，在哪儿饿

了就吃在哪儿。

自从我们决定扩大我们的宿舍圈之后，我们的聚餐地点开始有所改变。我们自认为应该去一些高端大气上档次的地方，其实真正愿意与我们走下去的妹子是不会在乎这些的。

上次去吃西餐，大家要足了面子，却根本没吃饱，回到宿舍继续吃泡面。这回总结上次经验，决定去吃自助餐。餐桌上，我们端立而坐，小口吃菜，小口喝水，就连拿筷子的姿势都变得女性化了。如此在意自己的言行，倒不像是在吃饭，拘束得难以放开，就连笑容都变得收敛含蓄。最终我们还是抑制不住内心的激动，酒又拿上来了。三杯两盏过后，所有的绅士风度全没了。拿下伪装的面具，露出浮夸的表情，讲出直白的语言。我不知道人们在一些场合为什么要伪装自己，也许适当的伪装会让事情变得更美好。但到头来，时间久了，大家熟悉了，所有的伪装反而会显得自己很虚伪。

大家都很放得开，就好像是一起长大的孩子，有说有笑，有拼酒的也有拼吃水果的。桌间凯子和秦多多较上劲儿了，秦多多喝一杯水，凯子喝一杯啤酒。如此几个回合之后，凯子觉得自己吃亏了，嚷着要秦多多也喝酒。我们好说好劝，凯子就是不让，没想到秦多多接受了挑战，但要求是她喝一杯凯子喝一瓶，再几个回合之后凯子摆摆手服输了。

凯子啤酒喝得太多，一会儿去一趟厕所。当他走开的时候，秦多多把一把叉子放进他的外套口袋。一会儿凯子回来，大家照旧吃喝谈笑，根本就忽略了先前的那一幕。秦多多觉得自己整人成功了，淡定而从容地端起盘子去添加水果。凯子觉得不整整谁也不是太尽兴，就拿起一根勺子打开秦多多的包。

“你干吗呢？”小黑哥抓住了凯子的手，“不知道女人的包不能随便翻呀。”

“怕什么，又不是没见过。”凯子还是把勺子放进了秦多多的包里。

一切都好像没发生过，大家继续吃喝玩乐。除了凯子和秦多多，我们五人没有谁敢起身离开座位哪怕十秒钟。

酒越喝越多，喝到最后我们竟把带叉子和勺子的事给忘了。离开饭店，我们就像一群撒欢的小白兔，东跑西溜，根本不看车，也不走人行道。

突然间秦多多想起了叉子的事，就拽住凯子不放，“抓小偷啦，你是小偷，你偷了饭店的叉子。”

“搞笑了吧，明明是你偷了饭店的勺子，还诬赖我了。”凯子抓住秦多多的包。

两个人同时拿出对方的“赃物”，恰是自己的“罪证”。我们看着他俩你追我打地拉扯在一边，笑得合不拢嘴。只有小黑哥站在一边，像是被秋霜打过的树叶。

突然间凯子紧紧地抱住了秦多多，竟然强吻了。而秦多多也出乎地料地没有拒绝。

我们都惊讶地站在一边，那种吃惊超过我们以往的所有，瞬间颠覆了我的世界观。只有小黑哥站在一边板着脸，那种难看的脸色也超出了以往的所有。

凯子因为酒喝多了，竟然在激吻中摔倒，然后就倒在地上吐个不停。秦多多立刻蹲下身子，拿出纸巾给他擦嘴。这一切我们都看在眼里，说实话还是有点感动的。见此状况小黑哥再也不能熟视无睹了，立刻上前拉起凯子：“走，回宿舍，别在这儿丢人了！”

我们像拖死猪一样把凯子拖回宿舍。我和八六哥都洗洗上床了，小黑哥闷闷不乐，坐在床边不洗也不睡，不知道想干吗。而凯子一个人坐在阳台的地上，一边吐一边自言自语说着胡话。

早晨阳光明媚，一直洒到阳台上，阳台上一个身影拖得很长，一直在宿舍的地面上晃动。我们陆续探出头来，发现凯子一个人在默默地清理他的呕吐物。

对于昨晚的事，我一直在想，为什么和我有关的妹子都落入舍友之手：媛媛、秦多多。真是防狼不如防学长，防学长不如防舍友。

小黑哥必定是一夜未眠，见凯子扫地经过他的床前，他果断地竖起了中指：“知道什么叫朋友之妻不可欺吗？”

“我只知道女人如衣服，兄弟如手足。”八六哥想调解这场潜意识中的战争。

“正确，女人如衣服，兄弟如手足，谁动我衣服，我剁他手足。”小黑哥用凶狠的眼神看着每一个人。

只有凯子一声不吭，头也不抬地继续扫着地。

“你那么喜欢她为什么不早说，你早说我就早退出了，你现在出来横刀夺爱了，你这是演的哪一出啊……陈凯呀陈凯，平时还真看不出来，潜伏得够深啊，你明知道我高中就喜欢秦多多了，你还是跟我抢……”

“好啦好啦，都兄弟干吗呢，人家也没答应过你，这秦多多又不是你的，是大家的。”我觉得再这么下去还真可能会发生一场战争，必须得调解，“不管是秦多多还是嫒嫒，一开始都是我的。”

小黑哥还在喋喋不休，说到他自己都觉得累了就打开电脑，在DOTA中疯狂杀戮，发泄着他的不快。而凯子自始至终一声不吭，打扫完地面又开始擦桌子。

（八）边走边爱

我一直在寻找像海一样蓝的天，像草一样绿的画卷；迎着晨曦去触摸每一滴露珠，看着夕阳去送别每一片云彩。这样的世界不在春天，不在初夏，不在深秋，也不在隆冬，它一直就藏在心里，藏在旅行者的心里。

用最简朴的方式，背着背包，带着水壶，用脚步去丈量每一寸土地，用笑容去呼吸每一片空气。简单而执着的心，忘记肩上的责任，忘记时间，有多远，走多远，直到歌声沙哑，视野贫瘠——但绝不会沙哑了笑容，也绝不会贫瘠了思想。

我和叶子芷都爱旅行，做一个背包客，哪怕是露宿野外，饥不果腹。用一颗虔诚的心，去触摸每一尊神像，去聆听每一句经文。直到我的头发凌乱，胡须浓密，也抵不过朝圣者的一句忏悔。

心诚则心静，心静则心悦，心悦则每一天都是春天。

是的，春天就在心里，旅行也在心里，抵得住年轮的增长，从年少到年迈，从满腹抱负到淡定人生。只有真正经历了那样的过程，那样艰苦、孤独却很幸福、满足的过程，春天才会一直在心里。

旅行不等于旅游，有人问过我这两者的区别，我没有回答上来。但我一直很享受旅行的过程，静静地走，不留痕迹；心早已留在这里，一次次邂逅，都成了过客，究竟谁该是我的归宿？平静地消逝了风的踪迹，耳边的哝哝细语，从过去到今天，来不及描述情节，尽是泪水。这也许就是今天给能够给出的答案。

我是学生，可以说走就走，可以不顾一切，因为我贫穷得只剩有时间；我有子芷，不再是一个人的世界，可以带着她一起远行。

听一首歌，放下负担，放开心情，让嘴角扬起带着咸味的笑容，让生活磨

平脚底的沙砾，直到寻找到像海一样蓝的天，像草一样绿的画卷。

2007年的春天，我和子芷决定一起去黄山。问了几家旅行社，没有一家路线能够符合我们的行程。那就自己计划时间、安排路线，说走就走。

计划匆匆，没来得及研究黄山的风景与攻略，只是凭常识勾画了路线。晚上十点从南京坐火车，一觉醒来正好到黄山市。早上带着困意与饥饿下了火车，却不想黄山市离黄山景区汤口镇还有70公里。简单地吃了早饭，坐了那种不等满人绝不走的公交，直到九点多钟才到黄山脚下。

黄山脚下的汤口镇面积不大，但宾馆、饭店、超市林立。明天下山我们必定筋疲力尽，所以今天就定好了明晚的宾馆。

我们的负重太多：一个5斤重的睡袋，一个8斤重的帐篷，6斤的水，5斤的水果，衣服若干，其他食品苦干。一直折腾到了11点才正式上山。关于背了6斤水的事我和子芷一直耿耿于怀，实在太重了，大不了喝山上的泉水呗。

为了安全，黄山是不允许私车上山的，由“新国线”承担。乘坐“新国线”从旅游集散中心到慈光阁的盘山公路蜿蜒险峻，子芷紧紧地抓住我的手，我捂住她的嘴，不让她大喊大叫。

学生就是好，可以买半票。

黄山不像泰山，泰山没有太多的上山路线可以选择，同样的石梯同样的路，跟着大部队走就行了。而黄山峻岭，由一座座山峰组成，上山再下山再上山再下山，路线复杂，可以选择的余地也很多。

我们从慈光阁出发，没有坐缆车，因为经验告诉我们下山比上山累，所以我们把坐缆车的机会留给了最后一刻。学生党没有多少钱，必须精打细算。

指路牌是个不靠谱的东西，因为黄山好多的路是立体的，旋转的。但指路牌和地图都是平面的，不但看不懂，还有些不太准，这给我们带来了不少麻烦。玉屏楼是缆车到达的地点，也是我们的第一个目的地，指路牌显示一共6公里。可我们走了若干路之后还显示有5公里，再走若干路，还是5公里，没有尽头。如果是平地，多一两公里真的无所谓，但在这里太难了。

我和子芷遵循慢走少歇的原则，走得并不是太累。中午时分，天色大变，一场大雨即将来临。我和子芷不得不加快步伐，以抢在大雨之前到达半山寺躲躲雨。可半山寺真的是太遥远，如果我们非认真起来赶往半山寺，那可能就没有接下来的路了。等不及我们过多的犹豫，大雨就这么倾盆而下了。

果断躲雨是正确的，在路边挑夫搭的临时帐篷里。雨越来越大，后边的山上流起了瀑布。瀑布越来越大，渐渐有了山洪的征兆，挑夫们让我们做好撤退的准备。

半小时后天公作美，雨停了！

如果说这场雨耽搁了我们的行程，如果说这场雨让我们的行程变得更加艰难，那雨后才会出现的景色则让我们惊讶、感慨、兴奋。一切都是值得的，感谢这场大雨，它造就了很多人都很难看到的美景：雨后黄山瀑布、雨后云海。

途中小憩，一会儿太阳又出来了。据后山过来的人说，后山就没下雨。其实在黄山，山上下雨山下晴天，前山不下后山下，再寻常不过了。有时置身云彩之上，头顶烈日，脚下却是大雨倾盆。

刚刚还是太阳，云雾又开始缭绕起来，真是让人感叹山间的天气多变。没多久我们就看到了传说中的云雾，美不胜收，没有最美，只有更美。美景让我们感觉不到疲劳。

不知不觉过了“天门”，我们激动得一个劲儿地拍照。“天上”的感觉真的不一般，轻松、愉快，有种比激动还要说不出的感觉。如果这是泰山，那就好像进了南天门，就意味着已经登顶了。而对于黄山来说，仅仅才是一个开始。记得就在此处遇到一位下山的大叔问我：“还有多久到山下。”我的回答是：“才开始。”

玉屏楼就在不远处，一位挑夫给我们指了一条近道，一小段好久没人走的山洞。走在山洞里，我们并没有兴奋，淡定、坦然、轻松。迎面遇到一位下山的姑娘，她比我们还激动地告诉我们：“迎客松就在你们的头顶，你们走在了迎客松的树根下！”

真的很难想象，一个将要遗弃的近道竟一直延伸到迎客松的树根下。我们探出了头，发现全是排队拍照的人和剪刀手。还好我们是在树底下，直接取

景，无人遮挡。

对于好多一日游的朋友，坐个缆车到玉屏楼，正好可以看到迎客松。拍张照，挂个锁，黄山也算是来过了。但如果真的要想把黄山游好，非花个三五天不可。

在迎客松边稍稍休整，眺望已经封山的天都峰，一种挑战自我与恐惧的心理相互交织、互相矛盾。据说天都峰和莲花峰轮流五年封峰休养，远道而来不能攀登有点遗憾。天都峰是黄山第二高峰，也是黄山最险的山峰。与之相比，泰山的十八盘真的不在话下。

才下午五点多钟，时间还早。我和子芷打算翻过莲花峰，走过“百步云梯”、越过鳌云峰，到天海宾馆前过夜。

莲花峰是黄山的最高峰，也是华东最高的山峰。远眺之，异常陡，山上的行人，就像天上的星星。莲花峰有多陡，70度的样子。即便能上得去，下山也是个麻烦。

在攀登莲花峰的路上，一边是山路，一边是悬崖。如果你恐高，只要走一次以后就再也不恐高了。莲花峰在云中若隐若现，很难看清。我的四肢都用上了，不敢往下看，也不敢往上看，如果一人踩空，后边所有的人都会滚进山谷。子芷一直跟在我的后边，此时我们很难相互帮助。这回我第一次害怕了爬山。

如果放弃莲花峰，可以走平缓的栈道去百步云梯到鳌鱼峰、天海，但这绝不是我和子芷的风格。莲花峰，爬过了它就真的再无山险了。第二天遇路人和我说大峡谷是精华，我问她难走不，她的回答是要有心理准备，当时我胆寒了。但走过之后才发现，大峡谷的险也无法与莲花峰相提并论。

路边有警告，“雷雨天严禁攀爬莲花峰”，但五年一轮，岂能不爬？在70度的石梯上，一边是崖壁上开凿的石梯，一边是万丈深渊，我不敢松开手，更不敢拿出相机拍照，连水也不敢喝一口，最怕的是脚会发抖。我问子芷怎么样，她说还好，但我感觉得到她的语气没有底气。爬了这么多的山，莲花峰是最让我害怕的一次。它独立于此，四周相视，除了云，没有任何参照物。

路上问路人能否翻过莲花峰，有三种回答。第一种回答是：翻不过，赶紧回头，要下雨了；第二种回答是：不知道，可能翻不过，还是原路返回吧，太险了；第三种回答是：能，我从那边来的。

第三种回答只来自一个人的声音，于是我胆寒了。我觉得是翻不过去了，即使翻过了，山峰的另一边会不会还是这么陡？天也快黑了，那么陡还不葬身崖谷？那边的路还有多长，走到多久才能到天海宾馆？全是疑问。

最后的决定，也是我们的遗憾。在还有二十几个阶梯就要登顶时，我们折返下山了。因为此时的能见度不足三米，看不见人，周边除了云就是即将到来的雷电，其他什么也没有。很长一段时间我都在想，我们做某件事到底是为了结果还是过程？很多人都会拿人的一生来比喻，听起来好像是过程比较重要。但这次登莲花峰，过程我们经历了，那我为什么又那么在意没有登顶呢？

果然下山更难，我也不知道我是怎么下来的，只记得子芷一直抓住我的衣服。

一直没敢回头地下了莲花峰，回到玉屏楼。回头远眺才知道攀莲花峰时天为什么那么黑，能见度那么低：因为一朵大黑云飘在了山顶，真美！

今晚只能在玉屏楼前过夜了。傍晚的迎客松孤独，但自由与自得，清新与清静。

山上的宾馆最便宜的一道炒菜是80元，最便宜的通铺是240元一人，标准间价格未知。这种价格我和子芷无力承受，我们的夜在帐篷里。对于我和子芷来说，睡帐篷我们都是第一次，搭帐篷也是第一次。

还没等我们入睡，一场大雨再次倾盆，帐篷也开始漏水了。雨小之后我和子芷赶紧出去检查帐篷，到底是第一次经验不足，帐篷顶没撑好。解决了漏水问题又发现帐篷底下全是水。我们睡在帐篷里，帐篷睡在雨水上。地上好凉，我们又不得不把仅有的睡袋铺地上，把所有的衣服当被子盖，好冷的一夜。夜里子芷紧紧地抱着我，蜷缩成一团。那一刻我们恨不得马上到山下，那一刻我们发誓天亮就坐缆车下山，那一刻我们不停地更改着计划。

可以说一夜未眠，但天亮时我们的状态竟出奇地好。没有感冒，也没有寒冷，更重要的是没有腿酸。为了赶在今天傍晚下山，我们又更改了行程：绕过莲花峰，走栈道过百步云梯上鳌鱼峰，然后到光明顶，再往北走过飞来石到西

海，再回北海最后下山。为了今天能够轻松行走，我们扔掉过多的负重，就连仅有的四个梨子也扔掉了。

早晨的空气相当好，风景也更美，可能是一夜雨的结果。雨后的黄山美得无语言表。从玉屏楼到百步云梯要走四十分钟。一路上我们走着栈道，看着美景。有一拨人与我们的路线相同，不断地在路上相遇，再超越，再相遇。

百步云梯只是名字吓人而已，直到我们走过了才听人说那就是传说中的“百步云梯”。但对于坐缆车上来的人，尤其是从后山上来的人，在大多数迫于各种考虑而跟团的游客来说，这个百步云梯已经让他们无语了。

一般导游是不会带我们去西海大峡谷的，那种体力的消耗不是那些坐缆车上来的人能承受的。还有就是莲花峰，导游会用多危险来吓倒大家放弃攀登。事实上也真的很危险。路上不断遇到路人向我们描述前面的路有多难走，我不知道他们到底是怎么走的，直到下山我也没觉得能有再险的路段可以超越莲花峰。从百步云梯到鳌鱼峰要经过一个超级陡的一线天，应该是黄山上最险的一线天了，过了这一段接下来没险可怕。

走过一线天就上了鳌鱼峰，然后就是光明顶。很多人都是在深夜三、四点从玉屏楼那边赶到这里看日出的，光明顶是个看日出的好地方。人在云之上的感觉真好，就和坐飞机一样。

天海宾馆，这本是我们昨晚想到达的地方，在这个地方搭帐篷还须交30元的场地费。但事实上如果昨天真的翻过了莲花峰，也要走三个小时左右才能到这儿，那我们非在黑夜迷路不可。现在反而庆幸昨天因惧怕而折返。不断地后悔，不断地犹豫，却成了错中之福。

稍加休整后我和子芷的路线开始有了分歧：第一，不想放弃精华之西海大峡谷；第二，体力还行，如果从这里回岩谷寺索道，那中午就能下山；第三，如果绕完大峡谷，时间很紧，我们必须加快。犹豫再三我们还是决定拼一回，从南线步仙桥向西到谷底再上去，由北线回排云亭。还好路上遇上一对母女，告诉我们谷底不通，说她们昨天从北线绕完一环二环就返回了，今天准备绕南线。时间、体力，对我们都是一个考验。考虑再三，我们放弃南线，走北线

一、二环，然后回头到排云楼，经西海、北海到岩谷寺坐缆车下山。

路边的景色一直很美，美得就和画一样。只可惜一切记录的镜头都显得太无力，任何的努力都显得我们的视野太贫瘠，我们的眼界太狭隘，我们的描述太无知。我相信，到过大峡谷的人都会恨自己的相机不给力，其实在此眼睛才是最好的相机。一直在云雾间行走，走一段路之后，回看之前的路已被云雾笼罩，人从一个云雾走到另一个云雾。

我们看到了小松鼠，意外的收获。只要有人拿着饼干放在地上，小松鼠就会出来，不去惊扰，它会一直在那儿。

越到最后越感体力不够，越感补给不足。直到最后我们才知道水是多么的重要，重要的让我们开始计划用水，并一直留着最后一口，留给最关键的时刻。真的庆幸没在昨天把水给扔了。

越是到最后，越得对路程斤斤计较。我们下山去索道时，在一个分岔路口为了讨一百米的便宜，走错路了，最终多走了五百米，奇累无比。最后的目的地：白鹤峰索道，下山喽。

到了山下，走进我们昨天预定的宾馆，那个让我无语呀，昨天早上定好的房间竟被占了，开的票还在我手里呢。宾馆给我的回答是："我把钱退给你们吧。"

经过调解，我们先在客厅喝喝茶，等人家退房。一直等到傍晚五点左右才空出一个房间。旅游小镇生意好是肯定的，也不需要回头客，但也得诚信，诚信才是生意之本。

黄山只是我和子芷旅行的一个小站，我和子芷都爱旅行，这一年，我们一直在旅行。收藏着厚厚的车票，在长城上、大海边、泰山顶、都江堰、张家界、漓江边、鼓浪屿、西湖畔……巍峨、灿烂、庄严、浪漫……我很享受这种生活，享受着美人相伴的旅行生活。有很多次子芷都对我说她想去西藏，但都被我一次次地否决了。环境、体力、时间，都不是我们所能承受的，我得替子芷着想。这也成了我们唯一的遗憾。

（九）张三的歌

我们一直在平静中度过，一直在享受平静所带来的快乐与安逸，一直在享受平静所带来的美好时光。时光美好，美好的时光总是很短暂。不知不觉我的大学过半，子芷也大四了。

这一学年子芷要做的事很多，实习、论文、毕业、工作。时间不等人，她的大学已接近尾声；时间不等人，子芷能和我在一起的时间开始变少；时间不等人，我们还要面对好多残酷的现实。

都说时间不等人，那时间到底又在等什么？

2007年11月，十一月的秋天，子芷要离开南京，去扬州的一所中学实习，实习期半年。临行的最后一个周末，我们一直在一起，我舍不得她的离开，她也离不掉我的身影，但终究要告别。

“还记得前年的秋天，我们一起看银杏落叶吗？”子芷挽着我的胳膊，倾听我的心跳。

“当然记得，我还记得我们说要去浦口火车站看法桐落叶呢，可惜一直没有去。”

“想到一块儿了，我也是想到那铁轨和法桐了，要不今天我们去吧，了却一个心愿。”子芷用期待的眼神看着我，换来了我的点头与微笑。

从中山码头坐轮渡，横渡长江。江风吹拂着我的脸，吹拂着子芷的长发；长发飘飘，我轻轻地抚摸，轻轻地闭上眼，轻轻地呼吸着水的气息。

那是朱自清《背影》中父亲送别的车站，百年沧桑，如今只剩生锈的铁轨延伸，粗大的法桐自由落叶。破败并不残缺，斑驳并不荒芜。追忆青春，回忆过去，没有往日的喧嚣，安静得让人忧伤。

我和子芷陶醉于这样的意境。我们手拉着手步行在铁轨上，背靠着背坐在月台上，擦拭一片落满灰尘的玻璃，窥视车厢里的老旧座椅。法桐叶黄飘舞，阳光斑驳撒落，躺在月台上，让落叶盖满身体，让光束轻轻划过。两个人的世界，安静的氛围，唯有落叶沙沙，唯有麻雀嘈杂。

算是一个美丽的告别，告别的场景无法忘怀。我拿出相机，一直在记录子芷的每一个动作，每一个表情，线条朦胧，背景灰黄，唯有照片中的人物步伐轻盈欢快，笑容迷人灿烂。相机定时自拍，两个人的场景，无数次的快门，一次次地重来，一回回地微笑，最后发现，都不及我们动态地抓拍自然。半张脸，半个身段，极丑的跑姿，赤裸裸地调戏动作……画面定格得恰到好处。我们约定，等我们结婚了，一定到这儿来拍婚纱照。

"真舍不得你走。"我倚在法桐树上，把子芷搂在怀里。

"没事，周末我还会回来的，扬州又不远……其实我喜欢苏州，但是我没有被分到去苏州实习，苏州有好多古镇，还有好多园林，可美了。"

"等你实习归来我们一起去苏州。"其实我担忧的不是这半年的实习期，要不了多久子芷就要毕业工作了，而我还有一年才毕业。这一年我们该怎么过，一年后，我们还会不会还在同一座城市。

"别想那么多，今晚我好好陪陪你。"子芷把手按在我的眉头上，一次次地抚摸，"明天我就要走了，我也去给姐姐告个别吧，姐姐现在进公司上班了，忙得很，都很少见到她。"

子芷说着就给子菡打去电话："姐，我今天去你那看看你，明天我就要去实习了。"

"我出差了，不在南京，明天早上才能回来。"

子芷挂了电话，对我说："姐出差了，今天我们去姐家吧，我给你做饭。"

这一晚是告别，告别的夜晚很难舍也很缠绵。肌肤，像是牛奶的润浴，也像是羊绒的包裹；像是在冬夜里喝了一杯奶茶，也像是泡了一个热水澡。从头到脚，从肌肤到内心，每一处都充斥着从未有过的快感。

这一晚，子菡一直在打子芷和我的电话，可子芷和我都关机了。这一晚，

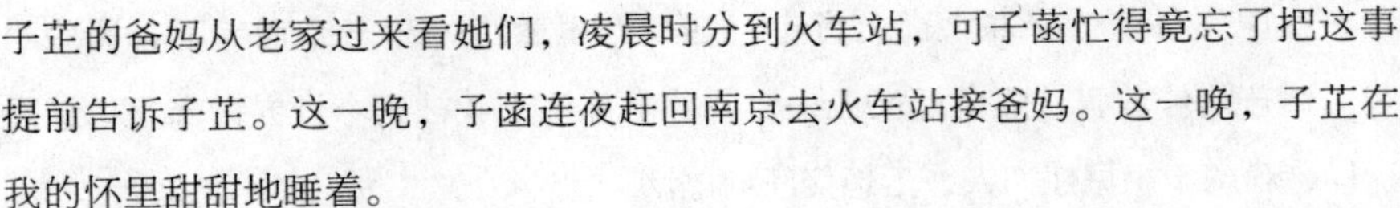

子芷的爸妈从老家过来看她们，凌晨时分到火车站，可子菡忙得竟忘了把这事提前告诉子芷。这一晚，子菡连夜赶回南京去火车站接爸妈。这一晚，子芷在我的怀里甜甜地睡着。

凌晨时分，我和子芷都被开门声惊醒了，然后就是一片嘈杂声。没等我们清醒过来卧室的门也开了，是子菡和她的爸妈。尴尬的一瞬间门又关上了。我也在一瞬间意识到了这必定是子芷的爸妈。我和子芷以最快的速度穿好衣服，来到客厅。

"叔叔阿姨好……"

没等我说完，子芷的爸爸就给了我一个响亮的耳光。顿时我的耳朵嗡嗡作响，然后脸越来越烫。突然我什么也听不见了，只看见大家都乱成一团，只看见大家张大了嘴巴说话，却不知道他们在说什么……

"叔叔，对不起！我会对子芷负责的！"

我听不到自己的声音，也不知道他们说了什么，但我看得到他们的慌乱。子菡用手擦拭着我的耳朵，是血。

"邵弘毅，你没事吧。"子芷哭了。

"说什么！我听不清，大声点！我听不见……"

"滚！"通过叔叔的嘴型和手势，我猜得出是让我滚。

"对不起！"我深深地弯下腰，默默地离开了，在夜色中离开了。

子芷追了出去，一直流着眼泪。在黑夜中我不知道她在说什么。然后子菡也过来了，她俩把我送到了医院。

这一晚我真的很抱歉，本来是她们一家人相聚的好日子，却被我搅得一团糟。我顾不得我的耳朵，因为那一刻我的内心很乱，也许我可能就这么要失去子芷了。

几天后我出院了，心情平静之后，我才真实地感觉到我失聪了。我打开手机音乐，把音量调到最大，可我却听得模模糊糊；我让舍友们大声地说话，可仍然不知道他们说了什么；我不敢把这一件告诉家人，因为我怕他们会比我还担心。那一刻，我乱急了，那一刻，我的心情就像一团头发，乱糟糟。

我像失了魂一样在大街上行走，在公园里散步，却怎么也寻不着那些声音。痛苦陪伴着我，焦急而又无奈，我感觉那些天我被这个世界抛弃了。越是这样，我越不想见任何人，不想接任何电话。

“大哥哥，把我抱到这块石头上好吗？”公园里一个小男孩顽皮地看着我。

“什么？”我看出小男孩需要帮助，就大声地问，“你说什么？”

“哇……”小男孩被我的大声吓哭了，“妈妈……”

接着一个女人走了过来，用厌恶的眼神看着我。

“有什么事吗？”我一边问一边指了指自己的耳朵。

那女人抱走了小男孩，“那人肯定是神经病，快走！”

我不知道那女人说了什么，更不知道该对那母子做怎样的回应，就一个劲儿地对着他们微笑。

“果然是神经病。”那女人又嘀咕了一句，狠狠地瞥了我一眼。

我虽然听不见，但明白那个眼神的含义，痛苦前所未有。踩着飘落的树叶，踱步在无尽的深巷，我走得好无助。手中拿着一根树枝，一边走一边抽打着路面，像是顽皮的儿童，更像是孤独的小孩。也不知走了多久，也不知走到了哪儿，我丢掉了树枝，嘴里衔着一片树叶，靠近了一道古老的墙，一边抚摸，一边仰望天空。我似乎是在寻找我的记忆，寻找那让我一生都触之不及的记忆。

“邵弘毅……”背后传出一个女孩的喊声，可惜我听不见。

那是子芷在喊。子芷拦住了我，“老公，都是我不好，医生说你会慢慢好起来的，请你别恨我爸爸，他只是一时气急……”

“你说什么？我听不见，声音大点！”我努力地凑近耳朵，却依然模模糊糊。

“老公……”子芷加大了嗓门，喊得叶落飞旋，喊得回声一片，喊得泪水涟涟。然后她拿出了手机，打了一会儿的字递给我：老公，都是我不好，医生说会慢慢好起来的，请你别恨我爸爸，他只是一时气急。

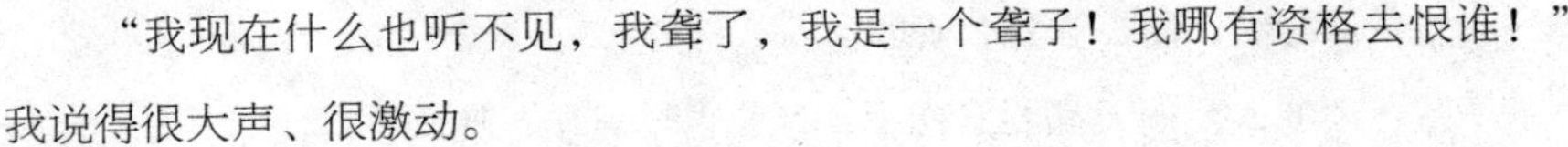

“我现在什么也听不见，我聋了，我是一个聋子！我哪有资格去恨谁！”我说得很大声、很激动。

子芷站在我面前，满眼泪水，痴痴地看着我。

我还想说点什么，可子芷突然递过来红红的热唇，用那温柔的舌头翘开了我的嘴。只是一瞬间，两双眼睛都已朦胧，两张嘴巴都已湿润，两颗心都已融化……

子芷去实习了，跟着一个高三年级。那是一所要求严格的高中，连周末都不放假，子芷根本没时间回南京。

时间就这么一天天地过着，子芷每天都要帮老教师批改作业和试卷，每天都是两个班一百多份。不仅如此她还要早起看早自习，晚归看晚自习。每天晚上不到十一点子芷是不会有时间和我发短信的。时间久了我也渐渐习惯了子芷的这种生活，我每天都期待快点天黑，快点到十一点。可每当十一点来临的时候，我也不忍与她发太久的信息，因为明天一大早她还要早起。

久而久之，仅有的短信联系根本就是柏拉图。我要求去扬州看她，但也被她一次次地拒绝了，不仅是因为她没时间，她也舍不得我大老远地跑过去，仅仅只能看一眼。

自从我的耳朵听不见之后我的脾气暴躁多了，尽管医生说我会慢慢恢复听力的。但在我最需要的时刻，我见不着子芷，也听不见她的声音，我心急如焚。

如此下去，思恋成疾；如此思恋成疾，便会加深猜疑，引发矛盾。一切只能靠短信来维系。

我：“我知道你没时间回南京，那我去看你行吗？”

子芷：“不行，我没有时间陪你。”

我：“我看看你就行，我不打扰你上班的。”

子芷：“你来了我连陪你的时间都没有，我会心疼你的。”

我：“可我想你……”

子芷：“我也想你的。你别急，急了也没有用，等放寒假的，放寒假我先去找你，然后再回老家过年。”

我："那好吧，早点睡觉，晚安。"

子芷："嗯，我一天都要累死了，老公也早点睡，晚安！"

每天都是这样简单的对话，说不了几句就相互晚安了。以后的日子里子芷与我的联系越来越少，就连晚上的短信也发不了几个。一方面我知道子芷很忙，晚上的时间也少之又少，但另一方面，我的疑惑总是驱使我乱想。

在这种疑惑的心理驱使下，我上网查了子芷的手机话单，结果让我怒火中烧：一个月内子芷与我发的短信不到五百条，和另外一个号码竟发了七百多条。这个号码不是子菡的，我查了归属地竟是扬州的。

这一晚我带着怒火等到了十一点，开始发短信。

我："你这些日子以来很忙哦，大忙人！"

子芷："怎么了？这话怎么讲？"

我："你说该怎么讲，大忙人。"

子芷："你有什么就直说吧，这不是你的风格。"

我："好，爽快！那你回答，为什么你每天晚上回我的短信都特别慢，经常是十几二十分钟才一条。"

子芷："就这事儿？我晚上也要是洗衣服拖地的，我只有晚上有时间，只能边做事边和你发短信。"

我："我看你是与其他人发短信顾不到我了吧。"

子芷："你这话什么意思？"

我："什么意思，我该问你呢，你这个月短信挺多的吗，和我才发五百条，和另外一个人竟发了七百多条，你还问我什么意思。"

子芷；"你怀疑我？我哪天有怀疑过你吗？"

我："你这样能不让我怀疑吗？那你给我解释呀！"

子芷："都是学校的老师，人家发我，我能不回吗？"

我："那为什么总是一个号码？"

子芷："你干吗查我话单？"

我："怎么了，心虚了？"

子芷："不是心虚，你这样疑神疑鬼的不好。"

我："这能不让我猜疑吗？"

子芷："就是学校的一个老师，你有必要猜疑吗，难道你不相信我？"

我："你让我怎么相信？"

子芷："我懒得理你。"

我："干吗不理我？理亏了？"

子芷："以后再给你解释吧，你应该相信我。我太累了，晚安吧。"

我没有回短信，心情乱得一团糟。当年程思蒙也和我说过"你应该相信我"，可最后呢，最后我谁都不能相信。现在子芷也说这句话，是不是女人都喜欢用这句话来搪塞。

每次对话都没有一个完美的结局，赢在嘴上输在心里。一觉过后，我就开始后悔和内疚，我不知道自己为什么要用那种语气对子芷说话，为什么越是对最亲近的人说话，越是不注重语气，越是会大发雷霆。

无论是圣诞还是元旦，子芷都没有回南京。子芷的忙碌体现了中国教师的累，尤其是高中教师的累。

元月二十九是子芷的生日，在那个陌生的地方，子芷一直在忙碌，哪儿还在意自己的生日。二十八号那天，我发信息给子芷："明天是你生日，我去给你过生日吧。"

子芷："谢谢老公还记得我的生日。不过明天我没时间陪你呀。"

我："不要紧，能看到你就行了。"

子芷："还是算了吧，要等一整天呢，晚自习结束你才能看到我，这样你太辛苦了。"

说了一大堆的理由，子芷还是没有答应。

这一天我过得很不自在，一直到了晚上才下定决心，必须给子芷一个惊喜，一定得去给她过生日。于是我出发了。

晚上大巴已经停运，要想去扬州只有坐火车，而且只有22：22分的那一列。我先是坐了一个多小时的公交到火车站，然后又排了二十分钟的队才买到火车票，一切忙妥之后时间才晚上8点。接着就是漫长的等待。冬天的候车室里很冷，那种冷区别于北方的冷。北方的冷只要多穿些衣服就好了，江南的冷是湿冷，打骨子里冷。

候车室里一对小夫妻紧紧地偎依在一起，女人不知不觉睡着了，男人从包里拿出一件衣服盖在她的身上。旁边还有几个民工模样的人在讨论着什么，我虽然听不见，但感觉到他们谈得很开心，应该是要提前回家过年了。检票口的检票员可能也等烦了这么晚的火车，和一些候车的人聊得很开心，时不时地还捂住嘴巴开怀大笑。这些似乎都与我无关，我一个人在一个角落里待着，听不到别人在说什么，也感受不到别人的那份快乐。一切对我来说都是局外的，我似乎是被世界抛弃的。

10：22，火车准时开了，我和一位美女坐一排。这时走过来一个男的，先和那美女说了几句，然后看着我，指了指手中的票，又说了点什么。我不知道他说什么，还以为自己坐错了位置，忙拿出票核对了一下。那男的一边在怀疑自己的表达能力，一边在怀疑我的智商，然后又说了几句话，指了指过道另一边的一个空位。我这才明白了这男人的意思是要换座位。我并不在意是否能和美女坐一起，这些对我来说一点也不重要，我在意的是我的听觉已经严重影响了我的生活。

火车已开出了一个小时，车上的乘客已陆续有了困意，车厢里静悄悄的。我无聊地看着漆黑的窗外，期待着火车能够快点到达。想想马上就能见到子芷我就特别开心，开心地露出了久违的笑容。接着我发了信息给子芷："你知道我现在在哪儿吗？"

二十分钟后子芷回了短信："你现在不会在扬州吧。"

我："快了，我在火车上呢，再有一个小时就该到了。"

子芷："我不是说过让你不要来吗？你知道我该多担心你！"

我："可我想给你过生日。你告诉我你的住址，我直接打车过去。"

子芷："好的，我都已经躺到床上了。"

没多久乘务员从走道喊过："火车马上就到仪征站，请要下车的乘客拿好

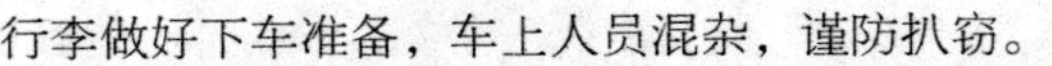

行李做好下车准备，车上人员混杂，谨防扒窃。”

乘务员这么一说，所有乘客不管要不要下车都端坐起来，习惯地摸了摸衣袋和随身的行李，就好像真的少了什么似的。坐在我旁边的乘客在这一站下车了，我一个人占了两个座位，倚在窗上，稍微眯一会儿。都已经睡着了，可不争气的肚子一直隐隐作痛。我微微抬起头，抹去嘴角不经意留下的口水，摸摸自己油腻的脸和头发，一阵剧痛又袭击全身，有点忍不住的冲动，我快步向卫生间走去。

不幸的是卫生间里有人，我本想再忍一会儿，可那种剧痛是一阵一阵的，控制不好，就有可能全身中弹。没办法，我只得去另一节车厢。这一节车厢的卫生间没人，我进去了，可摸了摸衣袋发现没纸，只得再次憋住。最终买来了面纸解放了全身，洗了洗油腻的脸，再用水把头发打理一下。要见心上人了，形象上可不能输。

等我从卫生间出来，门口已排了好些人。我用轻松的眼神掠过他们一样痛苦的表情。

火车站的出站口，一个身影一直看着我，在老远我就发现是子芷。本来我想给她一个惊喜，可她一直在车站等我，倒是给了我一个惊喜。我们相拥在一起，那种甜蜜胜过每一次相聚。

子芷的打扮越来越成熟，没有了学生的稚嫩。可能工作了我们都会有这样的变化，但现在，我觉得我和子芷是两个世界的人了。

已是深夜一点时分，我和子芷才走进一家宾馆，我递上一盒巧克力，“生日快乐！”

子芷微笑着拆开了巧克力，拿出一块放到我的嘴里，想说点什么，又觉得打字太麻烦，然后就紧紧地抱着我哭了。

我们躺在床上，完全没了困意，一直打着字，聊着天。

子芷：“你知道吗，这几个月我过得好累，现在教师编制那么难考，还有户籍限制，等毕业了我坚决不做老师。”

我：“那就做你想做的工作，你到哪儿，我就会紧跟着到哪儿，我们一定要在一起，两地分隔太累了。”

接着我们都拿着手机睡着了。早上六点钟又被闹铃吵醒，子芷按掉了闹铃，抱紧了我，“怎么这么快就天亮了，再睡一会儿，我和主任请过假了，早上可以迟点到校。”

一会儿我的手机也响了，不是闹铃，是电话，电话那头是朱珠的声音：“学长，下雪了，好大的雪呀，地上全白了，出来堆雪人吧……”

我什么都没听清，也一句话都没说，按掉了电话。

然后子芷拿过手机打了字递给我：“谁啊？”

我：“是杨阳洋，说什么我也没听见。”

子芷：“你电话漏音，是一个女孩说南京下雪了，邀请你去看雪呢。”

我：“南京下雪了？在南京度过三个冬天了，第一次看到下雪。”

子芷：“好了，别转移话题了。干吗不敢和我说是女生打来的？”

我：“怕你多想。”

子芷：“我才不是你想的那样小肚鸡肠。”

一次相聚，如此短暂，我终于明白了子芷不让我来的道理。

冬天的早晨，离别的车站，我的肚子又疼了起来。子芷在车站给我买了一个杯子，泡了午时茶，“喝了会好些的，挺管用的。”

我把杯子当作离别的礼物，一直握在手心。杯子好，一杯子，一辈子。

♡♡♡♡♡♡♡♡♡♡♡♡♡♡♡♡♡♡♡♡♡♡♡♡♡♡♡♡♡♡♡♡♡♡♡♡♡♡♡

从扬州归来，我的心情好了许多。这几天，我和子芷一直聊得很开心，我们似乎忘掉了那段时间的不快。但是子芷仍然很忙碌，她的心情也随之受到影响。她想快点结束这段实习生活，但也不能在主任面前表现出来，毕竟这么多同学一起来实习，还没有谁半途而废。

渐渐地子芷开始向我倾诉她的心情，向我发着牢骚，想从我这得到一点安慰。可我天生就不是一个会安慰别人的人，好听的话说了一两次之后，就开始

词穷了。久而久之，我甚至开始厌恶她的牢骚。

一周过后，我们的关系又紧张了起来。也许是短信不能够完整地表达想要说的意思，而造成了误解；也许是我的脾气越来越暴躁，而不能理解子芷的忙碌；也许是子芷实在太忙了，属于我们两个人的时间越来越少。总之人就是贱，总是会好了伤疤忘了痛。

晚上我们又开始发短信。

我："干吗呢？"

子芷："还能干吗，除了改作业就是改试卷，我们实习生就是老教师的免费劳力。"

我："那你不能不改吗？"

子芷："你觉得可能吗？"

我："不说这些了好吗，你说点其他事情。"

子芷："其他事情没有，每天都这些事，烦死了。"

我："你烦我更烦。"

子芷："那你一边烦去，我改作业了。"

我"：我天天都在想你，你好冷血。"

子芷："你以为我天天都像你一样，大把大把的时间，就知道吃完睡睡完吃。"

好久我都没有回短信，因为我觉得再这么聊下去肯定是大吵一架。

十分钟后子芷又发短信给我："对不起，我错了。"

我："你没有错，是你变了。"

子芷："你这人会不会说话，怎么总是没事找事。"

我："你就是变了，我问你，你到底还爱不爱我？"

子芷："你老纠缠这些烦不烦？"

我："你为什么不敢表态？你就是变了，变心了。"

子芷："我懒得理你！"

我："你每次心虚之后就会说懒得理我，其实我正说中你的心怀了。"

子芷："你太让我伤心了。"

许久之后，我仍平静不了我的心情，但作为男人总得要先低头，先认错，这样才能缓解矛盾，于是我回了信息："老婆，对不起，我错了。"

子芷："那你告诉我，你错哪儿了？"

瞬间我的怒火冲天了，这还有完没完，我要是知道我错哪儿了还向你道歉？在气头上我狠狠地骂了子芷："给你脸不要脸。"

之后就没有回复了。这一夜我失眠了，我想子芷肯定哭了一夜。伤害总是会不经意地伤在最亲近的人身上。

深夜两点，我发了信息给子芷："老婆真的对不起，我说的话太重了，可能已经伤害到了你，真的对不起，请你原谅。"

子芷没有回信息，第二天也没有回。第三天晚上我等不及了。

我："老婆睡没？"

子芷："没呢，你要是困就先睡吧。"

我："我等这么晚就是为了和你发信息的，你竟这样说。"

子芷："对不起，你有什么就说吧。"

我："是我不对，该说对不起的是我。"

子芷没有回信息，好一会儿我又发了过去："什么时候放假？"

子芷："快了，还有几天。"

我："那回南京吗？我等你。"

子芷："不用了，你先回老家过年吧。"

我："老婆不想见我吗？"

子芷："反正我让你大失所望了，在你心目中也没什么好印象，不如不见。"

我："前晚我说的都是气话，不当真的，我是离不开你的。"

子芷："你说气话就是气话，泼出去的水能收回吗？"

是呀，说出去的话就像泼出去的水，水可以乱泼，但话不可以乱讲。她一定是在生我的气呢，我该怎么安慰我的子芷。

我："老婆，来，让老公亲亲。"

子芷："我现在不想。"

我："哦。"

子芷："我现在头很疼，也很乱，你让我安静一会儿。晚安！"

我无法入睡，心如刀割，辗转反侧还是下了床，打开电脑，无聊地玩着游戏。都说游戏可以把自己带入另一个世界，但我的世界里全是子芷，容不下任何东西。我又打开网页，想查一下子芷的话单，但密码被改了。试了试她的生日，不对，QQ号前六位、后六位，也不对，最后试了她的身份证号后六位，对了。这个月子芷和那个陌生号码还是发了二百多条信息。我想我就是下贱，我的烦躁与我的不安通通泛滥，我开始怀疑子芷到底还爱不爱我。

第二天的晚上我的短信又开始了："老婆，你能向我表明一下你对我的态度吗？"

子芷："你这是什么意思？怀疑我？"

我："我不是怀疑你，我只是想要你表明一下你对我的态度！"

子芷："对你什么态度我心里有数，非要说出来吗？你就不怕我说假话？如果我真的对你没感觉了，就算表明一下态度又有什么意义？你这分明是怀疑我！"

我："我也不想怀疑你，可你和另外一个号码发那么多的短信，你能说出来是怎么回事吗？"

子芷："你又查过我短信！你是怎么知道我密码的？"

我："你别问我是怎么知道你密码的，我有我的方法，我只问你那些短信是怎么回事！"

子芷："我干吗要向你解释，疑神疑鬼的！"

从每晚都发暧昧短信，到每晚都发短信吵架；从每晚都发，到隔天一发，到一周发一次。就这样，这个寒假我们没有见面，就这样，我们持续了两个多月，就这样一直到了春天。

我想子芷真的已经不爱我了，因为她一直不愿意向我表明她对我的态度。

而我也一直纠缠着这个问题，一直想得到一个答案。我的心难过极了，我真的不愿意失去她。

又是言辞激烈的一晚。

我："你是不是不爱我了？"

子芷："你爱怎么想就怎么想。"

我："那就是不爱了。你是不是和那个一直与你发短信的人好上了？"

子芷："你搞错没有？你也别纠结了，我实话和你说吧，那人是一个老师，一直追我，不过我没答应。"

我："没答应为什么还要一直和他发信息？"

子芷："你每天有事没事就和我吵架，你说我该和你发信息还是该和别人发信息？"

我："你真的变了，你还敢说你爱我吗？"

子芷："我要是不说，你是不是就打算和我分手了？"

我："你都不敢表态了，那和分手有什么两样？"

子芷："你现在是有心病。那就分吧。"

我："你终于说出了你想说的话，随你！"

子芷没有再回短信过来。两个小时后我感到了从未有过的失落与恐惧，突然间我仿佛失去了所有，包括生活的勇气。

我放不下这颗心，我想子芷也一定放不下这颗心。我还是发了短信过去："对于你那么多莫名其妙的短信，我要你表明一下你对我的态度你不说，我问你还爱不爱我，你也不说，你到底要我怎么样？"

子芷："我什么也不想说，我很伤心。"

我："你为什么不挽回一下！"

子芷没有回复，而我也无法平静我的心。我有好多想说的话不停地在脑海里回荡：

我能怎么说，我是爱你的，可你又能怎样？你把我对你的提问认为是一

种负担。你不敢回答我的问题，因为你已不真正的爱我了，你根本就不怎么在乎我。

我要去看你，你不让。

你算是半个工作的人了，工作的人的想法和校园中的大不一样，所以你变了。

我拿什么来挽救？我的爱，我的你！

分手？你早就等着我说了，这样你才没有负罪感。

什么誓言，尽是谎言！

为什么我遇到的女孩子都这样？

是我的错，是我上辈子的罪！

对于分手，你毫无挽回的意思，字里行间都引导着我说出分手！

也许是我的错，不，就是我的错！我脾气暴躁，我不理解人，尽管每天晚上我都等着你的短信。

你是不是已经受够了我，你感觉到了累。

离开我，你也许会过得更幸福！

你走吧，不爱我就不要来伤害我！

我不怪谁，一切都是我的错。

你试图用你的爱来抚平我曾经的伤害。可你这一次，不但伤害了我，还让我开始绝望！我不会再轻易相信爱情了。

直到现在你都没有回一条短信，你分手的心是铁定了，那是你迟早要对我说的话。

我恨谁？没有人。

也不恨我自己！

看惯了一幕幕！

他妈的，眼泪和水一样，不知哪儿来这么多，我是男人啊，不能这样！

第二天我像丢了魂似的，我的不甘和倔强驱使着我，我不相信这就是结局。

昨天我和子芷之间所发生的一切一定是开玩笑的，我不相信就这样结束了。

于是我又发了信息给子芷：“你为什么不挽回一下？”

好久子芷才回了信息：“分都分了，还有什么好挽回的。”

我：“我知道我错了，你告诉我，我哪儿做得不对，我改，按你的要求改。”

子芷：“别想了，不是你的错，是我们不适合，我没你想的那么好，是我变了。”

我：“我们没有不适合呀，哪有两口子不吵架的，我知道这些日子来是我的不好，我改，再给我最后一次机会！“

子芷：“没有用了，我已经给你很多机会了，可能你都没感觉到。“

我再也控制不住我的泪水，我拨起了子芷的电话，也听不到她有没有说话，反正我说了一大堆。可子芷没有哭，她很平静，平静地挂掉了电话，发来了短信：“你让我想想。”

我：“你还爱我吗？”

子芷：“说不爱你那是不可能的。”

我：“既然你还爱我那我们和好吧。”

十分钟过去了，我一直看着手机；二十分钟又过去了，终于来了短信，我激动地打开：您的话费已不足二十元。信息来自10086。

我再也等不下去了，又拨起了电话：“你为什么不回答我？”

这回子芷短信来了：“如果你不打最后一个电话，或者你最后一个电话的语气能温柔点，我还能回头，现在迟了，分吧！你自己保重！”

除了后悔和遗憾我再也找不到其他的感觉，因为其他所有的感觉都已经死去了。我的脑海里出现了和子芷在一起的每一个场景，然后大脑就一直缺氧，脸皮发麻，久久无法恢复正常的心跳。

现在做什么都无力回天了，也许时间可以改变一切，也可以挽回一切，我相信时间。

这些日子我一直在想，究竟什么人是最幸福！农民是幸福的，在他们仅有的认知视野里，播下了种，看见了收获，抱上了孙子，那就是幸福；工人也是

幸福的，吃好了，拿到了工资，有了住房那些就是幸福；谁都是幸福的，在他们各自的范围和视野内都是幸福的；而我却怎么也不属于幸福的那一类，满腹的壮景，伴着孤独的文字，没人去读，更何况还是个没人要的聋子。

究竟什么是爱？我们有时做得再多也只是一份感动，仅仅是一份感动。感动又能怎样？我们总会误把那份感动当作感情，时间久了，不会牵起太多的情绪。爱是什么？是心中永远的美好感觉。正在享受爱的人，只是在适应生活罢了，只是把一切适应的生活当作一种幸福罢了。而走过的人只能把它当作一种罪，等待下一位过客来抚平伤害，等待遗失的那份美好能够再来，而内心深处却永远保存着最初的记忆。当不爱一个人之后，他原先所有的优点都变成分手的缺点，而原先的缺点依然是缺点。

当我们再也接受不了生活的时候，再惊天动地的事情也会成为一种习惯。渐渐地，生活就变得可以接受一切，就会把一切变得平平淡淡。

我需要平平淡淡，只有平平淡淡才能平静内心。好长时间我都没有和子芷联系。在当时的我看来，子芷一定是一时想不开才会和我分手的，等过一段时间后，等她平静了，一切还会有转机的。

我究竟最怕什么，不是贫穷，不是歧视，不是压力，不是劳累，不是责任，不是肉体上、身心上的痛苦，更不是耳聋，而是怕孤独，尤其是感情上的孤独。

孤独的心和那落魄的躯体，无助而又无力地在大街上游荡，游荡于每一天：

我该向谁诉说？
我的爱在何处？
结束得很是突然！
一切只是已故的画面，
可是每一幅，
都牵起我的魂。
我该向谁诉说，

又有谁愿意倾听！

“我该向谁诉说，又有谁愿意倾听？”我习惯于这样地念叨着，重复再重复，直到重复得头脑发疼，耳朵轰鸣，直到眼睛发花，站立困难。

我越来越觉得状态不对，甚至有倒在大街上的可能，可我并没有回学校，也没有告诉谁。一幅幅画面不断地出现：一起在黄山搭帐篷的场景，刚进大学时在师大碰到了子芷的场景；高中时那个和子芷一起吃砂锅的一晚……记忆太过于清晰，清晰于生活的每一天，一切像是一场梦境，更像是说不完的故事，反反复复，来回萦绕，让人回忆，又让人难过。

耳边的轰鸣声越来越大，像是打雷，更像是潮水排山倒海的奔腾。渐渐地，耳边的轰鸣声开始变小了，随后只有一点点的嗡嗡作响。声音愈渐清晰，是久违的声音。我似乎听见了小孩子的欢笑，但不确定这到底是幻觉还是真实。都说人在临终前会浮现很多美好的幻景，难道？我越想越怕……

“这不像是幻觉！”我自言自语道，然后走近了一群玩耍的小孩，“哥哥带你们玩好吗？”

“不要！”

这肯定是拒绝，是久违的声音，我激动地弯下了腰，“谢谢！”

“你神经病啊！”一个小男孩向我瞥了一眼。

接着我又拿出手机拨了10086，查了话费，听到了真实的数字，再用短信查一下，发现听到的数字的短信收到的一致。这回我才确信了自己真的能听到了。我得意得像个顽皮的孩子，每走一步都跳得老高，我想把这个消息告诉每一个人，但第一个想告诉的就是子芷。可我和子芷已经分手了，我不知道接下来能怎么样，但我还是拨通了子芷的电话。至少响了十五秒之后子芷才接了电话。

“子芷，告诉你一个好消息，我能听见了，不信你说两句话，我重复给你听。”

“那好啊，你能听见就好，这样我和我的家人也不要承受太多的自责了，

希望你以后过得开心，没什么事我就挂了。”

“子芷，别这样，我们和好吧，好不好啊？我知道这些日子以来是我不好，自从我的耳朵聋了之后我的脾气很暴躁，总是伤你，我知道是我错了，我们不分好不好？其实你心里已经很难受了，你也有你的委屈，可我不但没有理解你，安慰你，还总是伤你，只要不分手我什么都听你的……”

“你觉得这样有意义吗？一切太迟了，一个伤害比一千个感动都易于让人记住！”

我像是又被谁扇了一记耳光，一句话也没说，之前能听到声音的那种兴奋感已荡然无存。

（十）我怀念的

这个世界不是我一个人的世界，我一个人的世界终究只是我一个人的，无人关心，无人过问，一切都渺小得不值一提、不堪一击。过分地放大自己的痛苦，只会遭人厌恶。可怜之人，必有可恨之处。

我找回了久违的声音，回归了宿舍的大家庭。

回归，回归正常的生活。认真学习，认真吃饭，认真玩游戏。DOTA，是我的精神支柱，长时间不知疲惫，像是在打磨玉石，像是在抚平记忆的伤痕。

DOTA有近一百个英雄，但我独爱冰女。冰女经过寒冰泉巨魔冰冻魔法师的长年训练，善于运用令人叹为观止的禁制魔法，她的绝技是异常强大的范围杀伤技能。

我喜欢用冰女倒是不因为她是女人，也不是因为她是船长的女儿。只是因为她的技能可以冰住对方，静止敌人，然后可以迅速上前放大。虽然这整个痛快的过程只有短短的三秒，有时才零点几秒就被打断，但我还是喜欢用冰女，因为我想静止别人的时间。舍友们问我既然这么想静止别人的时间，那为什么不选择虚空假面，这样可以静止一大群人。我没有回答这个问题，其实我只想静止一个人。

静止一个人，一直在她身边，如同起舞，只为她一个人的表演，倾尽全力，直到自己死去。

平日里我并不寂寞，因为有大家的欢声笑语，有大家的协同作战。只有当周末凯子和八六哥都出去约会了，我才会感到寂寞。也是在这样寂寞的夜晚，我通宵DOTA，然后白天美美地睡一整天。都说男人寂寞打DOTA，一点不假。

和我一样寂寞的还有小黑哥。小黑哥喜欢用巫妖，等团战开始的时候，

他总是躲在后边，然后给逃亡的人一个“霜动之星”技能。在战术上讲这叫团灭，但其实就是虐杀。小黑哥很享受这种虐杀的过程。就这样，小黑哥DOTA玩得比我疯狂多了。我玩DOTA是为了排遣寂寞，小黑哥则是为了练技术。

我和小黑哥玩DOTA都是凯子教的。凯子是DOTA大神，全系无敌。在凯子面前，我就是菜鸟中的拖拉机。

凯子很爱玩DOTA，在和秦多多谈恋爱之前，他就是我们系的神话。那会儿我们都还没有电脑，网吧就是我们作战的战场。每次网吧战斗，凯子都坐在同一个位置，那个位置靠厕所，没有人愿意抢占。凯子特别钟爱影魔，只见他左手五指飞快地敲击键盘，右手幅度很小地滑动鼠标，鼠标的点击声密集得像在发电报。卡位精准，步伐飘逸，走位风骚，APM居高不下。这完全不是后天的训练，而是天赋。只要有凯子作战，他的后面都会围上两三圈人，一直把厕所的门都堵得死死的。凯子经常大杀特杀，超神暴走，而对方总是怀疑他有开图挂，其实那就是意识，凯子的意识惊人。有时遇到素质低的玩家，就会打字骂凯子。一开始凯子会打字对骂，但他打字实在太慢了，好不容易打了一堆全是错字又退格重敲。再后来凯子就不对骂了，只是专心打，不在乎对方怎么说怎么骂，只在乎自己杀了多少人，超了几次神。不管怎么样，凯子的神话我们看在眼里，后边的观众看在眼里，网吧老板也看在眼里。为此，网吧老板特意把凯子经常坐的机器更新了配置，放置了“私人专坐”的牌子。只要凯子不来，那台机器永远空着。

自从凯子恋爱以后，他不怎么打DOTA了，江湖上关于他的神话也渐渐消失了。长江后浪推前浪，后来居上者多得是。但这回小黑哥要和凯子单挑，凯子答应了。难道凯子要重出江湖？猜疑声吸引了好多同学来观战。

小黑哥仍然用巫妖，凯子想随机一个英雄，小黑哥不让，非让他用神话影魔。对于小黑哥坚持用巫妖，同学们都很诧异，这是两个人的单挑，没有英雄给你弹药，放大又有什么用。但小黑哥显然不在乎同学们的诧异，看来他胸有成竹。

凯子的影魔先到六级，果断上前放个大招“魂之挽歌”。这技能的威力就和名字一样的霸气，小黑哥只差一丝血就要挂了。不一会儿小黑哥补个兵也六级了，吃棵树补点血，一直原地反补，像是在等待着什么。凯子去控符了，他的小兵一波上来，而小黑哥一直用三技能吃兵，继续反补，就是不过河。这时凯子吃个双倍过来了，小黑哥果断丢大招，放出一团像棉花一样的冰，看似温柔，却招招致命，在兵和英雄之间反复弹跳，然后再补上一个技能。影魔挂了，临死的那一刻崩了一下，崩死了红血的巫妖，他们同归于尽了。

看到这一幕我们都镇惊了。八六哥说："这场不关乎输赢，而关乎于女人。"

其实每个人的心底都有一个结，如果不去动它，无关紧要，一切正常；只要有谁动一下，哪怕是轻轻地提一下，那个结就会越来越紧，揪心地疼。

小黑哥的心现在就很疼，"再来，谁先死三次谁输！"

凯子看出了小黑哥的怒气，就把自己的电脑调成静音，不想招太多的人围观。在接下来的单挑中，凯子一直让着小黑哥，却不让人看得出这是在让，然后故意输了两局。这就是大神的作风，不仅是在游戏上。

围观的同学仍觉得不是太过瘾，"凯子今天发挥失常呀，再打一局。"

"不打了，愿打服输。"凯子看着围观的同学，长吁一口气，"我输在战术上。"

其实我知道，凯子不是输在战术上，而是输在兄弟情谊上。

从此小黑哥一战成名，但DOTA和女人，他只能选择一样。因为对于女生而言，DOTA就是小三，总是抢走了他们男友的无数时间，她们最痛恨的就是DOTA。凯子不需要DOTA的输赢，因为他知道DOTA就是小三，把小三给小黑哥，这样才不会把他伤得太深，所以小黑哥只能拥有DOTA。

2008年5月12日的那天中午，我们仍然在宿舍DOTA。一场关乎胜败的团战即将来临，我们都全神贯注。

"谁晃桌子了，不要晃！"小黑哥异常投入，来不得半点不利的因素。

"我没晃。"

"我也没晃。"

"是地震，快跑！"我是宿舍四个人当中第一个反应过来的。

我们顾不上战局，也顾不上钱物，穿着拖鞋和裤衩就往楼下跑。楼下已经聚集了好多人，这一刻所有的宿舍、教室里都是空的，所有人都涌了出来。第一次发现原来南邮有这么多的学生，而且还有这么多的女生。

对于男生来说，在生命危险的一瞬间第一个反应的就是逃命；而女生的思维总是与男生有区别，因为我们看到好多女生都提着包，背着电脑。真佩服她们的勇气和机智。

此刻所有人都拿出手机开始打电话，也是一瞬间信号就变得拥堵了。大家都一个劲儿地拨电话，把拨通的第一个电话都打给家人，问情况，报平安。而我却把拨通的第一个电话打给了子芷，因为此时她才是我最关心的人，“地震了，你有没有事，不要待在房间里，可能还会有余震的……”

“别开玩笑，我忙着呢，就这样挂了。”

我放下电话，沉默不语。“我怀念的，是无话不说；我怀念的，是一起作梦；我怀念的，是争吵以后还是想要爱你的冲动……”

之后我们得知，是四川发生了八级地震。整个南京都震感强烈，可以明显地感觉到晃动。之后我们纷纷开始捐款，停止游戏，陷入哀痛。

♡♡

“从此以后我都不敢抬头看，仿佛我的天空失去了颜色，从那一天起我忘记了呼吸，眼泪啊永远不再不再哭泣，我们的爱过了就不再回来，直到现在我还默默地等待，我们的爱，我明白，已变成你的负担，只是永远我都放不开，最后的温暖，你给的温暖……”《我们的爱》，多么好听的一首歌，像是专为我而写的，我反复地吟唱，只是唱多了舍友们都觉得太老土了。而他们每天滚动播放的都是《青花瓷》《该死的温柔》……尽管他们觉得很时尚，但也抵不住潮流的冲击：《北京欢迎你》一夜之间炸天了，就像春天的气息，绿到哪儿唱到哪儿。自此，我们每个人的电脑里都存有这首歌的MV，什么蔡妍啊，李孝利呀，都一边歇着吧。奥运热潮在每个人的心中涌动。

这些天学校里也搞出了迎奥运的相关文艺晚会，找齐了校园十佳歌手唱《北京欢迎你》还嫌不够，校园二十佳也被拉上了。第20佳就是凯子，凯子荣幸至极。秦多多坐着“VIP”座为凯子打气，尽管整场晚会凯子只有一句歌词。

不仅是校园里，整个中国都沸腾了，火炬传遍了整个神州大地。5月24日奥运火炬在南京传递。我们一直跑到奥体中心，跟着加油，跟着起劲儿。

多么美好的事情，多么美好的世界。我个人的得失与忧伤又能算得上什么，并不会改变大家的心情。如果我喝不干这池水，那我就会被淹死；事实上我喝不干，我也不会被淹死。我只有融入、适应。

我大三的这个暑假叶子芷工作了，没有当老师，去了上海一家公司上班。

这个暑假很多人都有所期待，期待着8月8号那一天。我也期待着这个暑假能有一个好心情。

三年前的暑假我也失恋了，可那时的我还有幻想，还能幻想着美好的大学，幻想着大学里可能遇到的爱。可今年的暑假不同了，我再也没有了幻想，一切都靠消磨时间来支撑。

我本想用看书来打发时间，来减轻思念，但只看了一本《京华烟云》之后，我再也无心过我的暑假了。

《京华烟云》给我的感受是，即使是迁就的爱，错误的爱，在现实的生活面前，在时间面前，都有可能演变成相互的寄托，都有可能就此度过一生，都有可能不离不弃……曾荪亚和姚木兰就是这样，是时间和生活成全了爱，爱来源于日积月累。于是我担忧了，我担心子芷会接受别人，会因为时间，因为生活而和别人在一起。到头来，爱情变得只是一种生活的勇气，生活的寄托；所谓心灵的港湾，心灵的抚摸，有和无，都阻止不了现实和生活。

我想我该出去散散心了。

我再一次来到了苏州。苏州，一个神奇的地方，每次到来都会勾起我的梦境。我又想起了程思蒙，想起了叶子芷，对比这两次失恋，总能说明点什么问题。我想应该是我的问题。

在七里山塘，在拙政园，在金鸡湖，在李公堤……走一走小桥，看一看老

街，在听雨轩听雨看荷，在金鸡湖畔看灯光喷泉。在这个古色与现代相结合的地方，我回味记忆，梳理人生，企图找到生存的理由，但就连快乐是什么我都没法摸索。这些地方我曾经说过要带子芷来的，可现在只有我一人，一股莫名的孤独感涌上心头。

我承认我手贱，还是忍不住给子芷发了信息："子芷，我在苏州，这是你最想来的地方，有空我们一起来这里好吗？"

子芷："我没有时间，我也不可能和你去的，请你忘掉我吧。"

我："忘不掉，我怎么可能忘掉你。"

子芷："忘掉吧，过段时间你会忘掉我的，我已完全忘掉你了，我已经有新男朋友了。"

我："你不用这样撒谎来让我死心，我知道你不会的，我们还能回头的。"

子芷："信不信随你。8月8号是个千载难逢的好日子，那天我就订婚了。"

我："不会吧，这也太快了吧，你才多大呀，干吗这么着急？"

子芷："女人拿什么等？能结婚我就结了，估计很快。"

我："现在女人都到二十七八才结婚呢，别那么早呀，你这新男友才多长时间，得需要时间来考验的……我求你了，别那么着急。"

子芷："我也不知道，反正想结了呗！好了，不说了，我要工作呢。"

我："好，不打扰你上班了，再问你最后一句，你现在在哪儿？"

子芷："我在外出差呢。"

我："什么时候回来？"

子芷："长着呢，一周吧。你问这干吗？"

我："知道了，你忙吧，再见！"

2008年8月8日，那个全国人民都期待的日子，却是我最不想到来的那一天。那一天，我最爱的人要和别人订婚了。我不敢猜测这到底是不是事实，我总觉得我应该做些什么，要不然就迟了，要不然就真的只有遗憾了。

再一次说走就走，我得去找子芷，我相信只要她看到我一定会感动的，一定会回心转意的。可是她在哪儿我无从得知，这一天，我满世界地寻找子芷的

踪迹。最终在她的空间里，我看到了一张大龙虾的雕像，思来想去那应该是苏北的龙虾之都——盱眙。是的，她一定是在盱眙出差。

第二天一大早我就去了火车站，到了南京之后连午饭都没吃，就买了去苏北盱眙的汽车票。

这一天的天气很不好，从早上开始就一直阴沉沉的。中午时分又下起了雨，越下越大。我坐在车里看着窗外的瓢泼大雨，有种说不出的感觉。我说不出我这一去的道理，更不敢预想将会发生什么。也许子芷会很感动，会抱着我大哭一场，会和我深情地相拥……

大巴在长江大桥上堵了，由于没有吃午饭，我感到阵阵头晕、呕吐。想开窗透透气，可车外的雨很大，根本不能开窗。就那样，我捂住嘴，皱着眉，只为了那一个目的地。

车上的乘客有说有笑，但感染不到我，我既没用心听，也听不懂那方言。旁边那位大叔盯着我的MP4看了一会儿，果断拿出他的手机，放起了民间小调；后边还有个小伙子，耳朵里塞着耳机，嘴里哼着歌，也不管别人听不听到，反正他自己对自己的声音很满意。那边的几个大妈叽里呱啦地说个不停，声音不比那大叔的铃声小，如果不是偶尔发出“哈哈”的笑声，还真以为她们是在吵架。大叔那大屏大声大字号的超长待机手机刚安静下来，又有一个女孩继承了下去。她打开手机的扬声器，狠狠地播放着《舞娘》，让几个年纪大的人听得云里雾里。司机对这整个车上的声音都不感兴趣，随着一句“辣妹子辣”，车载音乐也开起了，而且盖过了所有的声响。

一切声响都遮盖不了我的愁思。我想我还应该写点什么。

我蜷在座位上，一边捂着嘴，以减轻想吐的感觉，一边拿出纸笔。可当我铺开纸之后我久久不能下笔，倒不是因为车上不稳，而是因为我不知道该写点什么，该怎么写。一切安慰、道歉的话此时都牵动不了子芷的心，思来想去我还是得写点什么，那就写写我和子芷从认识到今天的记忆吧。

2001年12月30日，在高中文学社的元旦晚会上我们认识了，那晚的你很

迷人，很热情。

2002年1月17日，在高中校门口，我们偶遇了，我们一起吃了砂锅。那一晚，尽管我没有说喜欢你，可在我看来你是个非常优秀的女孩。能认识你，是我的荣幸，你已经烙在了我的心里。

2002年11月23日，我和程思蒙算是真正地分了。那一天我哭得不像个男人，是你递给了我纸巾，是你静静地听我诉说，是你在安慰我。那一刻我在想，如果有可能我一定追你！

2004年我的高三，我看到了你姐叶子菡，那时我还不认识她，可我看她很像你。但我不知道你在哪儿，那一刻你知道我是多么地想你！

2005年10月10日，在南师我见到了我以为一辈子都没机会见到的你。那一刻我真的不相信自己的眼睛，那一刻我好想上前拥抱你。

2005年11月20日，属于我们的第一次约会。我们在琵琶湖畔漫步，一路上好是幸福。

2006年，我们开始游山玩水。长城上、大海边、泰山顶、都江堰、张家界、西湖畔、漓江边、鼓浪屿，哪儿都有我们的脚步，哪儿都有我们的爱。那一刻我好想带你周游世界。

2006年12月24日，平安夜。我们在大街上走着，那是我今天度过的最美的夜。

2007年4月，在黄山迎客松下，我们搭帐篷过了一夜。那一夜我真的好心疼你，那两天，成了我们美好的经历。

2007年11月11日，浦口火车站，我们一起走铁轨，看落叶，一起摆POSE，一起自拍照片。那天，我们约定等我们拍婚纱照了还到这儿来。那些照片我都洗出来了，今天我想带给你。

2008年1月29日，我们在扬州度过了你的生日。尽管是很晚了，但我还是想给你一个惊喜。你等了我一个晚上，倒是给了我一个惊喜。

2008年3月20日，我们分手了，可我真的不想。我知道是我近来脾气太暴躁了，是我过分猜疑了，但我真的知道错了，也知道错在哪儿了，我只希望你能回头。

2008年5月12日，四川地震，南京震感强烈，能明显地感觉到楼在晃动。那一刻我第一个想到的就是你，最担心的也是你，可能你并没有感觉到。

2008年7月21日，我在去盱眙的大巴上给你写这些，只希望能够看到你！只希望你能够明白我的心。

还有，你曾经说过你一直想去西藏，等我毕业了，我一定带你去……

我把这唯一一次写给子芷的信折成了千纸鹤，轻轻地放入口袋，内心充满了忐忑，也充满了不安。

下午时分车终于到站了。满眼的陌生，满脸的沧桑，除了出租司机和我打招呼外再也没人理我。我不知道子芷在哪儿，也不想告诉她我来了，我只是一个人在大街上踱着。

盱眙，一个苏北小城。道路两边放置了很多龙虾的造型，很喜庆、很特别。就连路灯上，公交站台上，都有龙虾的LOGO。跟龙虾有关的饭店更是数也数不清，真是一个“龙虾城”。淮河穿城而过，城市依山而建，市民悠闲自得，都梁阁灯光闪耀。真是一个休闲度假的好去处。可我不是来度假的，我是来找人的。我要找的人在哪儿，我也不知道。

天色渐渐黑了，我毫无目的地走着。没有头续，没有线索。最终还是发了信息：“你在上班吗？”

子芷：“在开会呢，有什么事？”

我：“没事，随便发发的。”

我来了，但我不能打扰她。一切只希望在默默的发展中有所转机。我想我还得送点什么给子芷，见面了总不能空着手。以前从没见子芷带过首饰，那我就买一条手链给她吧。买完了手链身上的钱已不多了，除去回程的车费只剩几十块钱。

夏天的天气就是变幻莫测，天空又下起了雨。我不能再等待了，于是我拨

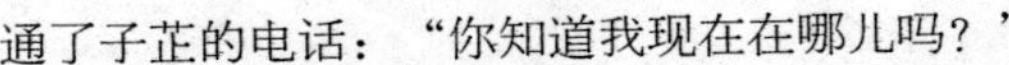

通了子芷的电话："你知道我现在在哪儿吗？"

"你在哪儿我一点都不关心，你好好玩玩散散心吧。"

"我现在在盱眙，你在哪儿？"

"什么？"子芷停顿了会儿，"你疯啦，你怎么知道我在盱眙？"

"对不起。"我的声音很低，"我们能见见吗？就见一面，我有东西要给你。"

"你想干吗？我不想要你的东西，外边下雨了，你找个宾馆住一夜吧。"

"我千里迢迢地来，想要的不是这句话。"

"别傻了，我们已经分手了，你找个地方住一晚，明天早点回去吧，就这样。"

"我不走，我哪儿也不去，我就站在大街上，我知道你就住在附近，我知道你肯定在哪个窗口看着我呢。"

"别说了，外边的雨很大，你赶紧找个地方住下吧，我是不可能见你的。"

电话就这样挂了，我像一只淋了雨的狗，蜷缩在街角。一辆辆车从我的身边驶过，无人关心，无人过问，因为就连我自己都不关心自己，都不过问自己了。

这样的夜好黑、好冷、好怕、好累、好孤单！突然，一个闪电从天空劈下，雨就像钉子一样下落，我一脚一脚地踩下去，每一个雨钉都深深地刺进我的肉体。半个小时过去了，没有子芷的任何回应。我说不出这一刻的感觉，我只知道自己的心好疼，是一种从头到脚的疼，是一种被揪起来的疼。

雨好无情，无情地倾泄，无情地冲刷着我的泪水。感觉不到天地的存在，也找不到一丝丝的安慰。每一根头发都成了雨水下泄的导引棒，一直垂到了嘴角，这可没有化学试验中玻璃棒引流那么好玩。我尽量地睁大眼睛，生怕错失了子芷可能出现的身影。但那雨水不停地拍打着我的双眼，就像一个个冰雹砸向一块块脆弱的玻璃。

我抬起头目光呆滞，不去躲藏，也躲藏不了什么。躲藏不了，那只有迎接！这一路好长、好累，看不到尽头，走不到天明，走不出黑暗。

雷电的送别
在丝丝的灯光下
黑暗的触摸
对视觉的封杀后

憔影仰笑
掀动在雨浪风中
粗发嘴角
滴落得咸水泪涌

歌声失眠
沙哑的如水如血
残梦丢逝
舞动得倾国倾城

那淋了雨的情书
写着绝恋的手上飘落
像流过泪的枫叶
善意欺骗的少女拾起

湿草地上吟睡
幽韵得销魂出卖
在雨夜中拒绝
勾摄着孤魂自缄

已是十一点多了，我挪动着就和死了一样的躯体走进一个小巷，走进一家

非常简陋的旅馆。

“要住宿吗？”

“要最便宜的。”

“五十块钱，自己拿水瓶，别把床铺弄湿了。”

我接过钥匙，打开了门，从头到脚，只有那封写给子芷的信是干的。

我像死过了一回，一夜未眠。

我不愿承认是这样的结局，我更宁愿相信子芷有她的苦衷：“子芷，今天能见我一面吗？”

“你早饭吃了没？”

“吃了，你在哪儿，我去找你。”我用沙哑的声音回答道。其实我已三顿没进食了，因为我什么也吃不下。

“你找我有什么事？有事就电话里说吧。”

“我有礼物要给你，还有一封信，是我昨天在车上写的。”

“你还是回去吧，礼物和信我都不需要，就这样，你多保重！”

♡♡♡♡♡♡♡♡♡♡♡♡♡♡♡♡♡♡♡♡♡♡♡♡♡♡♡♡♡♡♡♡♡♡♡♡♡♡

我一直相信时间可以冲淡记忆，可以忘掉悲伤。可有些东西经历了许久时间仍旧无法磨灭，记忆愈加清晰

那个高高的佛塔，那间深深的大院，那些缭绕的香火。我不信佛，可我还是虔诚地跪在佛塔前，一直到天黑人散尽。佛祖无眠，佛祖也平静不了我的烦恼；佛祖累了，接纳了一天的人，祝福着几千年的梦；佛海无边，佛祖可曾开化一个不信佛的人的痛苦。

我想我还不够了解子芷，她一定是有她的苦衷，我一直这么坚信。我想我应该去问问子菡。

2008年8月8日，北京奥运会在今晚开幕。也是在今晚，我去找了子菡。子菡还是和以前一样的客气、美丽，只是她的脸上多了几分疲惫。话题只能先从

关心她的生活开始。

我问她的感情生活，她的回答是“一般般”。我问她的工作情况，她告诉我有点累。

我们坐在沙发上，电视里放着开幕式，但我们都无心观看。

过了许久，子菡问我：“我知道你和子芷分手了，你今天来肯定也是为这事，那我就给你分析分析吧。”

我点了点头，有所期待，也希望有所顿悟。

子菡蜷缩在沙发一角，一手托着脑袋，一手搭在我的后背上，“你一直把自己活在回忆中，其实你也不是走出回忆就活不下去的那种，你要敢于面对现实。在学校里你有你的同学，也有你的生活，不管什么事你都可以混得有头有脸的，怎么到了感情这道坎你就迈不过去呢？我以前也和你一样，可后来我学会了拿得起放得下。你和子芷分手的细节我并不知道，但我和你说说我这个妹妹吧，她有点固执，一般说过的话是不会改的，她说分手了那就是分手了，应该不可能会回头的，尽管她也有可能会难受。还有，她说她要订婚了，是骗你死心的吧，作为姐姐我都没听说她要订婚。失恋不算什么，恋爱不等于结婚，时间久了就想开了，我就是这样……”

就这样我们聊了好久，一直聊到口干舌燥，聊到眼睛迷糊。

“我也好累呀，借你肩膀用一下。”子菡靠着我的肩膀，就这样睡着了。

八月的季节，忘却了凋零，忘记了落叶，不是生命的沉默，而是沉默了生命。

傍晚，灯光照亮了这座城市，也照亮了夜生活的开始。看看夜景，看多了心里就会平静。当再怎么难过，再怎么放不下，再怎么不愿意的事，只要成为一种习惯之后，一切都会平静。生活就是这样，当生活成为一种习惯之后，再也没有了什么大惊小怪。生活需要习惯，也最怕习惯，思恋是一种病，是一种习惯病。

城市的每一个角落都固定着特有的人群，就像城中村是流动人口的归宿。学生永远是网吧和宾馆的常客；酒吧会所是有钱人的场所；而我属于那些转眼

即逝的人群。走过一个城市，走过一道道旅程，是流浪的生活，也是丰富的人生享受，没有界限，无拘无束。我和子菡就这样在大街上走着，没有界限，无拘无束，转眼即逝。

在新街口的地下通道里，一位流浪歌手弹唱着《蓝莲花》。我和子菡在远处静静地听，跟着吟唱：“没有什么能够阻挡，你对自由的向往，天马行空的生涯，你的心了无牵挂……心中那自由的世界，如此的清澈高远，盛开着永不凋零，蓝莲花……”

我认识这位流浪歌手，他曾经是我的高中同学。子菡也认识这位流浪歌手，他就是黄家如。

我碰了碰子菡，“你还爱他吗？”

子菡没有回答。

“你要是不爱他了就走吧。”

子菡没有吭声，和我一起走了。

暑假过后，子菡离开了南京，去了哪儿我也不知道。我狠下心来，删掉了子芷和子菡的QQ、手机号码，删掉了可能联系到她们的一切联系方式，之后我也换了手机号码。因为我怕我自己会忍不住犯贱。

十二月份的天，看不到太多的灰尘，好干净，好纯洁；阳光懒懒散散，空气清新自然，感觉不到冬的迹象，也找不到逝去的伤感。时间该怎么继续，像一场梦，只是这场梦好长好长。当两眼睁开的一瞬间，分不清是梦醒还是沉睡，分不清是现实还是幻象。

看那冬季的雨
冰泉冷凝
在皑雪的黄昏失声
去年与明年的交接
没有期待，是无奈

看你绝望的脸
笑容无痕
让殷红的沙漠心疼
荒野与峡谷的黑夜
没有灵魂，是死人

在那神秘的北极圈
蓝绿色的极光
是我的誓言
已缤纷闪耀了五亿年

是你奇妙的预言
让我葬身冰山
永守着笑容
被绿光折射着记忆
哪怕是，三千年依然

山谷的溪河繁花
映着碧天
让冬春更替
与舞步飞旋

夜晚的织女星告诉我
舞动的世界
花草的田野
在山的那边等待
等待我的到来

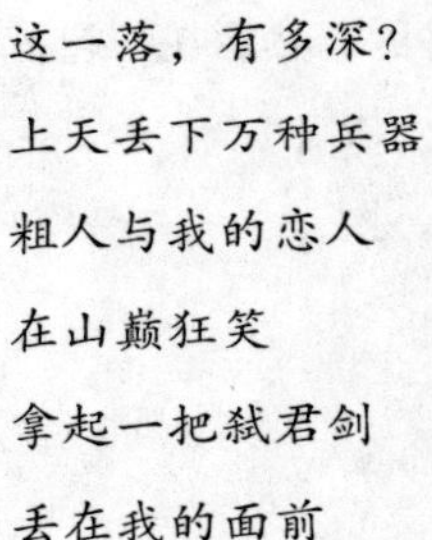

山谷的粗俗者

详细了解着山外

只因我爬不过山

飞舞吟唱那崖壁回肠

呆滞看着粗俗人的离开

这一落，有多深？

上天丢下万种兵器

粗人与我的恋人

在山巅狂笑

拿起一把弑君剑

丢在我的面前

这把剑没柄

我只要一颗冰凌

刺向我那宽容的心脏

蓝色的血液流淌

只为神秘的北极光

有人说南方人矫情，下雪天还撑伞，那是因为他没见过南方的雪。北方的雪像棉花，落在了身上还是雪；南方的雪像棉花糖，落在了身上就是水。2009年的1月，南京下雪了，在这个江南城市下雪还是很少见的，尤其是落在身上不融化的雪。

这天早晨，我们班没有人睡懒觉，都来到操场、堆雪人、打雪仗、拍照片。这是我们大学的最后一个冬天，这场雪，下得真好。

我推着一个巨大的雪球前进，一位女生走了过来，帮我一起推。是朱珠。

“学长，好大的雪呀。”

“是呀，我要推一个雪人的头。”

“学长，怎么最近没看到你和你女朋友在一起？”

“分手了。”

“好可惜。”朱珠把她的手套脱下来给我，我不要，她非要给我，可太小了我又戴不上，她只好又自己戴上了，“学长，有好多人追我，你说我该怎么办？”

“挑一个人长得不是太丑的，最重要的是要对你好的，然后在一起，毕业就结婚吧，大学的恋爱是可以成功的。”

“学长，那你准备什么时候结婚？”

“早着呢，等先工作了再说。”

（十一）再见青春

大四过得很快，来不及回味大学的生活，生活就这样把我们带进了社会。一切都为了毕业，毕业就是为了找个好工作。什么理想、责任都抵挡不了现实的冲击。我们专业的同学必须要明确自己的主攻方向，软件、硬件只能二选一。选择好主攻方向之后就忙着各种认证考试：CCNA、CCNP、MCSE、IBM认证、Oracel认证、项目管理师……只要是有利于找工作的，能考的我们都考了。忙完了这些又得找工作，写论文，做毕业设计……一个充实而忙碌的大四。

毕业在即，大家都各自忙碌着，舍友四人能够同时出现在宿舍的机会越来越少。那一刻，我们真的很羡慕跟铁路、土木、建筑相关的专业。因为那些同学还没毕业就被各大国企录用了，他们整个大四要做的就是好好地玩，好好地计划一次毕业旅行，然后拿着毕业证去单位报道。

我们宿舍四人当中，八六哥凭着自己写的几个小游戏，进了一家很不错的IT企业；小黑哥留在南京的一家软件外包公司；我去了苏州高新区的一家公司；而凯子根本没有找工作，他也无所谓工作，就等着接班继承家业呢。

只有在论文答辩的那几天，我们班的同学才会一个不少。那几天我们穿着学士服，摆拍各种POSE，走遍学校的每一个角落，快门印记着每一个人的笑容瞬间。那几天，我们男生纷纷单膝下跪，手举鲜花，献给陪伴我们四年，而又没人敢追求的四位“班花”。那几天我们穿着学士服，把DOTA的造型摆了无数次。那几天，我们卖书、卖被、“卖”学妹。那几天，我们喝酒、唱歌、搂“班花”。那几天，我们把我们四年来的记忆，四年来的梦全都描绘起来、编织起来……

颁发毕业证和学位证的那一天，每个人都精心打扮了自己，像是即将出嫁的新娘，就是学士服没有婚纱漂亮。“出嫁”的这一天，有哭、有笑、有打、有闹，不管怎么样，每个人的内心都很难舍。晚上，“出嫁”的催妆酒——我们的散伙饭。这是全班同学唯一的一次全体聚餐，一个都不少。

这一晚，每个人都喝得很多，没有保守的，就连女生也喝了。这一晚，不管会不会抽烟的，都叼起了一根，就连女生也是。这一晚，豪言壮语过后，哭得稀里哗啦，就连男生也哭了。很难想象这是一个什么样的场景，很难琢磨这是一种什么样的情感，很难描述一群大男生的哭声。每一声嘶喊都很低沉，却都撕心裂肺。

伶仃大醉。街上都是我们的身影和酒气。一位像犀利哥一样的乞丐拦住了我们，向我们要钱，八六哥说没有，就往他嘴里塞了一支烟，我拿出打火机，给他点着了，犀利哥很满意地做了一个“ok”的手势。

一票人再一次去网吧，合作完成最后一次DOTA对战；一票人带着几个女生去玩真心话大冒险了；一票人去了KTV，唱着《睡在我上铺的兄弟》，唱着《栀子花开》；我、杨阳洋、陈凯、高山、秦多多、王媛媛六人在KTV里玩着“三国杀”。如果我再不称呼一次他们的大名，我怕我以后只记得他们的外号了。

这一晚，我们六个人的小圈子里，把所有想说的话，平时好奇的话，不敢问和不敢讲的话都说了出来。这一晚，小黑哥向秦多多做了深情的告白和美好的祝愿，而秦多多也告诉小黑哥：如果他能勇敢一点，那她很可能就答应他了。其实女神的内心我们不懂，女神并不高傲，正是因为我们的误解造就了女神的高傲，其实女神也是需要爱的，也不是一直挑剔的。这一晚他们问我到底谈过多少个女朋友，我先是举了一只手，他们摇摇头，然后又举起了两只手。这一晚我们四人一起问王媛媛，那次我们去南师看她之后，她到底看上了谁，她说一个都没看上。这一晚我们又分享了大一军训的趣事，把整我要号码，改我手机通讯录的往事又说了一遍，然后我们齐声大喊：“爱我就大胆说出来。”这一晚，我们仍然没人敢提换掉八六哥电脑桌面，导致他重装系统的事。

第二天一早，我是第一个离开宿舍的，走的时候连头也没敢回，因为我不知道下一次见面会是什么时候。

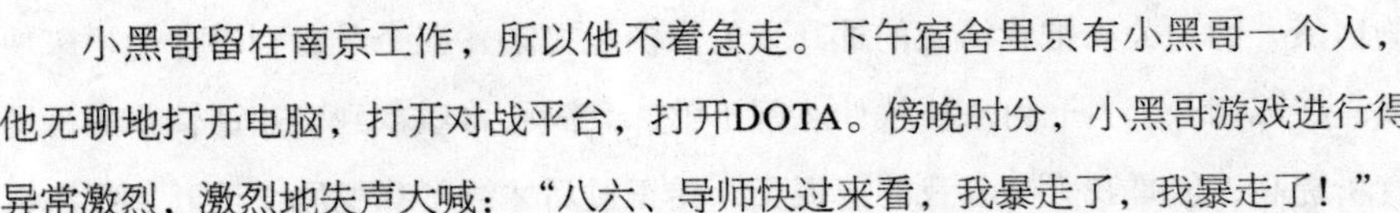

小黑哥留在南京工作，所以他不着急走。下午宿舍里只有小黑哥一个人，他无聊地打开电脑，打开对战平台，打开DOTA。傍晚时分，小黑哥游戏进行得异常激烈，激烈地失声大喊：“八六、导师快过来看，我暴走了，我暴走了！”

整个楼层空荡荡的，异常安静，没有任何声响，更不可能有我们的回答。

小黑哥兴奋地掉转过头，这才发现宿舍里只剩他一个人。

他一声不吭，只是感觉鼻子一阵酸，然后默默地关上电脑，放进拉杆箱，锁上门，走了。

♡♡♡

就这样毕业了，班级的好多同学都去了很知名的IT企业。其实大多数IT企业的规模都不大，越是规模大的公司，待遇越难提高。但有一点是相同的，不管是什么样规模的IT企业，员工吃的都是青春饭，过了35岁如果还没混到管理层那就转行吧。IT员工的高工资靠的是无休止的加班来维系。每当夜幕来临的时候，每当年轻人在夜色中开始约会的时候，我们这些IT男永远都是在加班。白天上班发愣，晚上开始写代码，全靠一支烟来提神，是人都学会了抽烟，包括我。在这一行，要想提高工资只有跳槽。我就是这样。

2009年的3月份，还没毕业的我就迫不及待地去苏州高新区一家公司实习了。说资本家是万恶的一点不假。因为我还没有拿到毕业证，所以他们有理由给我开实习工资，实习工资是当时的苏州最低工资标准，960元一个月，如果再低一点他们就违法了。那段时间是我过得最清贫的阶段。960元，除去房租300，电话费50，水电费50，剩下的钱还得支付我一个月的吃饭、购物的费用。前提是我还不能生病，要是生病的话看病的钱都没有。我们那一代很多大学生都是这样，家里并不是太富裕，父母花了很多钱供我们上大学，都工作了，就不可以再要家里人资助，即便再困难也要独立地活着，也要撑下去。快毕业的那个月，我为了论文答辩和毕业典礼请了几天假，为了省钱我都等到夜里坐三十几块钱的绿皮车，因为白天的动车我坐不起。但我的节省并不能补充我的口袋，因为公司把我请假的那几天的工资也扣了，那个月拿到手才七百来块钱。在苏州一个月七百来块钱什么都不够。我满心希望拿到毕业证转正后待遇有所提高，但是我太高看我的老板了，转正过后才给了我税后一千五。我找老板谈过待遇的问题，他的答复是每个员工一般一年只有一次加工资的机会，你已经加过了。我说那只是转正。老板说，转正也是加工资的呀。很多大学毕业生都特别看中自己的第一个工作，但大多数老板都只是把应届大学生当作廉价的劳动力，并不指望你能待多久。一年后我们有工作经验了，跳槽了，那些老板们会继续招新的应届毕业生，一直循环下去。

转正三个月我就跳槽到园区的另一家公司。但是不管到哪儿，工作性质都没有变化，劳动强度也没有减少，除了加班还是加班，根本就没有私人的时间，更不可能去谈情说爱。

不知是从哪一天起，开始习惯于逃避，逃避那可怕的考试，总想着早点毕业该多好。

不知从哪一天起，在大街上行走时，总是装作一副不是学生的样子。

不知从哪一天起，早已不把自己当作学生，总以为走上社会了自己可以混得很牛。

也不知从哪一天起，我开始把自己伪装成学生。

也不知从哪天起，我才知道我只是一个普通的我，几斤几两自己清楚。

也不知从哪天起，开始怀念那些同学，好想和大家再见一面。

我只知道从那天起，我真的不是学生了，一转眼，真的就不是了！

至今我还时常地以为自己在过一个漫长的暑假，等开学了我们又可以坐在一起，吹着牛皮，打着DOTA，听着烦躁的课，评着烦躁的人。

曾经因为老城改造而拆掉一条街，我们怀念的美食没了。不是因为那条街真的有美食，而是因为我们没有了第二个选择；同样，我们一直在怀念我们的大学，不是因为我们有多么热爱学校，热爱学习，而是因为我们从此没有了选择，读书十几年，就此断头。

尽管我们很快就厌倦了一起去春游，一起去爬山，一起去KTV，一起玩游

戏，但这些绝对是我们最为怀念的，也是我们不可能再有的。

伤感来自于哪儿？不是不忍，我们这代人有着太多的不忍，高中毕业全然没有这种生与死的感觉，那是因为我们还有一个更加美好与值得憧憬的未来。然而现在，我们结束的不是大学，而是整个学生生涯，一辈子最年轻，一辈子所有的记忆都在这学生的身份之中了。现在，全没了，剩下的只有怀念，怀念那些生活，和那些不知哪天还能再见的人。

很值得庆幸的是，我们这代人有好多通信方式。如果是十年前，我想，我们之间可能真的是诀别，离多远，走在哪儿，结婚没，全然不知……

昨天看了一个网贴的评论：男人永远无法体会女人痛经到底有多痛，评论是：女人就知道跟着男人说蛋疼，但她永远也不知道蛋疼到底有多疼。我现在的感觉就是蛋疼，不是闲得蛋疼，是郁闷迷茫得蛋疼。这种蛋疼，不分男女，都能体会。

现在是我这半年来的第三次搬家，从南京到苏州高新区，从高新区到园区，从园区的合租房到一室一厅。每次搬家都那么突然，那么匆忙，但每一次都越来越简单，行李也越来越少，人也越来越孤单。

这半年似乎有数年之久，习惯了等待，也习惯了接受，少一点挑剔，多一点自由。这儿能住多久，我不知道，真不知哪一次搬的才是我真正的家，也不知家的另一个主人哪一年能够为我打理这个家。

住高新区时，最能记住的是楼上那个高跟鞋的声音。虽然不知道主人是谁，也不知住几个人，但是每天凌晨，那个地板嗒嗒的声音总把我从梦里带醒。声响简单，但声音很响，每次都敲打着我心灵的最深处。在园区和人合租的日子，都不记得邻居长得是什么样，只知道他总是在客厅堆满了脏衣服，没有一星期绝不洗一次。这也是我选择住一室一厅的直接原因。现在住的地方门前是一条古老的小巷，只能容得下两人并行。门前有一块石砖，铺得不是太平，每当有人踩过，就会有咚咚的声响。有好几个早晨我都被这样的声响叫醒，听着那些脚步，真想看一看那个匆忙的背影。也有冲动想去放平那一块石砖，想了又想还是算了，令人感伤的就是那样的声响！

苏州，这个世界工厂，到处都是匆忙的人们。行影匆匆，还没来得及记住早已消失在人潮中。这半年，我努力地工作，几乎不去过问任何无关的事情，除了舍友，没有和任何同学有联系。以前的满腹壮景现在都变得平淡无奇，甚至是一场笑话。我低调得就像是一颗蒲公英的种子，落到哪里是哪里，埋头做事，不去争辩，无需出头；就像是一首平淡的歌，不需要高潮，从头到尾，娓娓道来，反复地听，却无需反复地唱。

一段时间总会迷上一首歌
反复地听，却不再反复地唱

好久没有好好地唱上一段
也许真的已经沙哑了眼睛

眼睛？是的
再也看不到那
蓝蓝的天，绿绿的草，清清的水

忘掉一个年代的悲哀
那样的颜色还会再来？
在沉沉的梦里，不想醒来

有时总会幻想着未来
可最怕的还是怎么去面对那一天
不敢想，但我绝不会丢掉思考的时间

总是说不会再迷茫
似乎我们已经过了迷茫的年龄

多想再过一次十六岁
去找点梦想和大气的姿态

我在我的桌前贴满了纸片
写上每一天的点点
却不曾让任何人去看见

清贫的是我的夜
却富有的用我的眼看着我的脸
还有我的山峦

我会很小心地走
不怕回头，就怕不愿去回头
想法一直在变
却一直没有忘掉那样的天
是蓝色的！

我的新公司是一家不大的IT公司，老板叫何翰墨，人如其名，是个不错的领导，也是一个工作狂。当大家都下班了，他还在工作，没人知道他在忙什么，只有我知道。其实他只是喜欢在夜深人静的时候陷入思考。我也喜欢思考，所以我看得出老板的内心。有老板在，我就是倒数第二个下班的，老板不在，我就是倒数第一。每一次我走的时候都会经过老板的办公室，微笑着点点头，“老板，别犹豫了，想做就做吧。”

每次老板也会微笑着点点头，“我再想想。”

同样，每天早上如果老板来上班，我就是第二个到的，如果他不来，我就是第一个。每天早晨我上班的第一件事就是把自己的桌子擦干净，给桌上的吊兰浇点水；再把复印机上的纸整理一下，有用的就分发下去，没用的就用铅笔划掉一面，当作草稿纸。而老板每天早晨的第一件事就是点上一支烟，直到烧完也没吸上几口。

老板三十来岁，算得上是年轻有为，但他没有成家，也并不快乐。公司负责采购的姑娘和老板接触得比较多。一天我们的话题聊到了老板，她告诉我，说老板得了相思病，相思的人的名字叫“莲花”。我问她是怎么知道的，她说她经常看见老板在纸上写“莲花”二字。

有一次路过保安室，保安把一大堆的信件递给我，让我转带上去。其中有一张西藏寄来的明信片一直吸引着我的眼睛，是寄给老板的。当我把这张明信片递给老板的时候，老板激动地坐直了身体。我忍不住好奇，就问了问：“老板，你有朋友在西藏？”

“是的，在西藏修路呢……怎么你也有朋友在西藏？”

“没有，但我挺想去西藏的。”我说。

“你去过西藏没？”

“没有，但我知道这张明信片背景是墨脱。”

我终于明白采购部的那姑娘说老板喜欢写“莲花”二字的意义，墨脱——莲花圣地。

那天我在老板的办公室里聊了很多关于西藏的话题。一周后我不用敲代码了，老板让我负责管理公司的网络和电脑相关的外设。很轻松的活，朝八晚五，还有双休。

也正是因为轻松，我的空余时间突然地增多，多得有点让我不适应。时间越多，越发让我感觉到孤独，每天早早地下班，在门前的小饭店炒一个菜，一个人坐在角落里孤独地吃着。久而久之，小饭店菜单上的所有菜都被我吃了个遍。吃完晚饭，有时我会一个人在大街上走走，看着那些年轻而匆忙的身影，看着那些穿着厂服的工人，看着他们稚嫩的脸上所带有的笑容。难道笑容仅仅属于90后？我想不是这样的，他们的笑容来自于他们的幸福感，与家乡相比，他们感到很幸福，尽管每天工作的时间很长，拿到的报酬很少。而我的幸福感哪去了？我想我只是一直找不到认同感与归属感。每天都早早地走进房间，走

进一个人的房间，打开电脑，开始一个人的DOTA，然后沉沉地入睡。早晨也不用闹铃，每次都醒在闹铃之前。公司，住的地方，小饭店，新的三点一线。这三点一线上一共有几个红绿灯我都知道，哪个路口有个坑我也知道，哪个早餐摊位有豆浆，哪个有油条我也知道。每天都重复着这样的路程，熟悉了就变成了习惯，习惯了就开始孤单。

每逢周末，采购部的那姑娘总是约我出去，但我从没答应。如果倒退几年，我一定不会错过这样的机会。

每个周五的晚上，我都会颓废地玩游戏到深夜三点，然后狠狠地把周六白天给睡了，然后周日去爬爬山，去拍拍照。我经常会一个人背着相机，去山塘街拍外景，跟着摄影师一起拍新娘，跟着驴友一起拍小桥流水，跟着游人一起拍各种工艺品。也有那么一段时间，我像疯了一样骑着自行车，从园区到太湖西山岛，去记录风景，去记录游人，画面定格处总是很温馨。我想我是太缺少温馨了。

（十二）烟花易冷

2010年的五一，我回了趟家。家乡的变化很大，爸爸说要不了多久我们现在住的房子就要推倒盖厂房了。我独自一人在村庄里转了转，那童年的梦境一直断断续续、模模糊糊，直至模糊得泪水潸然，模糊得难已入眠。那藏在树丛中的房子，那小河边的石阶；那尽是鱼虾的小网，那些杨树下的夏天；那田地里的山芋，那烧荒的火堆；那个长满芦苇的田野，那吃着毛草的大堤；那浅浅的水汪，那光着脚的孩童；那长满野花的小路，那绿油油的麦田……我还能记住什么呢?

家乡在不断地变化，这么多年我也一直在变化，变得有些老沉，变得沉默寡言。家里人看我一直闷闷不乐就对我说："时代不同了，现在大学生满大街都是，不要有压力，在外边实在混不下去就回来吧。"

人山人海，我只是沙漠中的一颗沙砾，即便是金子，也不可能有被发现的那一天。本想成就一番事业，现在看来，就连生活都很困难，买房买车更是遥远。我想我该转变一下思想，实在不行还是回家吧。家乡的月亮和外边的一样圆，家乡的世界在外人的眼里也是外边的世界。

我还没有下定决心回老家，但我想辞职远行一次，去一次西藏，去一次让我梦回萦绕的地方。

心里的改变总是会表现在行为上，渐渐地，我早晨上班不那么早了，自己的办公桌也擦得不那么勤快了。但我每次坐到座位上都发现桌子是被人擦过的，吊兰是被人刚浇过的，就连笔套都被人套好了。我猜得出是采购部的那姑娘做的，但我从没提起，也一直装着不知道。都要走了，就放过别人，给别人一个回忆，给自己一条生路。

戒烟，准备好心情，做好决定，说走就走，准备辞职。可面对老板，我却难以开口说辞职，更难以开口说辞职的目的只是为了一次旅行。

最终我还是鼓足了勇气，“老板，我决定辞职了。”

“怎么？嫌工资低了？”

“不是。”也许干IT的总是把辞职作为加薪的筹码，但我真是不是，“我想回老家，在外边太累了。”

“也好，现在全国哪儿都一片大好形势，不一定非要在大城市里，回家了不用花房租，不用愁吃饭，生活成本会小很多。”

“是这样的，老板，谢谢你这几个月来的照顾，我来了一年都没到就要走，实在对不住。”

“人之常情，我能理解，家里的工作找好了吗？”

“还没有，回家再说吧。”

“既然你不急找工作，那你为什么不利用这段时间去一次西藏？只要去一次，我想你的人生观会有很大的变化的。”

“是个好想法，老板你去过西藏吗？”

“和你一样，一直想去，但还是没有，总是下不了决心。”

“我看出你的犹豫了，你每天都会坐在办公桌前发愣，想必一直在想这事吧。”

“是的，也只有你看出来了……我想把公司给转让了，然后去西藏干点其他事，只要能在西藏，做什么我都无所谓。”

“我理解你的想法，因为我以前也这么想过，迫于生活的压力还是放弃了……”

很快公司的同事都知道我要辞职了，并知道我辞职的目的只是为了去西藏。本是一件再平淡不过的事了，但却在公司里炸开了，炸开的缘由是因为他们理解不了。他们更接受不了一个人为了去西藏，可以放弃老板的重任，可以去辞职。有好奇的同事问我：“你不就是想出去旅游吗，干吗要辞职，请一星期的假不够啊。”

我跟他说："没有一两个月的时间是不够的。"

"西藏在哪儿，有那么远？"

"不是因为远，是西藏太大了，很花时间。"

"我以前去新马泰三个国家也只用了十天，西藏再大能有这三个国家大？"

"西藏的交通太不发达了，时间都耗在路上了。"

"那条件也太差了吧。"

"不光是条件差，环境也恶劣，在那儿迷路、冻死、缺氧、高反都很正常，每年都有一些人因为各种原因死在西藏的路上。"

"那么落后的地方有什么好去的，不是自己找罪受吗？太不安全了，那你得找个放心的旅行社。"

"不跟团，自助游，跟团不如不去。"

"跟团多好，不操心吃，不操心住，每天都有大巴接送，人家把什么都安排好了，我们就去个人就行了，多好。"

"还有好多人骑自行车去呢，从成都骑过去，二十几天就到了。"

"骑二十几天？疯了吧。"

"还有人徒步的呢。"

"一群疯子，有病吧，在家看看电视都比去那儿强。"

对于那样的认知，那样的世界观，我没有解释，也无法解释。就算我对他说上一整夜，他也理解不了，更不可能接受得了。

离开的那一晚，公司的采购部的那姑娘约请了我吃饭，我答应了，因为整个公司只有她为我送行。就算是自己对这个城市的一个留恋，也算是为这个姑娘留下点美好的回忆。

那姑娘问我想吃点什么，我说随便。

"最怕的就是随便了，那就干锅吧……吃辣吗？"

"你呢？"我说。

"我蛮喜欢吃辣的。"

"那就吃辣吧。"其实我不怎么能吃辣，能和她吃饭的机会可能这一生就

这么一次；既然是唯一的一次，那还不让请客人吃的过瘾。饭间我借口去卫生间偷偷把钱给付了。

饭后我牵着她的手，在圆融广场的天幕之下，凭栏远望，看着金鸡湖上空燃起的孔明灯，没有说话；而她则做出许愿的手势。我不知道她许的是什么愿，但还是很好奇：为什么女孩子总是喜欢许愿，不管是看到了流星，还是月亮，或者是佛像、许愿池，甚至是某些植物，只要想许愿，看到什么都可以。其实不是什么都能许的，许多了一点都不准了。

星巴克前面有街头魔术表演，围了一大圈人，什么也看不见，但这姑娘却一直拉着我的手往人群中挤。其实挤也对，不去挤什么也见不着；不去争取，就只能在外围看看。

接着我们在感应墙边走来走去，只要有身影经过，墙上就会有广告牌亮起。这姑娘像一个顽皮孩子，快乐地跑来跑去，跑累了，就坐在椅子上休息。我们在椅子上坐了好久，该是说说话的时候了。我问她有什么梦想，她说想找个爱的人嫁了。其实女孩子的梦想很简单，不需要给自己太大的压力，找对了人嫁了就行了。而男孩子则不然，男孩子有太多的责任，他们必须要营造好一个美好的条件，才能去迎接心仪的女孩子。但也不是所有的女孩子都能像这姑娘想得这么简单：不过分渴求物质条件。这样的女孩子不多了。

她问我的梦想是什么，我沉默了一会儿，没有回答。她说："你的梦想是不是想成就一番事业？"我说不是，她问那是什么？我说暂时还没想好。其实我真的还没想好，因为我已经迷茫了。

在公司待了大半年，这姑娘是唯一一个给我送行的，不管怎么样我都很感谢她。说到底同事之间没什么交情，只有利益，她给我送别，高于同事之情。而我承受不起这份特殊之情，我想我得给她找个好对象，圆了她的梦想。

第二天我还是狠狠地走了，连告别都没有。离开的早上，我接到学妹朱珠的电话："学长，我也来苏州工作了，有空一起吃个饭呗。"

"抱歉，我辞职了，今天刚刚离开苏州。"

（十三）西藏天边

我已经两年多没有去旅行过了，这一次我想走得远一点，不只是路途上，更多的是心灵里。西藏的远不仅仅是距离上的远，说到距离怎么也不能和出国比，但是去西藏却比出国困难得多。不仅仅是时间的问题，还要有一个强壮的身体。在平原地带再好的身体也不代表能在高原上保持良好，这没有正比例关系。自2006年青藏铁路通车以来，我一直梦想着去西藏。上大学的时候也计划过好多次，但我还是觉得这一路太苦了。旅途上的苦对我来说是一种宝贵的财富和经历，尽管很多人并不需要这样的财富和经历。但我不能把这种苦带给我最心爱的人，因为我疼爱叶子芷，所以我没有去西藏，虽然她也和我说过好多次要去西藏。这是我唯一没能满足她的地方。

对于这次旅行我是有准备的。无数的攻略，更改了数次的路书，细到一路的餐馆、住宿、车票、黑车信息、搭车指南。不仅如此，我的装备也很齐全，身份证、边防证、指南针、手电筒、火柴、军刀、纸笔、速成食品、水壶、睡袋、雨衣、背包、墨镜、帽子、口罩、香烟、药品、一次性包装袋……能想到的我都想到了，能减少的我也都减少了。轻装上阵而又物品齐全才是最终目的。

我计划的路线是这样的：乘火车到拉萨，然后去纳木错，再去林芝，到排龙乡，徒步到扎曲村看大峡谷，米林县，山南，羊湖，日喀则，冈仁波齐，狮泉河，叶城，巴音郭楞，敦煌……够完美的旅程吧。

为了这次旅行，我还买了一台单反相机，带上了我工作以来所有的积蓄。一切都准备就绪了，只差一样：火车票！

T164，华东进藏的唯一一班列车，车票异常难买，我没买到。一切都准备

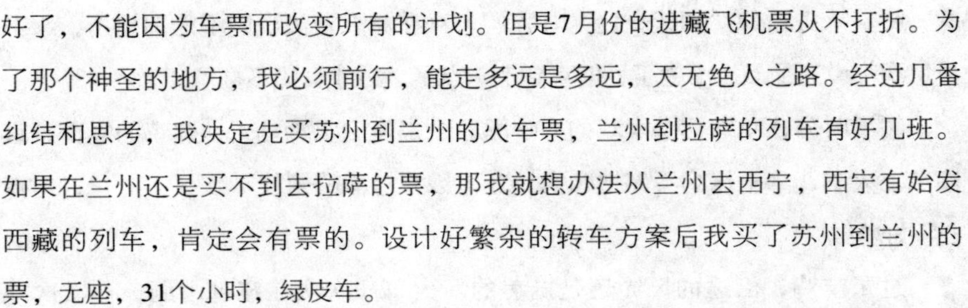

好了，不能因为车票而改变所有的计划。但是7月份的进藏飞机票从不打折。为了那个神圣的地方，我必须前行，能走多远是多远，天无绝人之路。经过几番纠结和思考，我决定先买苏州到兰州的火车票，兰州到拉萨的列车有好几班。如果在兰州还是买不到去拉萨的票，那我就想办法从兰州去西宁，西宁有始发西藏的列车，肯定会有票的。设计好繁杂的转车方案后我买了苏州到兰州的票，无座，31个小时，绿皮车。

对于绿皮车早有耳闻，慢是它最大的特点。但我现在穷得就只剩时间了，慢就慢吧，只要能有票，其他都是次要的。上了火车之后我才发现我低估了绿皮车。慢、挤、没座位都不是最重要的，最重要的是热。没有空调，所有车窗全打开，任凭那几个吊顶的小风扇吹着火辣辣的热风，任凭那充满汗渍的气味迎面扑来，任凭那窗外的灰尘模糊了视野。

虽说是站票，但车箱里还是有座位的。坐久了就想站站，站久了还是想坐下。十几个小时过去了，车箱里弥漫着泡面的味道，闻得我一点食欲也没有。从早晨到傍晚，一整天的时间，火车终于驶出了江苏，来到了河南境内。从郑州站算起，我的噩梦开始了。郑州站突然涌上数不清的人，他们人人都背着超大的编织袋，塞满了车厢里所有的空间。这些还不是最可怕的，最可怕的是他们人人都有坐票。先前我们坐下的人都只好恋恋不舍地让开，站在过道里。但是就连可怜的过道都被他们的编织袋塞满了。之前坐久了觉得累，现在站久了再也没有了座位，此时真的好累好累。我问了一位老大爷到哪站下，他的回答是乌鲁木齐。看来这一车人都是同一个目的地，看来我只能一直站到兰州了。他们如此浩浩荡荡，应该是去新疆采棉花的。

饿、困、热。哪一点都让人难以忍受，更何况三者同时出现。每一次上厕所都得发挥趟着石头过河的精神，因为一不小心就可能踩到睡在座位底下人的脚。艰难的不光是去厕所的路上，还有厕所门口的等待。为了减少这种折磨，最主要的是不用担心去厕所的时候行李会丢失，我只能少喝点水。晚上十点多的样子，我累得不行，也顾不上风度和形象，和大家一样坐在走道的地上。但是每当“啤酒饮料矿泉水，花生瓜子八宝粥”的声音来临，我们便一次次地起身，听着乘务员的“脚让一让”。我们一直在对乘务员说能不能别推了，乘务员每次都说这是最后一趟了，但直到十一点半之后才真的不推了。

凌晨时分，我被几个卖鸡的人吵醒。原来是到宝鸡站了，宝鸡的老百姓直接走上火车，拿出烤鸡不停地叫卖。在饥饿和色泽的驱使下我买了一只，但真心不好吃。

过了宝鸡，沿途的风光还是挺美的。火车一次次在穿越山洞，一次次地在山涧边行驶。有时候弯拐大了，同时都能看到车头和车尾。火车、山涧、大山、云雾，当这四者交织到一起的时候，就是一张很有意境的画卷。

我就这样站一会儿，在地上坐一会儿，厚着脸皮在美女的座位边搭一会儿。三十多个小时，始终没合眼。

一路上火车一直在晚点，一直到了第二天晚上才到了兰州。走下火车的一瞬间，我的身体失衡了，我想我可能是太困倦了。但是在兰州睡了一夜之后，我还是觉得地面在晃动，觉得耳边一直响着“哐哐”的声音。

没有过多的休整，我又奔上了进藏的列车。接下来的路上，虽然时间仍然很长，但我并没有感觉到疲惫。一来是因为我有坐票了，二来是因为一路的风景实在是太美了，美得我都不忍心闭上眼。

过了西宁可以看见一片美丽的草场，在蓝蓝的天下，在白白的云间，就和电脑桌面一样。据说王洛宾先生《在那遥远的地方》就是在此创作的。青藏铁路有一段可以看到青海湖，深蓝色的湖面，像是一面倾斜的镜子，从远方的山上倾斜而下。与油菜花相映衬，与绿草地相装扮，处处都是一片人间仙境。

火车在晚上到达柴达木盆地最大的城市：德令哈。由于是夜晚，我没能一见柴达木盆地的荒凉，也没能一见百里盐湖的壮观，但是我一直记住德令哈这个城市的名字。正如海子《日记》的描述：“姐姐，今夜我在德令哈，夜色笼罩。姐姐，我今夜只有戈壁。草原尽头我两手空空。悲痛时握不住一颗泪滴。姐姐，今夜我在德令哈……”

这一夜就这么安安静静地睡了，一夜睡醒，除了头有些微微地发胀，也没觉察到自己有高反的症状。青藏铁路的最高点就这么在不经意间睡过了。可可

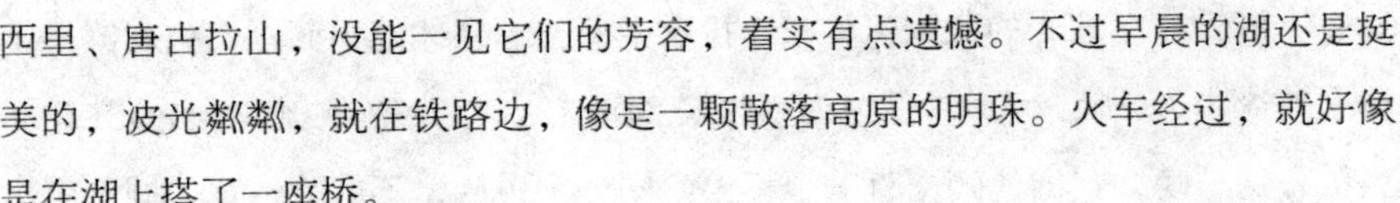

西里、唐古拉山，没能一见它们的芳容，着实有点遗憾。不过早晨的湖还是挺美的，波光粼粼，就在铁路边，像是一颗散落高原的明珠。火车经过，就好像是在湖上搭了一座桥。

天渐渐地亮了。雪山、草原、河流，每一样都能让车厢内变得躁动起来。车外偶尔掠过的羊群和牦牛，都会引起一阵阵欢呼，旅客们纷纷拿出相机开始拍照。

火车到了那曲可以看见大片的草场，一群白色的羊如珍珠般散落在绿色的草地上，还有一头头黑色的牦牛交叉其间。就好像一个巨大的绿色地毯铺在高原上，地毯上黑白相间，相互点缀。看到这些美景，我多么希望火车能够停下来，时间能够慢慢地流淌。

与我们并行的是青藏公路，可以看到很多卡车沿着公路前行，一辆辆满载的物资运往西藏，再一辆辆地空载而出。偶尔还能看到公路上有骑自行车的驴友，对于他们我除了跷起大拇指，再也找不到可以赞美的词语。

快要到拉萨了，火车在河谷间前进。河谷里成片的绿色，还有成片的油菜花，美得让人窒息。

下午时分火车到了拉萨，我走出火车站，太阳那个大呀，紫外线特别强烈。我把自己安顿在北京路的平措青年旅舍，住了多人间，听着那些牛人的故事，非常庆幸自己的到来。

晚上七点多钟，我吃过晚饭向布达拉宫走去。在西藏，晚上九点多才天黑，所以七点时分太阳还是很强的。这么大老远地来了，晒黑一点也是值得的。在布达拉宫广场，有好多人散步、拍照，一个个长枪短炮地架起来，搞得我都不好意思拿出我的相机。我屁颠屁颠地东跑跑西溜溜，那种兴奋感超过以往的所有。奔跑过快，明显地感觉到了气喘吁吁、大口呼吸，却依然抑制不住内心的激动。能够看到布达拉宫，那是多少人的梦想，今天我终于看到啦。我一个人坐在地上，拿出手机，想把我的喜悦与别人分享，可一时间竟不知道该打给谁。

布达拉宫建在海拔3700米的地方，有一百多米高，很是雄伟壮观，天黑之后还有灯光。在灯光的照耀下，布达拉宫很像一幅立体的平面画，色彩鲜艳，让人着迷。这一晚，我一个人在广场上待到半夜，这一晚我拍出各种POSE定时自拍，这一晚，我的快门一直响个不停。同一个景色，不同的位置，同一个景色，不同的心情，同一个相机，不同的照片！

今晚我睡得很香，第二天早上八点钟才有醒的意思。今天的主要任务就是去预定布达拉宫的门票。到了拉萨，不管人家怎么说，布达拉宫必须得去看看瞧瞧。

在布宫的东门口，我跟着转经的人群顺时针绕着布宫转着。如果有反方向逆时针走的人，那一定是不懂事的游客。绕布宫转一圈约两公里，一圈共1800多个转经筒。这里的藏人不分男女老少，每天早上的必备功课就是转经，绕着布达拉宫转。似乎游人、商人都跟他们没关系。

我也跟着人群转经，触摸着转经筒，一直转到西门，成功地预约到明天上午的参观门票。预约到了门票，上午的任务就完成了，我继续跟着人群转经，一直转了两圈。在拉萨这个地方，对于一个沿海来的人来说，转经实在是太消耗体力了。

下午本想租辆自行车逛逛拉萨河的，可租借自行车并不便宜，旧车50元一天，新车70。租不起就步行吧，去大昭寺转转，看看磕长头的信徒。大昭寺周围有很多磕长头的朝圣者，三步一磕，围着大昭寺，一圈又一圈。他们的衣衫褴褛，他们的背包破旧，他们的皮肤红黑，他们的额头起茧，但他们的内心干净。当地的藏民会把钱塞进那些信徒破旧的背包里，这些信徒没有回头，继续磕着长头。像是在为给他钱的人祈祷，像是在为自己的一生作洗礼，像是为自己的家人送上祝福，像是为世间的众生超度。

晚上我在平措的小酒吧里点上一壶茶，听着现场歌手的演唱，心情飘荡在云朵之上。尽管我是一个人，尽管我并不富有，尽管我前途迷茫，但我的内心并不孤独。我的心思隐隐，藏在莲花之间，不需要被人读懂。内心的满足，只需要自己的满足。

酒吧歌手演唱的是许巍的《蓝莲花》，虽然他唱歌的技巧很多，但意境不

够，仅仅是为了唱歌而唱歌，远不能和那天在地下通道听到的黄家如的歌声相比。后者沧桑、悲凉、自由、孤独！

♡♡

雪域高原，圣山圣湖，走一次看一眼，一眼万年！

“纳木错”藏语的意思是天湖，撒落在4700米的高原上。作为西藏三大圣湖之一，作为世界上海拔最高的咸水湖，不去看一眼，还算是来过西藏吗？

车在青藏公路上行驶，驶出拉萨，驶向荒凉。公路的两边只有胡杨可以傲然挺立，无畏严寒，像是在为过往的人们树立榜样。公路基本与铁路并线，偶尔驶过的火车引起车内一阵欢呼，这些孩子到底是被笼子关得太久了。我一个人前行，没有同伴，太久没有说过话了，以至于我都忘记了我的声音。但我拥有明澈的眼睛，可以看得见天，看得见山，看得见整个世界。路边一道道经幡迎风招展，甚至可以听见被风吹过的声响；一堆堆玛尼石是他们的信仰，也是车内大呼小叫的话题。

公路蜿蜒盘绕，一路向上，既险又窄，冲上了那根拉山口，视野豁然开朗。天际处一片幽蓝的湖水宛如一块巨大的蓝宝石，镶嵌在雪山之中，镶嵌在高原之上。水天相融，浑然一体，这就是传说中的纳木错！

车子在5190米的那根山口停下，大家都兴奋地下车拍照。山口没有植物，坐在车里是感觉不到车外的环境的。下了车很大的风迎面吹来，风夹杂着雪花，吹得我很难张开嘴巴。

经过拉萨的几天休养，我的身体状况还算可以，但还是有很多人吐个不停。在西藏每一个山口都有一个石碑，上面写着山口的名字和海拔。这样的石碑也是出镜率最高的物体，甚至超过了山口本身。我本想与石碑来个亲密接触，无奈于游客太热情，都排着队与石碑拍照，难道这石碑比大熊猫还珍贵？其实无非是想证明自己很厉害而已，殊不知在西藏，这样的海拔什么都算不上。

过了山口风景越来越美，美得让人情不自禁，美得让人忘却疲惫。车子在湖面的一大块空地前停下，游客们像见到了失散多年的亲人，纷纷向湖边奔跑。那些高反，那些劳累，都战胜不了内心的激动与兴奋。

每一个到过纳木错的人，整个灵魂都仿佛被纯净的湖水所洗涤，仿佛置身于一个蓝色的世界。淡蓝、浅蓝、宝蓝、深蓝、湛蓝，这由浅而深的蓝色，蓝得清澈，蓝得丰韵，蓝得醉人，这才是真正的蓝色经典。一望无际的蓝色湖水和蓝天相接，让人无法分辨哪里是湖水，哪里是蓝天。天连着水，水连着天，水比天更蓝。

蓝天之外，是巍峨的念青唐古拉山。用白雪作头巾，把白云当被子，拥抱着圣湖而眠，彻夜守卫，守卫她的贞洁。

傍晚的纳木错很安静，我沿着湖边慢慢走，近距离地感受着湖水带给我的享受；我穿着两件羽绒服，坐在石子上，静静等待着日落。

晚上的纳木错很冷，零下几度的样子，如果要在这儿过夜，必须准备好衣服。纳木错的海拔很高，有4700米，待久了，头胀痛得很，如果没有药物一夜都睡不着。今晚在这儿过夜的人不多，都结伴而来，唯我孤独。我住在扎西岛的铁皮房里，很冷的夜，就连白天的热情都变得冰冷。

纳木错的月很大很圆，星星就像撒在头顶的钻石，每一颗都缤纷闪耀。我穿好衣服，走出铁皮房，外边已经聚集了好多人。看来在这儿过夜的人都是为了等待这漫天的星星。

我拿出相机倒放在地上，对着天空，曝光了数个小时，每一颗星星都在我的影像里拖出长长的尾巴，美得让人窒息，美得让我沙哑地大喊。

那一夜，我无法入眠，无关乎身体的因素，而是不忍闭眼。“你见或者不见，我就在那里，不离不弃”；我来或者不来，圣湖和繁星就是那里，不离不弃！他们一直就在那里，一直就在那里等待，像是一直在等待我的到来，这一等就是几万年。我一眼万年，看不到天边，却看得到你的内心，纯洁、清澈、静谧、温柔。就像我心目中的女神，圣洁而不可亵渎。

回到拉萨，回到平措，我还没从纳木错的美景中回过神。西藏给我一颗宽

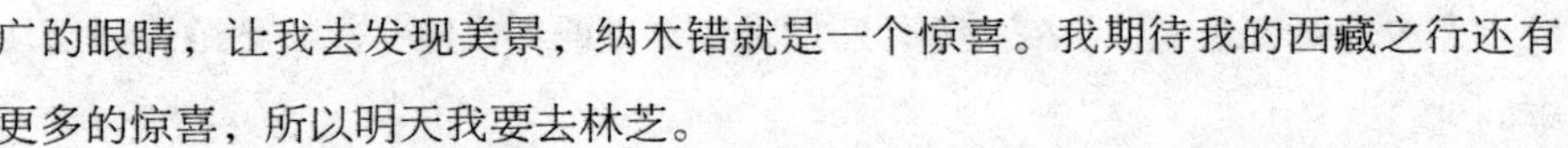

广的眼睛，让我去发现美景，纳木错就是一个惊喜。我期待我的西藏之行还有更多的惊喜，所以明天我要去林芝。

在林芝，我跟着一同伴走进了一家邮局。这位同伴拿出两页纸的地址，没完没了地写着明信片，而我一时间却不知道还能记得谁，可以寄给谁。此时我想起了第一个和我说过要去西藏的人，子芷。但我不知道她现在在哪儿，即便知道了她在哪儿也不能去打扰她，也许她已为人妻，也许她已为人母。

我把第一张明信片寄给了我的前任老板何翰墨，他是一个不同寻常的老板，他有一颗向往西藏的心，却一直在心里犹豫，纠结。十天后我收到了何翰墨发给我的电子邮件，在邮件里他告诉我，是我的明信片给了他不再犹豫的勇气，他近期就着手转让公司，然后和他在西藏的朋友一起搞工程。我把我的第二到六张明信片寄给了我的舍友和他们的老婆们。我问室友们的通讯地址，小黑哥没有回答，却问我能不能给他介绍一个妹子。我说我现在自己都没有妹子，他说："你不着急，你至少曾经有过，而我至今也没有过。"

我觉得小黑哥是个不错的男人，如果我是女孩子，我可以考虑以身相许。三个舍友，有两个人的老婆是因我而得，也许小黑也可以。我决定把先前公司采购部的那姑娘介绍给小黑哥。如果能成了，我就是他们舍友三人的月老，是他们的Angel，是他们的上帝。我衷心地祝福小黑哥好运!

再也想不到第七张可以寄的明信片，于是我把第七张明信片上盖满了戳，寄给了我自己。

寄完了明信片，我的心里舒服了好多，像是突然放下了压抑很久的石头，像是一个月洗了一次澡，像是熬了一次夜后美美地睡了一天。

好多年前读过世妮宝贝的《莲花》，萌生了去墨脱的想法，无奈于我天生怕蚂蟥，所以一直把墨脱藏在梦里。就种惧怕不代表胆小，也不代表吃不了苦，就好像有的人天生怕蟑螂，有的人天生怕蛤蟆，有的人天生怕蛇，是与生俱来的。这两年我也一直在关注墨脱公路嘎隆拉隧道的进展，一直无法圆梦。但我始终想看一看雅鲁藏布江大峡谷的深处，看一眼马蹄形大拐弯。大拐弯的照片还是小时候在地理书上看到的，现实中关于大拐弯的描述很少很少，因为没有多少人走进过大峡谷的深处，即便是走进去的人，能有点文艺范儿记上几笔的更少之又少。

有些过客可以牵扯起一生的眷恋，有些过客只能是过路的行人，记不清他们的模样，简单得没有几句话。这一路走来，我一直就是个过客，是一个不被记住的过客，今天仍然是这样。尼洋河我们后会有期，南迦巴瓦峰我期待你的容颜，林芝林海我们轻轻擦身。

早早地起床，匆匆地走，奔向去排龙乡的路上。告别了青山绿水，告别了云雾缭绕，一路泥泞。就连河水都发生了变化，从青绿到灰蓝，从平缓到湍急。

道路蜿蜒，村庄若隐若现，唯有一路的白色野花让我的心情有点喜悦。车子在路边休息，游客拍照。我在白色的野花丛中堆起了玛尼堆，堆起了我也不知道是什么的梦想，堆起了我也不知道为谁的祝愿。

拉月河上有一座藤网吊桥，走在上边左右摇晃，没有都江堰的安澜索桥长，却比之险很多。在这个地方，我孤身一人，始终充当着大家的摄影师，每一张照片都不曾有我的半个身影。

村庄、道班、激流、泥土路，没有留恋，每一处都深深地撞击着我的心。不是因为纯朴，也不是因为美景，更不是因为险峻。在于心情，在于发现美的心情。前几天还迷醉于发现美的惊喜中，今天心情落差如此之大。没有好的心情哪有美景，没有好的美景，旅行的意义又何在？总有一部分声音认为，旅行在于去了哪些地方，走了哪些路，只要是去过了就可以了。这种声音只强调于目的，而忽略了过程。即便是同一个地方，每一次去的风景都不同，每一次的过程也不同，每一次都有新发现。

我的心情、我的失落源于孤独，我需要同伴。但我没有记住任何同行者的名字，尽管大家都做了自我介绍。我对他们所有人的称呼只有“美女”和“帅哥”，每一次叫谁，他们都会同时转过身来问我：“是我吗？”

下午到了排龙乡，司机把我们丢在了大峡谷的入口处。入口处有个管理站，管理站的大门紧锁，空无一人。旁边小卖部的一位老人，穿着灰不溜秋破

旧的衣服，瘸着腿向我们走来。老人自称他就是管理处的工作人员，要想进去得交押金，每人压四百，一人一天管理费八十，出来时多退少补。

排龙乡，用内地人的眼光看来最多算是一个村组。两排破旧的房子，用石棉瓦盖上房顶，落满了尘土。树木被粗糙地剖开，搭成简易的围栏，零星的几家店铺挂着很不着调的招牌。“秀逗”的老人成天拿着佛珠在村头转悠，孩子们真着抢着拍POSE，希望落入游客的相机。一块木板搭在树墩上，做成简易的跷跷板，这就是孩子们唯一的娱乐设施。

晚上吃着热乎乎的石锅鸡，看着满天繁星，在这个地方还有什么比现在还幸福的？

天色朦胧，破晓时分，我们该出发了，与时间的比赛就在今天。

我们的向导兼背夫是位年轻的姑娘。名字很绕口，我没记全，只知道叫卓玛。卓玛的出现对我的心灵冲击很大，我坚持背我自己的包，卓玛不让。也许她是怕我背不动，但我认真地告诉她，等我回来时，除了相机和衣服，其他一切都送给她。

五根钢绳做成的吊桥，三根在底下铺上木板做桥面，两根在左右是扶手。桥上扯满了经幡，桥下江水滔滔，发出声声巨响。桥面上的木板发黑腐烂，随时都有踩空的危险。如果从起步就开始胆怯了，那我们就可以回头了。更何况是跟在卓玛姑娘的身后。

渐渐地步入丛林的深处，树木葱郁，野花斗艳，招蜂引蝶。没有行人，没有信号，没有道路，没有食宿，只有我们和卓玛。我们一直会在一起三天，三天时间只有我们，没有行人，没有信号，没有道路，没有食宿。

有峡谷，有悬崖，有激流，有吊桥，有塌方，有蛇，有蚂蟥，有你有我还有卓玛，这三天只有这些。

路不算难走，但也并不好走。路就在脚下，再烂的路都无需修复，只要一个雨季，什么都会被冲毁。走在塌方区，走在崖壁上，靠的不是胆量，也不是技巧，而是运气。走在这样的路上谁都非常小心，如有能有不幸，那只能是运气不好。

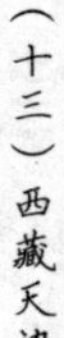

江水狂躁，拍打着岩石，山上滚落下来的岩石就在脚底下，棱角分明。也是在这个时候，我的脚底磨出了泡。我坐在一块石头上，听着风的声音，听着水的呼喊，无视大自然的存在，脱掉了鞋，揉着我的脚。卓玛夺过我的背包，对着我笑着，突然间她的神色又凝重起来，不等我穿鞋就拉着我快跑。等我明白了什么的时候，先前坐的地方已被塌方冲垮。大家都说我不该在塌方区休息，而我久久地没有缓过神来。我感谢卓玛，一路上偷偷地给她拍了好多照片，都是美丽的瞬间，除了自己珍藏，我还要寄给她。

小时候走过沟上的木棍桥，也走过电线杆搭的独木桥。来回地走，和小伙伴们比试谁的胆子大。那时从没失足，也从没怕过。今天，走过塌方区，走着悬崖边搭起的两根木棍，我颤颤巍巍。此时早已把昨日的孤独与失落忘在了一边。在大自然面前，人类是多么的渺小，人的内心世界又是多么的渺小。在雅鲁藏布江大峡谷，一个闪失就能滚落江中，从此殒命，即便内心再孤独，即便自己再有故事，即便自己再怎么牛，都会在一瞬间烟消云散，都会在一瞬间陷入永久的悲壮，都会在一瞬间与大自然同眠。来不及思考，来不及等待，来不及告别。

因为怕蚂蟥我才没有去墨脱，但我还是失算了。去扎曲村的路上，依然有太多的蚂蟥。起初还有所惧怕，一个个地摘掉，叮咬得多了，竟然不再惧怕，也懒得去一个个摘了。但是时隔多年，今天的我依然害怕蚂蟥。

扎曲村，荒芜一片，仅存的三五户人家，守着这里的一切。三五幢房子与菜地相间，这里就是无数人的梦。当劳累占据主导的时候，哪里都是豪宅。木质的房子，踩出吱吱的声音，坐在吊脚木楼上，手扶木质栏杆，看着远方，一片空灵。房东家墙壁上用粉笔画了很多动物的图案和经文，我读不懂，一直拨弄着走廊尽头的转经筒。经文都在经筒上，可以不认识，但每转一圈，都在心里印上完整的一次。门前用石头垒起一汪清水，是他们的全部用水，我轻轻地舀上一口，好甜。一片空间插满了风马旗，旗子在山顶之上，在江水之上，在视野之上，傲然屹立，守护着雅鲁藏布江，守护着大峡谷，守护着圣山圣河，守护着凡人的幸福。

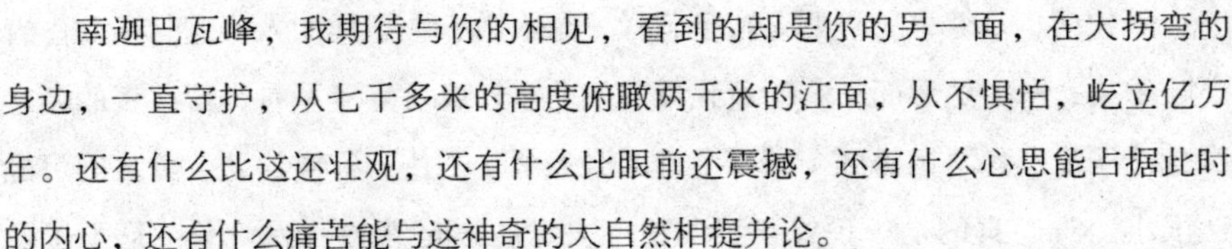

南迦巴瓦峰，我期待与你的相见，看到的却是你的另一面，在大拐弯的身边，一直守护，从七千多米的高度俯瞰两千米的江面，从不惧怕，屹立亿万年。还有什么比这还壮观，还有什么比眼前还震撼，还有什么心思能占据此时的内心，还有什么痛苦能与这神奇的大自然相提并论。

木屋边上，老树脚下，我坐了很久，一直眺望远方。同伴们各有各的活动，始终没人打扰我。也许在他们的心目中，我是一个古怪的人，一路上言语不多，笑容不多。我也觉得我是一个活得太累的人，累在心里，不能开阔。在雅鲁藏布江的深处，还有什么可以难过？我该享受我的经历。经历是什么？真的是宝贵的财富？可这种财富除了自己又能与谁分享？没有分享，这和守财奴又有什么区别？我有我的经历，也许会成为我以后的谈资，但如果身边遇不到志同道合的人，他们也不会有太多的感觉。对一个从没出过省的人大谈我的西藏之行，不管我用怎样的语言，多么夸张的表情，他们都无法体会，也一点都不感兴趣。这样的财富等同于一无所有。有人说把买房的钱用来旅行，若干年后我们归来，到时我们的世界观都变了，还买什么房子。又有人说，等你若干年后归来，以前的同学朋友都有房有车，娶上漂亮的老婆，而你除了没人愿意听的谈资和经历，你一无所有，到那时你的世界观真的变了！

看着大家的欢乐，看着门巴人的知足，是我把旅行想复杂了。

天色将晚，老树孤独，孤独的不只是我。我绕着老树转一圈，绕着木屋转一圈，却有意外的发现。木屋的另一边是一面留言墙，被人写满了经文和豪言壮语。经文与豪言壮语交错在一起，一边是默默念叨，一边是高傲的呐喊。一边是为众生祈福，一边是为自己打气。我一句句地辨识，一句句地默念。有些早已模糊不清，有些字迹很难辨认，有些笔迹才刚刚写上。

西藏，我要把我的一生交给你，勒布沟的孩子，老师我来了。

这一句话深深地触动了我。把自己交给西藏不能只是一个激动的呐喊，写这留言的人一定是做到了，看得出他应该是来支教的。

一句话，一件事，一辈子，是怎样一个人，一个怎样的人？这句话的作者是叶子芷，一个熟悉而又牵动着我灵魂的名字。我反复看了看，留言者的名字真是叶子芷。我不相信这个世界上有那么多个叶子芷，这样的名字重名的可能性很小。难道真的是子芷？我不敢想下去。应该是真的，因为子芷从不惧怕艰难，扎曲村她可以到来。因为子芷以前说过好多次想来西藏，西藏她可以到来。

我不敢再想下去，如果真的是子芷那她是什么时候来的，现在在哪儿，在做什么？勒布沟又是哪儿？同行的人没人知道，卓玛也不知道。我必须要以最快的速度回排龙，我现在非常需要手机信号查一下勒布沟在哪儿，我要去找子芷，迫不及待！

（十四）因为爱情

两年了，我没有你的联系方式，没有你的音讯，我以为我早已忘记了你的世界，直到今天，仅仅是看到了你的名字，就如此迫不及待。两年了，我孤独失落、郁郁寡欢，我以为是我迷失了我的世界，到头来，全是因为你的存在。这几天，我一直在赶路，从扎曲到排龙，从排龙到林芝，从林芝到山南，不为别的，只为早点看到你的容颜。这几天，我的心情一直很愉悦，路不显得崎岖，风餐食宿不显得艰苦，不因为别的，只是因为你的出现。这几天，我一直在期待，期待与你相见的那一瞬间，期待你可能对我说的第一句话，期待整个世界的改变，不为别的，只为能够与你相见。

山南到错那的车不多，为了能够早点与子芷相见，我在检查站边为了搭车，我愿意交换一条苏烟。即便是车辆众多的检查站，想搭个车都很难，我很好奇那些在路边搭车的驴友，他们究竟有怎样的魅力才能让司机停下？每当看到男人在路边搭车，我就很怀疑他们是不是徒劳。如果他能搭到车，那只有两种可能，一是司机大哥是好心，二是大货司机是大妈。尤其看到一对情侣在路边搭车时，我觉得他们更不可能成功，甚至比单个男人更难成功。

空气湿润，云雾笼罩，气候与山南大不相同。除了白雪皑皑的高山，那里的葱郁茂密的森林，那里漫山遍野的杜鹃花，那里绿意融融的田园，那里蜿蜒而下的河流……都让我想到了我和子芷的黄山之行、都江堰之旅，都让我想到了江南，想到了家。这里就是西藏的江南。

海拔一直在降低，车辆在红豆杉中穿行。这里人迹罕至，这里是世外桃源，这里有高山飞瀑，这里有小溪潺潺，这里有猴群嬉闹，这里有百花斗艳。如果不是因为不太好走的泥土路，这里很快就会成为第二个林芝。

错那，藏语的意思是湖的前面；子芷，在我的心中是淡淡的香草。在错那，草是香的，与湿润的空气有关，与茂密的森林有关，与美好的心情有关。错那，我是带着寻香的心情来的。不管是落后还是破旧，都是散发香气的。

我在错那中学门前徘徊，不知道这是不是目的地，但每一个可能都不能错过。学校的操场上没有学生，一群牛羊在安详地吃着草。学校在田园之中，田园之中就是学校，与自然融为一体，是绿色打成一片。我问过学生，问过老师，都不知有叶子芷这个人。

吃完午饭，我继续寻找可能的车辆搭车前往勒布沟。搭车也作罢了，县城到勒布沟的车辆少之又少。我不知道勒布沟是一个什么样的地方，为了我心中的女神，我奋不顾身、只身前往。经过打听包了一辆SUV，四十公里的路程，四百大洋。司机兼向导，他知道哪有小学。司机我问去那小学干吗，我说去找人。

“什么人？”

“内地过来支教的。”

“没听说过。”

司机大哥的回答带给我很大的失落，但我相信还是有奇迹的，至少那里真的有那么一所小学，或许子芷真的来过这所小学，或许她还留下过点点滴滴。最后的路程，我越想越开心，一路风光，一路做伴。

路旁散落着几块菜地，还有规模不大的茶园。石头垒成矮矮的围墙，一派安闲静谧的气息。天空下着小雪，松立云海之间，一山有四季，十里不同天，有点黄山的味道，也有点符合我的记忆。

还是在田园之间，在山水之间，在经幡之间。一个铁栅栏大门，两排楼房，水泥院落，青松挺立。与我的想象大不一样，至少比我小时候读过的村小好得多。对于孩子，一切都是值得的。

学生们穿着绿白相间的校服，在院落里做着游戏，对于校门口陌生人的到来，却不好奇。我招了招手，一个小姑娘靠近了我，隔着大门对着我笑着。我递给了他一筒铅笔和一摞本子，她微笑着转过身去。

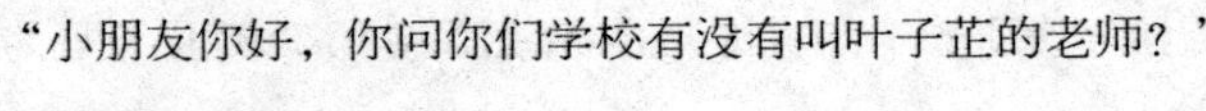

“小朋友你好，你问你们学校有没有叫叶子芷的老师？”

小姑娘摇了摇头。

“那有没有姓叶的老师？”

小姑娘又摇了摇头。

“那你们学校哪个老师最漂亮？”

“是德吉老师。”

看来我是想多了，但我还是不甘心，“那有没有汉族老师。”

小姑娘还是摇了摇头。

一阵上课铃起响起，小姑娘跑开了。我失落地离开，失落地上了车。司机大哥一直在问我话，一直在关心我，但我什么也没听进去，我们就这样离开了。

来是那么的迫切，走是那样的失望；来是那样的喜悦，走是那样的悲伤；来是那样的期盼，走是那样的落魄。

小姑娘跑进了教室，把一筒铅笔和一摞本子递给了老师。老师问她是哪儿来的，她指了指门外。老师走到大门前，看着远行的车影，一直在呼喊，没有回音。老师又问小姑娘，人家说了什么没有，小姑娘回答道：“叔叔问我有没有叫‘叶纸纸’的老师，还问我哪个老师最漂亮，我说是德吉老师你。”

这位老师突然明白了什么，再也控制不住内心的情感，一股热泪涌出，冲出校门外，边追赶边大喊。只可惜车子已经离开了好远好远。

德吉老师就是叶子芷。

我的远行计划就此搁浅，再也无心去寻找惊喜。一个人在山南待了好多天，拜佛转经拜寺庙。看来叶子芷不在西藏，即便她就在西藏，我又到哪儿去找她呢？即便我找到了她，她会不会已为人妻，已为人母？错过的就是错过了，错过的人，只能是错过了。

那一天，我在扎曲村的留言墙上，蓦然看见你的真言；那一天，我跋山涉水日夜兼程，不为旅途，只为一见你的容颜；那一天，我万念俱灰失落至极，不为悲伤，只为没能寻得你的踪迹；“那一月，我摇动所有的经筒，不为超度，只为触摸你的指尖；那一年，磕长头匍匐在山路，不为觐见，只为贴着你的温暖；那一世，转山转水转佛塔，不为修来世，只为途中与你相见；那一夜，我听了一宿梵唱，不为参悟，只为寻你的一丝气息；那一刻，我升起风马，不为乞福，只为守候你的到来；那一瞬，我飞升成仙，不为长生，只为佑你平安喜乐。只是，就在那一夜，我忘却了所有，抛却了信仰，舍弃了轮回，只为，那曾在佛前哭泣的玫瑰，早已失去旧日的光泽。”

就这样离开山南，离开拉萨，离开西藏。临别的那一晚，我整夜失眠，就这样悄悄地走，不留状态。

悄悄地走
不留状态
如果还有可以留恋的
便是青青的草　蓝蓝的天　白白的云
还有印象中的你
就在天边　雪莲花上

悄悄地来
不留遗憾
如果还有可以想象的
便是艰苦的路　荒凉的山　皑皑的雪
还有故事中的你
就在眼前　梦境之间

我用我的贫瘠
勾勒我的记忆
模模糊糊　断断续续
直至悄然消逝

我用我的视线

描绘我的风景

虚无缥缈　隐隐约约

直至渐渐苍老

如果还有

还有遗憾

未能触摸你的脸

（十五）平凡之路

2010年的9月，又是一年开学季，我回了老家待业。爸妈给我安排的新工作还在落实中。

不知道从什么时候开始，网络上有了朋友圈这个东西。我一直在看，很少发状态。看着大学的同学晒工作、晒大餐、晒酒店、晒旅游、晒年终奖……看多了会显得自己有点寒酸，会觉得自己过得很不如意，会想到自己与大家的差别。其实他们的各种晒不是为了显摆，仅仅是想证明自己的存在。班级群里大家讨论过数次班级聚会，但都没有形成气候。不是大家不想见面，而是彼此有差距了。这样的同学聚会无非是在心理上压倒男同学，在身体上压倒女同学。

2010年的初冬，西藏寒假已经来临。叶子芷回到了内地，回到了她曾经读过的高中。学校还是那个学校，同样的字牌，同样的门楼，同样的道路，同样的教学楼，同样的公园，同样的操场。看着操场上做广播操的学生，路过书声琅琅的课堂，还有课间的追逐打闹，还有并肩走在一起的男生女生，唯一能觉察得到的变化是自己。脱下了校服，染起了长发，穿上了高跟鞋，挎起了小包。时光变迁，往事历历在目。

子芷又找到了我的老家。只可惜儿时老家的大门朱红褪去，围墙坍圮，老柏愈见苍幽，石阶散落自在。村庄一半荒无人烟，一半已拆迁建成了工厂。

那一间间破败的房屋，一块块杂草丛中的石阶，一张张腐烂的桌椅，就像地震过后的废墟。子芷在废墟中寻找，走过一段段坍圮的围墙，恪问一扇扇褪色的大门，聆听一阵阵枯枝的败落。她似乎是想寻得半点与我有关的痕迹，只可惜时光变迁，一切都变化得太快，快得来不及留恋，来不及记忆。

村子的另一头几台挖掘机埋头工作，子芷走了过去，“大叔你好，请问你

知道这村子里的人都搬哪儿去了吗？”

“不知道，这村子都荒了好久了。”

“那你知道这附近哪有小区吗？”

“这里是工业园区，没有小区的，你没看见那边全是厂房，我们现在就是要把这些破房子给平掉，有大厂要来。”

看来真的是无缘无分，刻意地寻找又能怎样，即便见了面又能怎样，也许他已为人夫，也许他已为人父。我相信那时的子芷也是这么想的。

这一年春节，对于我和叶子芷都是一样的。在家里发呆，在家里迷茫，不愿多出门，不愿见太多的人。越是远在他乡，越期待过年，越是长大，越不喜欢过年。

2011年开春伊始，我在老家上班了，办公室里数我最年轻。刚上班的头一周，就有好多老同事张罗着要给我相亲。我一一答应，却始终没几个着调的，甚至还有比我大的，离异的。

工作没几天我收到了何翰墨的邮件。他说他已经转让了公司，和在西藏的朋友合伙包工程修路。看来他真的是要从IT界转行做工头了。

2011年的5月，子芷再次进藏，骑行新藏线。

在叶城待了两天，子芷遇到两位同行的“战友”，小泥人和自然卷，一对情侣。他们都称呼子芷为“纸纸”，这样的旅行不需要知道姓名，这样称呼反而很亲切。

G219的零公里里程碑上密密麻麻地全是字，一块铁牌上豪迈地写着“走上高原，走向阿里”。他们三人在里程碑前合个影，就向阿里进发了。

子芷把自己武装得像个粽子，只露出两只眼，两只眼上还戴着大大的墨镜。她一直骑在最前边，就像这三人团队的领队。而小泥人和自然卷不急不慢，一看就是很有经验的样子。

新藏线已经全线开修，一出城便是浮土连天、碎石不断，叶城至普萨村的全程柏油路已成传说。没走多久就看到路口张贴的公告：国道219改建工程始于叶城零公里处，至于新疆区界，施工期为每年4至12月，实行交通管制，每月

1、11、21号通行，每次通行时间为9：00—15：00，连续三天。

对于这样的公告他们三人都震惊了，是走是回他们犹豫了很久，想来想去还是前行吧，毕竟修路堵的是大车，只要人能走自行车就能走。

一路吃着灰尘，在浮土中边骑边推。都说新藏线的路很差，但谁也没想到会差成这个样子。就这样凑合着走吧，说实话能不能走完新藏线大家心里都没底。

一段柏油，一段便道，哪儿好走就走哪儿。骑了好久才在灰尘的尽头看到一片绿色。有绿色就有村庄，为了这个目标，他们一下子都有了动力，三踩两蹬地就到了。绿树下有小卖部，众人大口大口地补水，待休息好了之后子芷明显地骑不动了，可能是先前过于用力的缘故。

子芷骑得越来越慢，在前边的小泥人和自然卷可能也觉察到了子芷的状况，也放慢了速度，边骑边等。以这样的速度今晚想到达普萨村是不可能的了。茫茫戈壁，没有村庄，没有植被，没有住处，没有补给。大家也意识到了可能会面临的问题。这时小泥人停下了车，把自然卷车上的好多东西都往自己车上绑，绑完之后又帮子芷分担了好多负重。那一刻子芷非常感激，她想着等什么时候自己体力恢复了，一定帮他们俩分担一些负重，或是路上遇到饭店了，一定请他俩大吃一顿。在这条路上，这就是最好的报答。

因为时区的关系，早上九点多，天才微微亮。子芷还在香香地睡着，而小泥人和自然卷早已为大家买好了水和水果。在路上能遇到一个好驴友，真是三生有幸。今天他们没有目的地，能走多远是多远，走不动了就在能落脚的地方休息。能有村庄就住村庄，没有村庄工棚也行，如果连工棚都没有，那就找块可以躲风的地方搭帐篷。

路总是这样的艰难，爬山再下山，下山再爬山。上山的时候大家都期待下山，可下山的时候连续下坡还是很可怕的，万一刹车坏了，万了撞上了大石头，万一掉进了坑里，万一冲出路基冲下悬崖。不敢想，也不能想，只有硬着头皮向前。

才出发第二天子芷的车胎就爆了。子芷也没好意思告诉骑在前边的小泥人

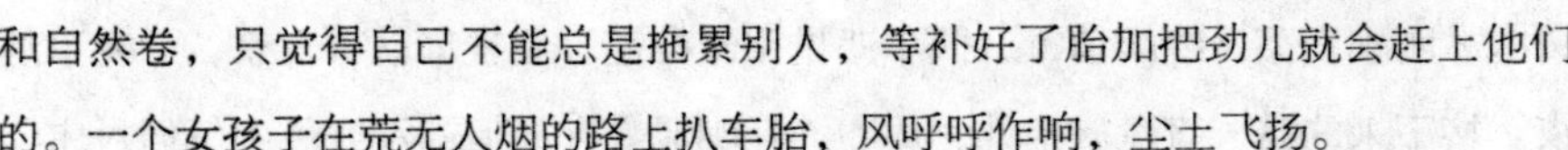

和自然卷，只觉得自己不能总是拖累别人，等补好了胎加把劲儿就会赶上他们的。一个女孩子在荒无人烟的路上扒车胎，风呼呼作响，尘土飞扬。

子芷正扒得起劲呢，小泥人不知从哪儿冒了出来，很热心地过来帮忙。说实话，能走在这条路上的人都是很有人情味的，都会互相帮助。

砂石路、搓板路、面粉路。没有柏油，只有便道，浮土足够陷没整个车轮。在这样的路上骑行，速度真的不比徒步快多少。但如果真的徒步了，那装备怎么办，怎么可能背得动。再说万一前方就有好路呢，万一遇到了好路一天可以骑上百来公里，徒步是远远达不到的。

一阵尘土飞扬，大家纷纷靠在路边捂住嘴巴，一辆皮卡过来。司机冲着他们微笑，然后还给了他们几瓶水。来不及感谢，又是一阵尘土，皮卡已经走远。

便道、柏油，一直交接着。到了傍晚，就再也看不到柏油了。好怀恋黑色的路面，但不是黑夜。夕阳西下，把每个人的影子都照得好长。黑夜即将来临，在黑夜中他们一路推行，终于到了进藏的第一个山口，库地达阪。库地达阪海拔三千多米，除了风大气温低，没有什么不适感，只是有点喘，应该是累的。山口没有可以安营住宿的环境，他们只有在夜色中一路前行。都凌晨三点了，终于在黑夜中看见了一丝光明，大家顾不得劳累，欣喜若狂。是修路工人的工棚，这一夜他们打扰了人家，但工人们却客气地拿出泡面，腾出房间。说实话，女孩子在路上的优势还是蛮明显的。临睡时小泥人还和两个女孩子讲，他是沾了她们的光。

也不知睡了多久，也没人喊他们起床，直到大家都睡不下去了才起床，看一下时间，已是下午了。这一天，一行三人精减了装备。一路上连水都没看到，还要什么洗发水、沐浴露，连毛巾可以扔掉一条。大家把精减下来的装备留给了工友们，热情的工友让他们多休息一天再走，但他们真的不好意思再麻烦人家。临行时，大家合了影，子芷记下了他们老家的地址，说一定会把照片寄给大家的。

傍晚路过库地。已是五月的天气，内地早已烟花三月下扬州，而库地的树木才刚刚发芽。继续前行，偶尔遇见牛羊挡道。有牲口就有人家，今晚不熬夜。接下来的路一直盘旋上升，体力消耗明显变大，但却没有见到任何村庄。再次查看网上找来的攻略，才发现库地就是我们本想到达的地方。都走过这么久了，不可能再回头。继续前行，反正都在修路，肯定还会有工棚的。

又是黑夜。黑夜，给了大家黑色的眼睛，大家却用它来寻找工棚。这一晚他们三人在一块大石头边搭了帐篷，没有洗漱，吃着花生米就直接睡了。这一晚叶子芷想家了。

海拔一直在上升，气温一直在下降，路边冰河还未消融，远方雪山反射着银光。一切就像是回到了冬天，但太阳却依旧毒辣。

一路推，一路骑，到了麻扎达阪，海拔一下子升到了五千多米。麻扎达阪，维吾尔语的意思是坟墓！

这一天晚上，叶子芷和自然卷都体力透支了，她俩挤在一起，躺下就睡，连吃饭的力气都没有。第二天一早，小泥人一个人给大家烧热水，冲燕麦。但大家都没有食欲，只是像动物喂食一样，强迫自己吃点东西，喝点热的。这个早上，他们三人的脸都浮肿了。这个早上，他们决定不能再虐待自己了，能搭车就搭车吧。

但这一路全线在修路，加之每月只有三次通行，路上的车少之又少，即便有，也是修路的工程车，走不了多远。即便是这样，大家也奋不顾身地爬到大车的后面，能搭多远是多远，能搭个十公里就少骑一小时。

就这样一路骑，一路搭，过了黑卡达坂，过了赛图拉，过了三十里营房，过了康西瓦。越往前，车越少，越往前，自行车愈重要。

这几天的路上，海拔一直都很高，子芷明显地感觉力不从心了。晚上，子芷一直打哆嗦，一直说胡话，一直念着要吃肉夹馍。自然卷把一块肉干放进她的嘴里之后，她终于睡下了。这一晚自然卷和小泥人都很担心子芷的状态，她俩商量好了，明天子芷要是状态还不好就劝她回叶城吧。

半夜里子芷像是被一场噩梦惊醒，又开始一直说着胡话。自然卷和小泥人被吵得再也无心睡下，听了好久也没听清楚她念叨着什么，可能是“红叶”，

也可能是“同意”。

天亮了，外边好冷，用温度计测了下，竟然是零下两度。小泥人依旧在为大家烧热水，自然卷把子芷扶起来，让她走几步。子芷知道自然卷是在测试她的身体况状，尽管她努力地想站稳，想走直线，但她还是像喝醉了酒一样，歪歪斜斜。忽然之间只是一夜，一个活蹦乱跳的小姑娘就这么焉了，嘴唇发紫，脸色发白，眼皮浮肿，头发凌乱。

小泥人看着子芷：“你不能再走了，得赶紧搭车回叶城。”

“你们先走吧，我会跟上的。”

“纸纸，听我们的，你真的不能再走了，我们帮你拦车。”

一上午过去了，没有一辆车经过。小泥人和自然卷都很着急。而子芷睡了一上午，竟站了起来，除了脸色有些差之外，几乎是满血复活。

这么多天了，五百公里都没走到，离界山达阪还有两百来公里。照这个速度不知哪天才能走出新疆，更别谈阿里了。子芷不想拖累他们，就对他们说：“你们先走吧，我不想骑了，我决定搭车回去……”

“我们帮你拦到车再走。”

“放心吧，搭不到车我不走的，这儿有修路工人，我在这儿撑几天还是没事的，你们就先走吧。”

有时候，放弃，比坚持更困难；有时候，放弃比坚持更痛苦！

临别之时，子芷与他俩紧紧拥抱，如果不是他俩的照顾，她可能都走不了这么远。临别时，小泥人把他的氧气罐给了子芷，子芷把她的围巾给了自然卷。

小泥人和自然卷远去了。子芷又等了一个多小时还是没有搭到车。外边阳光明媚，空气清新，她觉得留在此处不如继续往前走。于是她又推出了自行车。

她根本算不上是在骑，连推都算不上。推个两百米就得停下来大口喘气，然后再推几百米。遇到下坡就滑行，不管会不会摔倒，遇到上坡就推行，管它能推多远。就这样一直推了五个多小时，子芷终于听到了身后的一阵喇叭声。

她顾不上呼吸困难，顾不上劳累，连自行车都顾不上扶，一直在呼喊，一直在招手。

车停了，一位很和蔼的大叔摇下车窗，“我只到前边的工地，二十几公里的样子，走不走？”

“走！”

大叔帮忙把子芷的自行车搬上后兜，一溜烟，灰尘四起。车在路面上飞，子芷在车里面飞。二十几公里的路程，没多久就到了，子芷要是推行，至少又是五个小时。

下了车，子芷谢过大叔，准备继续前行，一帮工人拦住了她的去路，不是打劫，是帮她：“姑娘，你不能再走了．天快黑了，前边就是奇台达阪，没地方过夜的。”

“姑娘，前边就是无人区，晚上还有狼，你不能再走了。”

“姑娘，你今晚就在这住下吧，明天我们帮你拦车……”

子芷瞬间热泪盈眶。多么朴实的好心人，多么温暖的好心人。她没有什么能够回报的，只有为他们拍照，记下他们老家的地址，等回去了给他们寄照片。可是刚刚拍了一张，相机就没电了。这一路再遇不到村庄，她的手机也会没电的。其实手机有电又能干吗？一路上就没几个地方有信号的。

子芷接受了好心人的安排，安心睡下。关着窗睡吧，总觉得空气不好，开着窗吧，外边又冷得不行。这一夜她呼吸困难，心跳加速，辗转反侧，难以入眠。

早上七点多钟，天色依然漆黑。子芷坐在床上，一筹莫展，是走是留还是回？有些决定就要快速果断，愈是拖泥带水，愈得不到答案。反正也睡不着，还是走吧，早点出发，早点到达下一站。

子芷带着疲惫的身躯，艰难地推着自行车，天没亮就走了。才骑了两个多小时，她就倒了下来，连扶起自行车的力气都没有了。脸色依旧发白，嘴唇依旧发紫，头一直胀痛，脸一直发麻。每一次用力，都想蹲下大吐一场。

又是好长时间过去了，终于到了奇台达阪。这一天一直在推行，推行还真

不如徒步走得快。奇台达阪离甜水海也就四十几公里的路程，甜水海有兵站，也有人家。如果徒步，凌晨时分肯定能到。只要到了有人的地方就有了补给，只要有了吃和住，就再也不走了。那一刻的子芷就是这么想的。于是她丢弃了自行车，只带着一个背包，开始徒步前行。只要能走到有人的地方就行，只要有吃住再也不走了，什么新藏线，什么骑行，再也不要了，这种经历一辈子一次就足够了。

天色昏暗一片，像一块黑布把天空压得很低很低。气温越来越低，雪花越来越大，没多久就铺满了地面，分不清道路，也分不清方向。仅有的意识告诉她，沿着电线杆的方向走。

就这样一直走着，在大雪中走着。天色渐黑，只有一望无际的白雪告诉子芷这个世界上还有白色。里程碑在哪儿，现在已经走到了哪儿，她一概不知。此时的子芷忘记了头痛，忘记了寒冷，忘记了声音。仅有的一点意识就是向前走，不能停下，更不能睡觉。可此时的她真的好想睡觉，就这样睡在雪地里，没有疼痛，没有寒冷，一片安静。

迎面一束灯光上下跳动，照得白雪发亮，照得雪花飞舞。不是幻觉，真的是车子。雪雾中一辆白色的皮卡迎面驶来。不管是去哪儿，只要有车，只要是能带到有人的地方，就有希望。

子芷高举着手，站在原地一动不动，用渴望的眼神看着皮卡，看着司机。皮卡驶近了子芷，降低车速，绕着她调转车头，“姑娘，上车！”

子芷在车上昏昏欲睡，脸色苍白，比白雪还白。

司机大哥晃了晃子芷，“姑娘，你现在不能睡，坚持一下，马上就到了，到了就有药了。”

司机大哥是何翰墨，我以前老板。前一段工程有他的股份，所以他来了，和他的朋友一起。

到了工地，大家忙作一团，找药的、做饭的、腾床铺的……新藏线孤独，孤独得连个说话的人都没有；新藏线寂寞，寂寞得一连几个月都看不到女人。所以女孩子在这条线上是受上帝恩宠和保佑的。

本来何翰墨是要去K511工地办事的，无奈雪太大，只能折返。就是折返的一瞬间他看到了远方有个人影，所以才绕到子芷的身边调转车头。好人一生平安！

第二天早上，子芷总算清醒了过来。惊魂未定，这一回她再也不敢独自往前走了。何翰墨告诉子芷这段时间新藏线新疆段大修，加之每月只放行三次，去狮泉河的车辆很少。工人们也对子芷说，不如在这儿多待几天，休养休养，等到了放行日车子会多一点的。

休息了一天，子芷的状态好多了。早上何翰墨敲开了子芷的房间，“走，今天哥带你去转转，看看我们的草原，还有雪山，风景特别美。”

“好呀，你等我一会儿。”

子芷特意打扮了一下，换了装，洗了头。半个多月了，她都没有洗一次头，而且还一直在灰尘中前进。其实走新藏线很忌讳洗头洗澡的，因为一旦不小心感冒了，后果不堪设想。

何翰墨开着皮卡带着子芷转悠着，走了很久一直荒无人烟，到处都是灰黄的颜色，就连枯草都少得可怜，更别说草原了。其实这里根本就没有草原。

荒原的深处，有一群藏羚羊悠闲地吃着草。何翰墨停下了车，生怕打扰了这片土地的主人。子芷拿出相机，咔咔地拍个不停，边拍边说：“大哥你看，那头羊一动不动，一直盯着我们。”

“那不是羊，那是狼！”

“不会吧，真的有狼？”子芷想想都觉得后怕。

“这个地方什么野兽没有……狼还没注意到这群小羊崽，再不跑就没命了。”

这两天叶子芷过得很开心，每天都有专人专车陪玩兼职讲解，旅行不就是这样吗？可才过了三天，子芷就有点着急了，这绝不是她的归宿，还有好多路等着她，但她再也不敢徒步前行了。

子芷很着急，何翰墨也跟着着急。这两天，何翰墨一直坐在路口，帮子芷拦车，可一天下来也没几辆。有的车连停都不停，按着喇叭呼啸而过；有的车就是停下了，也只是到前方的工地，根本不到西藏。

又是一天过去了，子芷焦急万分，她甚至想到自己会不会一辈子只能就待在这片无人区，再也走不出来了。有时候内心的敌人就是瞎想来的。这一天，子芷一手举着钱，一手拦着车，情况依然和昨天差不多。有的司机看着钱停下了，但无奈于车上没有空位，到了检查站怕超载被罚，只得离开。

夜深人静，子芷心神不安，心慌意乱。她的背包每天早上都收拾一次，每天晚上不得不再次打开。做好了随时离开的准备，却始终搭不上等待中的车辆。

第二天，子芷依旧早起，一大早就见何翰墨开着铲车忙去了，“大哥，你忙啥呢？”

何翰墨没有出声，默默地用铲车推土，把公路拦了起来。

“大哥，你为什么把公路拦起来啊？”

何翰墨没有出声，把公路拦好后他跳下铲车，“妹子，今天不管是什么车过来，只要是去西藏的，不管有没有座位，只要他敢不带上你，我就不让他过！”

一刹那间，子芷泪水潸然，一阵呜咽。她呆呆地看着何翰墨，一句话也说不上来。

来不及谢过大家，她匆匆地记下何翰墨的联系方式，深情地拥抱，就这样离开了，一路奔袭，一直到狮泉河。

在大货车的后座上，子芷一言不发，内心有一万种惧怕，也有一万个感激！

路过死人沟，没有人烟，只是一排兵站荒废在水中央。气氛压抑，空气凝固，光听这名字就让人毛骨悚然。沿途司机都很忌讳这个地方，赶紧路过，没有停下。死人沟原名泉水沟，相传当年解放阿里的时候，有一个连的解放军在此宿营，结果第二天一个都没有醒来，这里从此得名死人沟。对于骑行新藏线的人，都有三大事要完成，“死人沟里睡一觉，界山达坂撒泡尿，班公错里洗个澡”。对于这三件大事，子芷连第一件都做不到，也庆幸自己没有盲目地自信，盲目地坚持。

远离了死人沟，司机大叔开始描述着他在这条路上遇到的种种可怕。大叔

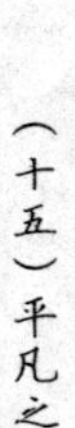

说他看到过路边的白骨，还有僵硬的尸体。还说着某年某月，被狼吃的，冻死的，高反死的，死了都不带收尸的。

狮泉河镇是阿里地区政府所在地，距拉萨还有一千一百多公里。到了狮泉河，新藏公路就走完一半了，接下来的路就好走多了，而且还有发往拉萨的班车。子芷风尘仆仆，来不及休息，一路赶到拉萨。到了拉萨仍然惊魂未定、心有余悸。

走过新藏线，才知道什么是轮回。

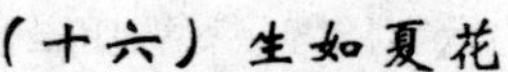

（十六）生如夏花

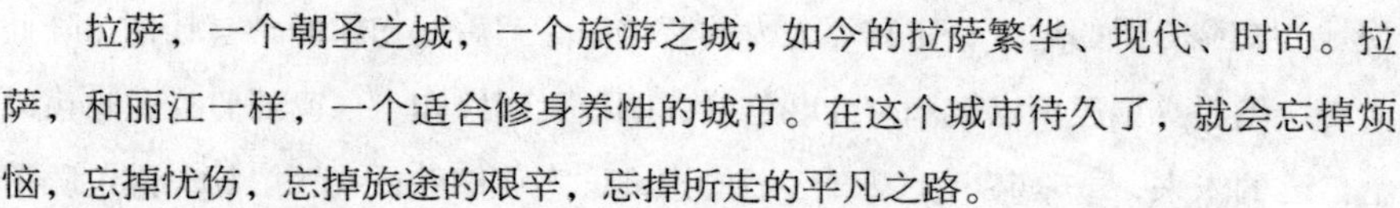

拉萨，一个朝圣之城，一个旅游之城，如今的拉萨繁华、现代、时尚。拉萨，和丽江一样，一个适合修身养性的城市。在这个城市待久了，就会忘掉烦恼，忘掉忧伤，忘掉旅途的艰辛，忘掉所走的平凡之路。

回到拉萨，叶子芷首先向何翰墨报平安，然后又给小泥人和自然卷发微信。没想到小泥人和自然卷竟然也在拉萨，欣喜若狂，他们三人聚到了一起。小泥人说打那天分开后，他俩一路骑一路搭，一直到了日土才坐班车回到了拉萨。他们完成了骑行新藏线所要做的三件大事。当子芷把她自分开之后的经历说给两人听的时候，这两人都觉得何翰墨这个人可以联系下去。

这几天小泥人和自然卷要去一所偏远的小学，把一些书本纸笔运过去，子芷要求一同前往。在那所偏远的牧区小学，子芷思绪不断，最终她决定要在那所小学支教一年。

“何大哥，我已经决定在西藏支教一年。”好些天后，子芷拨通了何翰墨的电话。

“好呀，我也打算一直留在西藏，要不了多久我就会在拉萨开一家青年旅舍。”

“现在的青年旅舍很多的，没有特色很难生存下去。”

“没事的，如果亏本的话我就当作是为驴友们行个方便。”

也是从这一天起，子芷和翰墨每天都互相发许多微信，也时常通电话，聊聊开心事，聊聊梦想与未来。时间久了，这便成了生活中一个不可缺少的习惯。

三个月后，何翰墨打电话给子芷，说他的青年旅舍开业了，名字就叫“翰

墨青年旅舍”，并邀子芷过来参观，承诺对她终身包吃包住。

子芷所在的小学很偏远。为了能够赴何翰墨的约，她专程挑了国庆假期，日夜兼程，反复倒车，赶了三天的路才到了拉萨。

在“翰墨青年旅社”，子芷看着那浓墨饱满的六字招牌，看着店里挂着的一幅幅墨宝文字，她心生仰慕之情。对于何翰墨的印象，真是人如其名。

和很多青年旅社一样，多人间永远是最热闹的地方；小酒吧里是大家谈天说地、交流心得的地方；还有那大大的留言墙，写着一句句的豪言壮语。除此之外，翰墨青旅还可以定制个性明信片，明信片可以印上自己的照片；也可以给自己的未来，或是某一年某一天后的谁谁谁寄存信件；大厅里的一排电脑可以存入每个人的游记，为后来者展示当年的风采。

子芷微笑着走到留言墙边，拿出记号笔，也留下了自己的心灵之语：

西藏，我把我的一切都给了你！

这一晚小泥人和自然卷也在，他们也在翰墨青旅的留言墙上也下了豪言壮语。这一晚，他们四人吃着火锅，喝着小酒，唱着山歌。这一晚，何翰墨拿出了一枚钻戒向子芷表白了。在小泥人和自然卷的起哄下，子芷答应做他的女朋友。

相见的时间总是很少，子芷才在拉萨待了两天，又要赶回那所小学去。

后来何翰墨希望子芷不要去支教了，回到拉萨，做翰墨青旅的老板娘。但子芷没有答应，她说她有自己想要做的事。何翰墨说他尊重她的选择。

再后来，何翰墨再一次提出希望子芷回拉萨，帮他开旅舍，说他忙于其他的生意，也经常要出去远行、旅行，没时间打理翰墨青旅。子芷说等她支教一年期满了再说。

子芷所支教的小学算不上是一所完整的小学，只能算是一个教学点。教学点只有一到三年级，一共三十来个学生，加上子芷才三名老师。学生在教学点毕业之后才能到完全小学就读四到六年级。尽管地区政府大力推行“普六”政

策，但因为这里是牧区，学生居住得很分散，有的学生去一次学校都要走两天的路程，所以这种教学点在西藏广为存在。而且因为是牧区小学，大多数学生都是寄宿的，这就要求老师还得扮演家长的角色。对于子芷而言，这也是一个挑战，完全不同于她去年支教的情况。

当电视、广播、报纸、网络等传媒在牧区还不十分普及的情况下，孩子们相信老师是了解外边世界的一扇窗户。面对学生渴望了解外边世界的眼神，子芷尽可能地满足他们的好奇心。为此她经常让何翰墨打印一些外边的照片寄过来，也经常用电脑播放一些外边世界的影像。只有眼睛所看到的，才是最真实的，胜过一切言语的描述。

但作为一名合格的老师，她所带给学生的不仅仅是这些，还应该有课本知识。可惜学生们基础太差，汉语也说不了几句。很多时候课都不能按教材来上，只得从最浅的讲起，三年级的学生也得重新教他们汉语拼音。

就这样，子芷每天的生活都围绕着这些孩子们，心无旁贷；就这样，子芷正如她在留言墙上所写的："西藏，我把我的一切都给了你！"

子芷在偏远小学支教，而何翰墨忙于生意，忙于探索，忙于旅行。他们之间见面的机会并不多。尽管这样，子芷也从没提过要何翰墨去看她，何翰墨也从没提过主动去看她，或是给她过生日。

再后来，只要是子芷联系何翰墨，那一定是希望他捐点生活用品和纸笔给学校。

藏区牧场海拔高，气候环境变化多端，有时一天就能经历四季的变化，有时动不动就是冰雹大雪。那天早上，大雪落满了整个世界。子芷身体虚弱，拖着沉重的步伐上完课之后就回宿舍睡觉了，连午饭时间都没起来。学生们把子芷的情况告诉校长，校长觉得情况不妙就去敲门，可许久都没有回应。

子芷一个人躺在床上，发着高烧，不停地颤抖。她似乎听到了有人在敲门，但这种意识更多的是发生在梦里。她梦到了家乡，梦到了亲人，梦到了姐姐，梦到了好多同学；她梦到了妈妈做的饭菜，梦到了绿绿的麦田，梦到了银杏叶落，梦到了法桐挺拔；她梦到了妈妈喊她起床吃饭，梦到了同学喊她去郊游，梦到了姐姐喊她去上学……

校长和几个牧民合力把门撞开了，只见子芷蜷缩成一团，瑟瑟发抖。校长和牧民大哥二话没说，连人带被子把子芷背到一台拖拉机上。又有其他学生加入，纷纷拿出自己的被子给子芷垫着、盖上，争先恐后。一群人浩浩荡荡地向几十公里外的县城驶去，同学们也浩浩荡荡地追着拖拉机的雪辙，一路奔跑。有好多学生被老师叫了回来，但仍有十来个学生跑得比老师还快，一直跟着拖拉机，一直跟到了几十公里外的县城医院。其中最小的学生才八岁，或许他都不知道发生了什么，但他知道他最喜欢的老师在拖拉机上，他必须跟过去。

输液一夜，子芷总算醒来。看着坐在床边的校长、牧民大哥，还有那些坐在地上的可爱的孩子，她泪水潸然，一时哽咽，说不出话来。

校长说："这里的环境太苦了，你一个内地来的姑娘家肯定受不了，要不等病好了就回内地吧。"

"我不会回去的，校长……我以后一定会特别注意自己的身体的，一定不给大家添麻烦……"

"老师，你别走。"那个八岁的小学生也走到了床边，拉着被子的一角。

"老师不走，你放心……哪天老师真的要回去了，你一定要好好学习，考上大学，将来去看老师！"

从苦难中走来，子芷需要找一个亲近的人倾诉。子芷把第一个电话打给了何翰墨，但提示已关机。她又打电话给翰墨旅舍的前台，服务生说老板外出了。

"老板什么时候能回来？"

"不太清楚，应该很长吧。"

子芷又想打电话给家人，可又不知道该怎么说。因为亲人一旦为你担心了，他们会不顾一切地来找你，会比任何人都着急。

子芷翻翻手机通讯录，似乎找不到任何可以拔打的电话。在一个熟悉的号码面前，她停滞了好久，也想了好久，还是拨通了。她拨通的是我当年在南京读书时的号码。

“你好，请问你是哪位？”一个讲着南京方言的中年男子的声音。

“我是叶子芷，请问你是邵弘毅吗？”好些年没联系了，子芷不太确定这样的声音。

“你找哪个？”

“请问你是邵弘毅吗？”

“不对哎，你打错了。”

“不好意思……”子芷挂掉电话，失落至极。

都好些年没拨打过这个号码了，尽管一直存着，但号码的主人早已变了。

过了好些天子芷终于与何翰墨联系上了。何翰墨说：“那个地方海拔高，缺衣少药的，我接你回拉萨吧。”

“还是算了吧，学校里本来老师就少，再苦再累我也要坚持一年。”

新年的时候，子芷和翰墨都没有回内地。两人在拉萨过的年，却没有太多的共同话题。吃饭就是吃饭，逛街就是逛街。

时间到了2013年的三月，还是在翰墨青旅，两个人的餐桌，冷冷清清。

“我们都不小了，你打算什么时候结婚？”子芷问。

“要不明天我们就去把证给领了吧。”何翰墨回答道。

“这样就算结婚了？”

“那还怎样，其他的都是形式，两个人在一起就行了。”

“我觉得我们连在一起都做不到。”子芷一直在吃菜，头也不抬，“我想家人了，我想回家。”

“等今年过年我们一起回去。”

“可我现在就想回家。”子芷仍然低着头。

“你想干吗？别那么任性好不好？”何翰墨放下了筷子，一直看着子芷。

子芷落下了泪水，一滴一滴都落在碗里：“西藏只是我的梦，在这我失去得太多了，我已经算是大龄女青年了。”

“可我在西藏的梦才刚刚开始？”

“你的梦就是赚钱？”

“你太小瞧我了！”何翰墨狠狠地拍了桌子，“赚钱是为了更好地生活，赚钱是为了更好地去发现未知的世界，去体验未知的人生！”

“这样下去我觉得没有安全感？”

“什么是安全感，天天守着家就是安全感？”

“我想我真的该回家了。”

“你要是爱我的话，为了我你是不会离开的。”何翰墨放低了声音，转过身去，“你要是回去那我们就分手吧。”

“那就分吧。”

“分？”何翰墨有点激怒了，再次转过身，“你抬起头，抬起头看着我说，你到底有没有爱过我？”

子芷还是没有抬头，“我被你感动过。”

“感动也是一种爱！”

“爱没有期限，但感动是有期限的。”

“那你当初为什么答应和我在一起？”

“因为那时我很感激你，也很感动，是我对不起你！”

（十七）你的样子

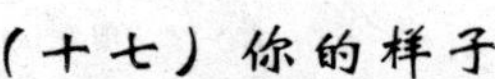

我的家乡是江苏的一座小城，不算特别的繁华，但也应有尽有，不算特别大，但也配套齐全。白天，人们上班工作，一切井井有条，生活节奏也不是那么快；晚上，公园里健身的人特别多，大妈们的广场舞队伍占领各个公共空地；在这样的小城市里，人们生活的安逸、闲适、平静、自然。

在这样的小城里，有着像我一样的一群人，我们大学毕业后没有去大城市里打拼，回来过着安逸的生活。政府、银行、学校、医院都是我们这些人的工作单位。那些在大城市里飞黄腾达的尖子生们，都是我们这些普通生管理着你们的家乡，服务着你们的父母，教育着你们的子女。

家在小城市的另一头，为了方便工作，我就在工作单位附近租了一间房子。自从租房之后，很少回老家了，不是因为工作太忙，也不是因为我爱出去玩，而是因为应酬太多。

经常喝得伶仃大醉，哪还能找得到家在哪儿，哪好意思让爸妈在夜晚等待，为我心疼。其实我和很多年轻人一样，看似每晚都有大餐，但偏偏还有好多人喜欢把这种差事，把吃饭的酒店拍照上传微博、微信。

很多个夜晚，在我大醉之后，我都不能倒下，必须坚持到酒席散场之后才能离开，就是怂也只有怂给自己看。散场之后老板被专车送回家，而我只能打车回我的出租屋。走到门前，迷糊得连钥匙都塞不进锁眼，好不容易进了屋之后，一屁股坐在卫生间的地上，抱着马桶吐个不停，一直吐到胃都空了，一直吐到只有酸水。第二天早上，什么东西也吃不下，吃什么吐什么，喝什么吐什么，一阵晕乎还得按时上班。一直就这么过着，没有决心辞职，也不敢丢弃工作。一直就这么上着班，没有时间去旅行，更没有长假去西藏。

安逸容易让人沉醉，沉醉于平静的生活，并一直习惯于这样的生活。时间久了，渐渐发觉时光的无趣，渐渐发觉工作、生活的乏味，渐渐地发觉干一行恨一行。我本以为我已习惯于此，沉醉于此，我有空也会留意一下大学同学的微博、朋友圈。同学们一个接一个地晒婚照、晒蜜月、晒宝宝。不是说大家越多发状态，越想证明自己的存在，而是想把自己的生活传递出去。而我就连可以晒的事情都没有。

思考之余我不禁会问我自己，我是不是就这样生活下去？我还有哪些事情没有完成？至少我还没有成家。

其实自我回到老家上班之后，一直不缺有人给我介绍对象，也相亲过好多次。可有些审美的问题经过长辈，经过女人的眼光之后，总是与我的期待有些差距。

在小城市生活的成本是不太高的。没多久我也有房有车了，加之我的工作不好不坏，还算稳定，在我的身上又掀起了一股相亲的热潮。可能是我的基准条件有了，也可能是我的审美要求降低了，或者是我到了一个男人的黄金年龄，总之这一股热潮很汹涌，质量也很高。我也试着谈了几个，总找不到那种恋爱的感觉，不欢而散。同学、同事都对我说，现在找对象就是为了结婚，哪里还有什么恋爱的感觉。

没有对象就没有约会，没有约会就有很多空余的时间。傍晚我也会加入散步的大军，在公园里赏花赏草。看着一对对的情侣，还有那些推着小孩的一家人，难免有些伤感。但不能因为伤感就窝在家里，就宅了起来。宅久了会生病的，是心病。

一个三四岁的小男孩手持“光头强”的“电锯”，对着一棵大树一个劲儿地用力，嘴里还不停地对电锯进行配音。我看着觉得又可爱又好笑，就站在那儿看了好久。那小孩也注意到了我，一直在喊我：“叔叔，这树为什么不倒。”

这时小男孩的妈妈过来了，“宝宝，这个锯子是玩具，当然锯不倒树喽。”

小男孩的妈妈对着我微笑，我也回以微笑，但是我们彼此的目光还是对视了。

“是你。”小男孩的妈妈拉着孩子，原地看着我，“好久不见，现在还

好吗？”

“还好吧。”我也原地站立，示以微笑，“这是你家宝宝吧，真可爱，几岁了？”

“虚岁四岁……”

小男孩的妈妈是程思蒙，近八年没见。

这时程思蒙的老公也过来了，一个我并不认识的男人。

“老同学？”程思蒙的老公问她。

“是的，高中同学。”她回答道。

看着她们一家三口的身影离开，我感到一股暖意。世事难料，时过境迁。

这一晚的散步就此结束，尽管我才刚刚出来。我不想再碰面，因为碰面的瞬间会不知所措。我躺在沙发上，打开电视打发时间，电视里正在播放一套特别火的选秀节目。

我本只想用电视节目分散我的注意力，减少我的思考，但我却在电视上看到了黄家如。又是多年没见，他变得沧桑了，在舞台上他依旧拨动着那把老旧的吉他，唱着郑钧的《私奔》。我无法得知这些年他所经历的种种，但一定是历经艰辛。我无法得知他为什么唱这首歌参加海选，但一定是最能表达他的经历。很开心，他得到了评委的认可过关了。我由衷地为他高兴。这么多年了，他始终坚持自己的梦想，不管有多苦，从没放弃，从没屈服。从年少的缺少担当、到逃避责任，到追逐青春的梦想、历经磨难，黄家如一直在经历，一直在用歌声抒写他的经历。

在电视上看到了黄家如让我想起了叶子菡。和子芷一样，子菡也曾陪伴我度过最忧伤的夏天，也曾和我留下那段美好的回忆。现在子菡在哪儿，我没法得知，子芷在哪儿，我也无法得知。有多少人，错过了还可以再找回来，或是再相见；又有多少人，错过了就是错过了，一辈子都不可能再见面。我孤独地存在，孤独地等待。

在单位混得时间久了，在酒桌上也敢和老板开玩笑、谈条件了。2013年的十月，在酒桌上我把老板给陪好了，老板终于答应在适当的时候准我长假去西藏。

11月，陈凯大婚，我、杨阳洋和王媛媛、高山应邀参加。新娘还是秦多多，没有插曲。我很羡慕他们这段爱情的长跑。

八六哥和王媛媛不声不响，刚毕业不久就奉子成婚了。今天他们把小宝贝也带来了。

婚礼大气隆重，气氛浪漫，这样的婚礼不仅属于新郎和新娘两个人，也属于在座的每一位来宾。

晚上，宾客散去，仅我们哥们姐妹几个聚在一起。一来是恭喜凯子、秦多多终于修成正果，二来是补祝一下八六哥和王媛媛的爱情结晶，三来是毕业多年没有见面借此机会叙叙旧。

久别的同学，永久的情谊。话越聊越多，酒越喝越多。我们把刚进大学军训的故事又说了一遍，把“爱我就大胆说出来”的故事也说了一遍。只是这两位女主角的身份已经不再是当年，也不再与我有关联。一位是今天的新娘，一位是孩子的妈妈。

今晚大家都喝多了，我们终于把藏在心里的一件大事告诉了八六哥。时隔七年，我、凯子、小黑哥主动承认更换了八六哥的电脑桌面，导致他重装系统的事。时隔七年，八六哥弱弱地说：“其实我早知道是你们干的了，只是我没想到是删了图标改了桌面，我以为你们把我电脑搞中毒了。”

酒桌上我又提起给小黑哥介绍妹子的事，因为之前公司采购部的姑娘好些年没与我联系过，所以我很好奇，是不是小黑哥把人家毁了，以至于她连我也不理睬了。小黑哥告诉我，那妹子上周刚结的婚，还邀请他去参加了。

我问他：“新郎为什么不是你？”

小黑哥说：“输给了距离。”

我问他为什么当初不去苏州上班，这样就不存在距离了。

小黑哥说他当时放不下南京的工作，也总觉得自己没房没车的会委屈了人家。

我问他现在后悔吗，他说后悔。他还说时隔这么多年，直到那妹子结婚了他才想通，现在他辞职了，准备出去走一遭，看看花花世界。

我问他不会是去东莞吧。

他笑而不语。

我说：“你现在想通不算晚，东莞别去了，跟我去西藏吧，朝圣之旅就是艳遇之旅。”

一声“好哇”，小黑哥决定和我一起去西藏。而凯子和秦多多也按捺不住，要求加入受虐的蜜月之旅。我们一起问八六哥要不要也加入，他看了看王嫒嫒，告诉我们他要带孩子，没有时间。

酒桌临散，秦多多拍了拍小黑哥的肩膀，“黑锅，好多女孩子在意的并不是物质，安安稳稳就够了，你自己不要有压力，要加油。”

（十八）一路向西

我本以为我将要在家乡的小城里安闲度过此生，再也没有机会去看看外边的世界。但这次，我将再次远行，去那个美丽的雪域天堂。

一次说走就走的旅行，说得容易，却很难做到。如果下定决心走出了第一步，那这次旅行就已完成了一半。

计划永远跟不上变化，说走就走。不为种种阻挠所困扰。一场说走就走的旅行，要的就是毅力与决心！买不到火车票，那就自驾，没有越野车，那就开轿车。我计划过很多种进藏的方式：火车、飞机、班车、徒步、搭车，但从没想过自驾。

旅行的意义不在于终点，而在于过程，精彩伴随于旅行的途中。西藏，尤其是这样，我们一直在经历。经历，是最珍贵的礼物，是最宝贵的财富，我们拥有属于我们的经历。

眼睛上天堂，身体下地狱，行走于西藏线，送你上西天。内心得到升华，心灵得到净化。一次转山，一次朝圣之旅，改变的不单单是眼睛。

像是一场突如其来的礼物，惊喜得忘掉了准备。激动伴随着我们，激动得有点匆忙。说走就走，旅途充满了未知，但也充满了期待。能够出发已足够幸运。

车走人走，人停车停。车轮丈量土地，眼睛收罗世界，镜头记录风景，文字重现旅途。四个人，一辆轿车，一本地图册，一路向西！

我们约好从南京出发，出发的那一天，下着很大的雨。雨水遮挡了视线，却遮挡不住内心的喜悦。早晨六点我们就出发了，今天的目的地是西安。

整个长三角都下着大雨，怎么开也躲避不了，一直到了河南信阳才看见太阳。太阳，你是多么的美好，只有见到了你，我们才有勇气下车休息。

在服务区短暂地休息后我意外地发现丢了一只包，一只非常重要的包。我的身份证、驾照、银行卡、现金、充电器、所有人的药品、相机全在那只包里，净是些最重要的又不可不带的东西。还好包只是丢在我停在南京的车里，电话联系南京的好友，以最快的速度顺丰空运至西宁。航空件是快，但是不能寄电池和药品，还好我们的秦多多潜心研究摄影多年，有她在我无需相机。至于药品，需要的时候再买吧。按照行程我们明晚就会到达西宁。

也不知是几点，也不知是在哪个服务区，只知道我们已经很饿了。服务区里简单地吃些饭菜后继续上路，我们第一天的行程就是赶路。一路向西，西部之路还没开始。

过了信阳双向六车道的沪陕高速就没几辆车了，也没发现有测速的探头。我承认我们一路上都没有严格地遵守法规严格限速，路途太远，时间有限，不开快真的来不及。凯子自打会开车以来就没开过慢车，或者也可以说他根本不会开慢车。沪陕高速河南段他一直以160迈的速度开着，后来想想这是极其危险和不负责任的。

越是孤单的路越容易记住车辆，这条路就很孤单。一路上大家都印象深刻地记住了三辆车。一辆雪铁龙，我们快他快，我们慢他慢，但始终速度没低过130迈。第二辆，苏A的凯迪拉克，女司机，一直想超越我们，然后又被我们反超，再超越。第三辆，白色标致408，一辆白色的黑马，风一样地超过我们和凯迪拉克。凯子试着以180迈的速度追赶，但连车影都没看到。这一路太孤单了，孤单得以至于我们清清楚楚地记住了这三辆车。

孤独地超车，再孤独地穿越秦岭，穿越隧道，过隧道限速60。高速公路，在广大西部山区真的高速不起来。对于秦岭，多年前和子芷一起坐火车去四川时穿越过，一路领略秦岭的风光，呼吸新鲜的空气。如今再次走过，感慨万千。山，只有在西部才能领略真正的山。山与水，瀑布与云雾，峡谷与高山，秦岭之间，梦境之上。

第一天的行程还是比较顺利的，晚上7点的样子就到了西安。西安未央路，好喜欢的名字。找了一家便宜的宾馆住下，就在铁道边，很有小清新的味道。

一路上我们就在念叨西安的肉夹馍，不过西安还有一种美食叫“biangbiang面”。不要问我为什么注拼音，那是因为我不会写，你看了也不一定会写。很好吃的哦。除此之外我们还好奇菜单上的“冰峰”。问老板什么是“冰峰”，老板竟然笑了，指了指冰箱里的汽水瓶。好一个“冰峰”，我们一人来了一瓶。

我们的分工很明确，我和凯子轮流开车，小黑哥负责看地图找攻略，秦多多负责后勤。第一天的路上，只有我们三兄弟一直讲个不停，秦多多仅仅是很淑女地偶尔配合我们笑一笑。跟我们混了一天一夜之后秦多多不再矜持，甚至有些放肆，一大早便踢开了我和小黑哥的房门，“两位好友，该起床了，路上时间长着呢，不必在乎这一朝一暮。”

“靠，我在卫生间呢，你先出去回避一下，我还没穿衣服呢。”

“哇噻，难道是全裸？我得准备好相机。”秦多多捂着嘴一直在笑。

“唉，到底是凯子把你带坏了，还是你俩臭味相投啊？”

“我去，我家凯子要坏也是你们带坏的，你们大学的那些丑事我都知道呢……”

西安的早晨很是冷清，都7点了也没早餐店开门。在路边摊买了正宗的西安肉夹馍吃下，顺便问问大妈天亮这么早为什么大家都不上街，大妈的回答是：“我们西安人就这样。”好吧，当我没问。

车内充满了肉末味。秦多多大口吃肉，大声唱歌，大讲冷笑话。四个人的空间，四个人的声音，四个人的生活，再不放肆就等着憋死。

西安，我们匆匆地到来，匆匆地离开，来不及留恋，也来不及品味。继续向西，宝鸡、天水、兰州、西宁。

西安至宝鸡的高速是刚修好的双向八车道，但还是限速100公里，有点让人费解。宝鸡到天水的路很难走，双向4车道，车多、山多、弯多、隧道多、连续下坡多。我们很清楚地记得最长一个隧道是18公里，很考验开车人的意志。想想古代由汉中入蜀之路是多么的难走。蜀道难，难于上青天。“明修栈道，暗度陈仓”，如今的陈仓都通高速了。

快进兰州城时，车辆堵在隧道里，压抑、焦急，更无奈于本地司机的蛮横

插车。就在这时凯子和秦多多都喊着要小解，真是一对苦命鸳鸯。可车在隧道里缓慢前行，停也不好，不停也不好。看着她俩焦急的样子，我做出一个非常高尚的决定：把车停下了，任凭后边的喇叭怎么催促就是不走。凯子果断地站在车头解决了问题，可在这种场合之下一个女孩子怎么可能随地解决。那就继续忍吧，一路忍，小黑哥还一路吹着口哨唱着歌。我想他不是故意的。

与兰州的一片灰黄相比，西宁的风光与之大不相同。城市沿山谷而建，发育成一个长条形；昼夜温差很大，中午穿短袖傍晚穿外套。

晚上我们一起去西宁市中心溜达，街上的行人都穿起了外套。我们相互看看各自身上的短袖，再一起把目光集中到秦多多的裙子上，不禁相视而笑。

西宁的广场舞很有特色，不光有老年人，还有好多年轻人在跳。舞蹈很具有民族特色，节奏欢快、步伐轻盈、动作整齐。我们看了一会儿，都情不自禁地摸摸自己的肚子，舞蹈再美也不能当饭吃。经过一番考虑我们决定去吃正宗的西宁羊肉。与东部的羊肉不同，西宁的羊肉以肥肉为主，没有那种膻味，味道倍儿棒。好吃是好吃，就是吃多了有点腻，像我们这种小胃口的真是有点浪费。经过这一晚的大餐，我们总结得出，在西部吃饭，能上小份就上小份，能少一份就少一份，分量倍儿足。

我们原先定的是两间普通间，没有卫生间的那种，一百块钱一间。老板说标准间需要每间加价80。但是我们很向往标准间，就齐刷刷地把眼睛转向秦多多。秦多多很快领悟了我们的意思，便缠着老板一会儿哭穷，一会儿卖萌。老板心软，经不起这么漂亮妹子的死缠烂打，最后决定给我们130一间。我和小黑哥欢天喜地开搬行李，秦多多把头发一甩，拽住凯子的胳膊，回头给了老板一个笑脸。想必那一刻老板的心里甜滋滋的，只可惜佳人身边已有伴。

第二天一大早我就打开手机查快递。从南京到西宁，一路无证驾驶，再收不到快递，拉萨就别想去了。

网上查到快递的最后信息是昨天下午两点到西宁集散中心，但一直到今早，数个电话过去，还是没派送到任何派件点。直到早上10点钟我才拿到了宝贵的快递，耽搁了一个上午，11点继续出发。

我们没有吃午饭就向青海湖进发，有点迫不及待。青海湖，中国最大的咸水湖，每年都有环青海湖公路赛。就在今天，去看看美丽的青海湖吧。

海拔一直在上升，从2800到3200，没有太大的压力，就是跑起来有点小喘。

途经倒淌河有美女搭车，我和小黑哥本想带她一程的，可惜她们是两个人，我们只剩一个空位。两个人搭车是有难度的，尤其是一男一女，每次遇到这种情况，男的总是蹲下去背对车辆，女的站起来拦车。

关于倒淌河也是有说法的，中国的大河都是自西向东，在这里，倒淌河由东向西流入青海湖，故名为倒淌河。

过了倒淌河我对小黑哥说："如果再遇到美女搭车，只要是一个人一定带上，算是你的艳遇。"

"那给你也艳遇一个吧，坐你腿上，实在不行秦多多坐我腿上，座位让出来。"凯子说。

"得了，你们幸福就是我最大的幸福。"

"这么无私，这也太伟大了吧。"秦多多边说边吃东西。

"当然无私了，要不你能是我老婆吗，早被导师下黑手了。"凯子赶紧抱紧秦多多，就好像我要抢他老婆似的。

"得了，我才看不上导师呢，心太花了。"

"真的假的？"我肯定要为我正名，"其实我一点都不花，他们为什么都一直说我花呢，而且为什么总是在女孩子面前说我花呢？如果说我不帅，那是不可能的，美女的眼睛是雪亮的，那只有想办法败坏我名声，以达到让美女远离我的目的，这样，才不至于成为他们的竞争对手。"

"真的？凯子，我现在后悔还来得及吗？"秦多多说。

"还来得及。"凯子说。

"你去死吧你。"秦多多使劲儿地推了凯子。

西部是荒凉和孤独的，但在青海湖畔却热闹非凡。自驾、旅游大巴、徒步、骑行……能存在的可能都有，并不因为现在是淡季人就少了。

青海湖与109国道有着很长的并线。走下国道，近距离地贴近，触摸咸咸的

湖水，踩一踩无垠的草地。天与湖面无缝连接，深蓝色的湖水，浅蓝色的天，浅黄色的草地，白白的雪山。

这个季节青海湖已经很冷了。他们怂恿我光脚在水里走走，我死活不肯。我站在刻有“青海湖”三个大字的高石上，等着凯子给我拍照。秦多多蹑手蹑脚地在湖边玩水，然后对着我喊：“你下来！”

“干吗，我还没摆好POSE呢。”

“你身后有东西，对你的POSE有影响，我帮你拿掉。”

“哪儿有？”

“你下来，我不骗你。”

我跳下石头，几乎都要把头扭180度了也没看到身后有什么东西。

“你别动，我帮你拿掉。”秦多多走到我身后，趁我不注意，把她那冰凉的手塞进我的后背，“让你下水你不肯，非让你感受下水的温度……”

“靠……”一阵冰凉从头到脚，她要不是凯子的老婆，我真想把她扔进青海湖里。

今天我们没有目的地，一路向西，能到哪儿是哪儿，到哪儿就住哪儿。从青海湖出来已经是下午四点钟了，过黑马河，一路向南，寻找传说中的高速。

这段路不算差，但很险峻，路依山而建，坡大而急，危险重重。很多大货车冒着黑烟拼命往上爬，但速度始终上不来，就和步行一样。途中我们还看到了一辆大货车翻倒在路边，幸好是翻倒在靠山的一侧，如果不幸翻下山崖肯定粉身碎骨。

同样是高速入口，不同的入口对应着不同的目的地，这样的设计让我们很好奇。好奇的还不止这些，入口不发卡，直接收了15元过路费，难道这一段高速600公里就只收15元？后来才得知，这段高速是分段收费的，不同的入口不同的收费。这段高速的奇特之处还在于留有好多U形路口，可以相互掉头，也可以随时驶下路基，走走还能并上国道，还能遇到牛羊拦路。

不错的风景，不错的感觉，不错的道路。这应该是我们这辈子见过最好开的高速了。几乎没有车辆，也没有测速，甩开膀子开，唱着山歌开，一直开到无聊，开到孤独，开到崩溃。

我们的路线是上茶德高速，经德令哈、小柴旦到格尔木。天色渐黑，柴达木盆地里唯一的城市就是德令哈。本来计划是在德令哈过夜的，但这一路太荒凉，看着灰蒙蒙的德令哈，我们还是离开了。路这么好开，今晚就加个班到格尔木吧。德令哈，三年前我坐火车路过，只可惜当时窗外是黑暗的一片。德令哈，我们就这样路过，路过德令哈，只有荒凉！

手握一把沙土
轻轻松开
被吹得干干净净
我只想远远地离开

脚踩一片戈壁
慢慢行走
被烤得彻彻底底
我只愿好好地活着

悲痛，流不出一滴眼泪
每一滴还没流出
已经风干
干渴，那是我最后能想到的水

柴达木的荒凉无法描述，只有走过才能懂得。离最近的一个服务区也有180公里。还好路边有停车点，好环保的样子，都配有垃圾筒。停车点边上的厕所建得好高，有一泄千尺的感觉，这样的设计可以几十年都不用清理厕所粪便。我们在停车点停下，只为了上一次厕所。路边根本无法休息，没有可以坐的地方，吹着冷风，却顶着高紫外线的烈日。

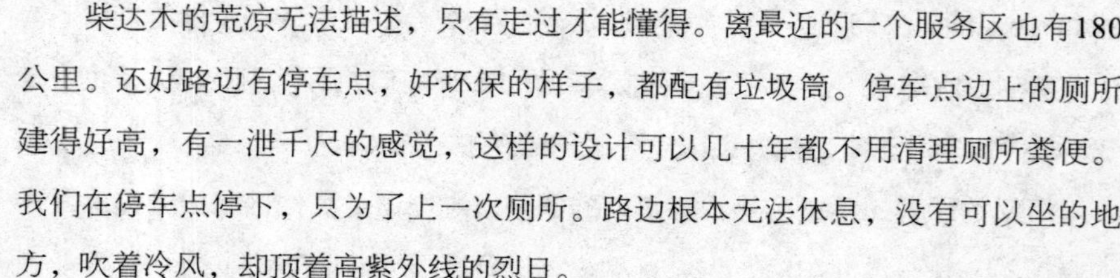

抓紧时间继续前进，第一次这样期待一个地方。我们讨论着到了服务区喝点水，吃顿饭，洗把脸。人在旅途，要求越来越低。

怀头他拉服务区，好期待，终于到了，却又是那样的失望：没水，没商店，更没吃的；只有一个加油站和一个厕所。

盆地的边缘是山，山就在眼前，却始终无法到达。这儿的能见度很远，所看得到的始终无法触及。我和凯子轮流着开车，轮流着厌倦，小黑哥和秦多多却一直在后排享受着，把每一口水，每一个零食都吃得那么有味道。

我提议让小黑哥开一会儿，他说他光有驾照没实践。我说反正这一路就你一辆车，路都是你的，你想怎么开就怎么开。他说可以试试，正好练练手。

我们把我们的生命都交给了小黑哥，他开得还不错，就是喜欢狠踩油门，飙速度，一直飙到160。

我让凯子坐副驾，帮小黑哥盯着路况，自己把手搭在玻璃上，狠狠地看着窗外，就像在监狱里待久了的犯人，看到高墙以外的景色，恨不得全收眼底。

这一天，600公里的路程，我们只看到一个放羊的牧民。人，在这个地方竟成了稀有的动物。

前方突然提示有路基塌陷，小黑哥硬是以一百六的速度冲过去了。突然前方出现了久违的车辆，打着转向灯，若隐若现。

“就两辆车，打什么转向灯啊，还远着呢。”小黑哥开上了瘾。

转向灯越来越近，越看越觉得不对劲，凯子一把夺过方向盘，驶向慢车道：“靠，逆行！和我们逆行！”

我也吓破了胆，再也无心看风景了。以这样的速度，如果真的撞上了，那我们四人肯定一个也活不了。之后的路上我们再也不敢让小黑哥开车了。

已是晚上八点的时刻，天色才开始变暗。这儿天黑得很迟。路，就在脚下，盐湖，就是身边，一望无垠，映衬着夕阳。盐湖的远方是雪山，雪山的脚下是盐湖。美，却没有生命，生命，在柴达木是多么的顽强。

格尔木，我们来了，在夜色中。

格尔木，一个入藏的必经之地。从格尔木到西藏的第一个县城安多全程

600公里，中间没有城市，少有人烟，限速时间十个半小时。要想翻过昆仑山、可可西里、唐古拉山这一大片的无人区，必须得在格尔木休整一晚。大部分进藏的物资也都要在格尔木中转，因为大多数货车司机是走不了青藏公路的。同样，如果要出藏，还得在格尔木休整。格尔木，就这样变得重要了，重要得都让我们萌发了留下来开个青年旅社的愿望。

夜色中我们在青旅的留言墙上写上我们的名字，按上我们的手印，画上我们的路线。我们和全世界的旅行者一样，我们有着同样的梦想，选择天堂一样的路，用坚毅的步伐，惊人的体力，虔诚的心，受折磨的灵魂，一步一个脚印。

入藏之旅，天堂之旅，从这个地方才刚刚开始。格尔木，晚安！

已经是第四天了，还没有踏上西藏的土地，入藏就在今天。

早早地起床，宾馆大院的门还没开，看门的大叔习惯了形形色色的人，却没习惯早起的人。在这个地方6点起床的确是太早了。

今天的旅程会很艰苦，路上没有吃饭的地方，吃完早餐带上四盒炒饭数袋榨菜出发吧。

沿着G109，没走多远就到了第一个检查站。不知手续，听不懂解释，学着别人，递上身份证、行驶证、驾照，开了一张限速卡，继续出发。限速卡上写着格尔木南山口执勤点到西藏安多，661公里，限速10.5个小时。我们惊讶地相互传阅这张限速卡，661公里，10.5个小时，难以接受。

时间这么久，那就开慢点吧，走一路玩一路。

出了格尔木不远就看到了巍峨的昆仑山。当年青藏铁路的一期工程就是至于昆仑山脚下。如今远远地瞻仰昆仑山，依然气势磅礴，令人肃然起敬。

“巍巍昆仑，万山之祖”，八个大字赫然竖立在公路两旁，像是在时刻提醒着我们道路险峻，危险重重。一路驰骋之后，就是一个急转弯，从山间劈开，临峡谷而立，傍落石蜿蜒。不远处就有两辆油罐车翻在路边，在这条公路上，翻车太正常了，每一个转弯处都有若干个活生生的教训。

都说青藏公路是进藏最好的一条公路了，但这种“好”大大超出了我们的预期。有很多路段都在修路，随便在路边堆出一条泥土便道。这种便道不是一

两百米，而是几公里，甚至还有绕山、盘旋。如果遇到下雨，那种泥泞肯定没法行车。

也许是我们不赶巧，正值青藏公路大面积的维修，但我认为这种大面积的维修不是个案。这段路每天都在坏，每天都在修，毕竟环境太恶劣了。一场雨，一场雪就可能冲垮路基；一个冬天过后就可能有大段的路基沉降。

如果我们可以拥有一辆越野车，那我们的旅途会减少不少的抱怨。如果我们可以降低对道路的要求，那路边的风光足够我们享受一万年。

以前觉得，能够坐在青藏铁路的火车上，靠着窗户，看着美景已经足够幸运了；特别是铁路部门还人性化地安排进藏的火车从格尔木段开始是白天行驶。但现在看来，坐火车所经历和触及的太少太少了；能看得到的，感受得到的也太少太少的。他们的视野触及不到泥土，触及不到温度，触及不到阳光，触及不到一望无际。

青藏公路有很长一段是与铁路并行的，公路与铁路无数次地交汇，再无数次地分开。有时看着火车从旁边经过，我想，他们也一定在看着我们。铁路修于当代，遇山走隧，遇河架桥，所以总是那么壮观。公路修于近代，遇山盘山，遇河绕河，无数个弯道的交织，也显得很是壮观。

牛羊是西部牧民的主要财产，在西部广大无人区，牛羊总比人容易看到。牛羊成群结队地过马路，也是一种壮观的景象。作为开车人，不仅要懂得避让，还要懂得穿越；如果一直避让下去，那有可能会避让个把小时。每次遇到牛羊过马路，我们都格外小心。如果有个万一，我们都打算把秦多多抵给人家做媳妇，就连凯子也表示同意，并嘱咐她等我们来年再经过时，再带她逃走，顺便带上千头牛羊。

公路沿着昆仑山脚下由东向西修建，在等待一个最佳的位置翻山。路的左边是连绵的雪山，寒冷；右边是山的南麓，荒凉。

一路上除了绝美的自然景色，还有绝美的人文风光：徒步和骑行的人。对于他们，我们只有表示敬仰。除了有强大的体力和生存能力之外，还要有强大的毅力，强大的内心。当自己战胜了自己，一路的风餐露宿又算得了什么？这

里是天堂。

途经一座小庙，我们稍作休息。只因去了一趟厕所，明显地感觉有点喘，这里的海拔才3700米。

一路向南，继续前行，昆仑山口，就在眼前。昆仑山口，一辆辆军车驶过，连续上百辆，占据了一侧的车道，我们正好停车休息，感受一下这里的海拔。山口海拔4768米，下车拍照，感觉头有点胀痛，呼吸有点困难，就连走动都不敢太用力。这才是青藏公路的第一个山口，如果就此倒下，那还翻什么唐古拉山，那还去什么拉萨?

军车里兵哥哥向每一个路人挥手叫好，像是为我们打气，也像是为我们点赞。在他们的欢呼声中，我们离开了昆仑山口，驶向中国最大的无人区：可可西里。

对于可可西里的最早了解源于电影《可可西里》。可可西里海拔高，氧气稀薄，植被非常脆弱，白天光照强烈，夜晚寒冷刺骨。有时突下冰雹，有时突降暴雪，就是在这样一个生命禁区，生长着传说中的牦牛和藏羚羊。对于我们来说，唯独优美的风景还能彰显出生命的气息。

风光与艰难并行，没走多久，又遇修路。在数次颠簸之后终于不再牢骚，平静了内心。也是从这里开始，秦多多开始呕吐。我们说她应该是高反了，但她好强不肯承认，非说自己是被颠簸得有点晕车。

在路边我们吃着早晨从格尔木带上来的炒饭，就着榨菜。秦多多一口没吃，躺在座位上一言不发。

偶遇路人，问我们炒饭是从哪儿买来的，我们告诉他是从格尔木带来的。看着他们渴望的眼神，不舍的背景，我们再次确信炒饭才是人间的美味。

青藏公路一直在修路，有一种修法很让人崩溃：把坏掉的路坑挖空，坑很大也很深，等待填充沥青。不是说今天挖完今天就能补上的，沥青从遥远的格尔木运来，也许一周，也许一个月才可能补完道路。坑很多，却没有任何标识，更不会插个小旗帜或者树枝什么的。就这样一直被坑着，直到车轮掉进了一个大坑，我们才降低了车速，开始了漫长的“绕铁饼”，一绕就是上百公

里。后来路况又好了起来，为了赶时间，只有加速，却再一次掉进大坑。我心疼的不是人，而是车。在这样的路上，车远比人重要，如果车子罢工了，那这一夜一定凶多吉少。

想想一路上的车辆，不是大货车，就是组队的越野车或SUV，真没像我们这样的。在这样的路上拼的不是胆量，而是装备、经验和运气。

网上说如果到了五道梁还没有太严重的高反，那就应该问题不大，否则必须原路返回。于是，五道梁便成了我们一直期待的地方，却久久不达。导航，在这种地方没什么作用，地图，也作用不大。很多标注根本不准，星星点点的地名或许只是一座桥，一间房子，一条小溪。一直等不到，也看不到。唯一可以做的就是放慢性子一直走，一直等待，看一路风景，听一路的歌。

头胀、无聊、孤独。小黑哥想抽烟，我们同意了，但打火机却不同意，一直打不着，我们这才想起这不是高原高火机。几乎是同时，车内的袋装薯片一个接一个地炸开，就连拧开从内地带来的瓶子都砰的一声。我们让小黑哥把打火机扔掉，免得在车内爆炸，他却连烟一块儿给扔了，“不能抽，得克制，没准抽完我就喘不过气了。”

天还是那样的蓝，云还是那样的白，我们一路向南，看着地图上的每一个地名，静静等待。风火山、唐古拉山乡、沱沱河、通天河、雁石坪、温泉、唐古拉兵站、唐古拉山口……我们一直在念叨。从早晨出发我们就说今天要翻过唐古拉山，已是下午2点的样子，却还没看到任何有关唐古拉山的影子。总以为前方的山口就是唐古拉山口，却一次次地翻过，一次次地否定。

风火山，第一个高于五千米的山口。在这样一个山口，我们连下车都很无力，头胀痛得厉害，很难站稳脚步。秦多多根本就无法自如地站立了，只有坐在车里，她才稍感舒服。

众人撒泡尿，继续上路。

过了风火山，路又好了起来。远方的山也许就是唐古拉山口，翻过去就进入西藏了。当时我们的确是这么想的。天空太阳高照，车外的气温是17度，与风火山口相比，就是一个冬天一个秋天。

突然间躲闪不及下起了冰雹，在大太阳底下下起了冰雹！我见过太阳雨，但还真第一次见到太阳雹。冰雹很大，我们很担心会砸坏了汽车，如果车完了，我们也就完了。车外气温骤然降至1度，从17度到1度只有短短的十来分钟。路面湿滑，我不敢超车，开得异常谨慎，前边两辆SUV干脆停了下来。

冰雹过后，又是大晴天，诡异的天气。而远方的山上却仍然是黑压压的云，我们很担心等我们翻山的时候会不会正值大雪纷飞。

沱沱河，地图上好粗的线，被我们不经意间走过了。除了雨季，这些河仅有河沙和溪流。路，在这里不堪一击；河，在这里也仅此而已。青藏线上的小镇一般也只有两排房子，大部分店面都是搞汽修的。没法停留，也没法补给。路还很慢长，稍作休整继续上路。下一站雁石平镇。

没走多久，我们又悲剧了，远看以为是成排的军车，其实是堵了长长的车队。打听得知前方有车祸，我们只有和大家一起远远地排在后边等待。但是对面车道上总有军车源源不断地驶来，难道是单向放行？可军车驶完之后还是不见放行。再打听才知两车道都堵了，军车是冲下路基绕过来的，道路疏通需要4个小时。现在已经是晚上5点多了，这个地方海拔4800米，荒无人烟，再等4个小时鬼知道会发生什么。

难道只有等待？在这个时候，凯子发挥了他的特长，插车、塞车。很快我们的车就排到了很靠前的大货车的前边，但也只能到此而已。

越野车、SUV都学军车冲下路基走了，我们轿车也照样可以！

冲下路基的那一刻，我们的内心有千万只野马奔腾而过。

接下来又是一个非常陡的泥土上坡，一次没冲上去。为了减轻负重，我们全下来了。我和小黑哥推车，凯子驾驶，挂一挡，转速4000。这一推差点要了我们的命，4800多米的海拔，用力推车，推完就感觉气不够喘。但是我们的小车真的就上去了。

凯子开着车在乱石中前进，寻找重新上路的可能，小黑哥紧随其后，在不好的路段继续推车，而我和秦多多在后边走着。

可可西里，没有太多的植被，所以根本就不知道风有多大。事实上车外

的风非常大，大到打个电话都听不见对方的声音。我大口地喘气，秦多多冻得瑟瑟发抖。我脱下羽绒服给她穿上，扶着她慢慢地走，上坡、下坡，重重地喘气。没几分钟我们就走不动了，有种快要死的感觉。我打电话给凯子，让他来救救他的老婆，但还没等开口，风就灌满了嘴巴，就连呼吸都变得困难，更别谈说话了。

情急之下我只好带着秦多多下沟、上沟，重新走上路基，走在大货车的另一面。有大货车挡着风，我们果然好多了，可秦多多蹲在地上一个劲儿地吐，根本无法站立。其实她吐的只有水，因为她已经一天没吃下任何东西了。我想豁出去背着她前行，可又怕后背会顶得她更难受。一位好心的大货司机关切地问我们怎么样，对我们说不能再往前走了。秦多多瘫倒在我肩上，微弱地指了指停在远方的轿车，继续前进。

坐上车之后秦多多好多了。而我还没来得及喝口水压压惊，鼻血就止不住地往下流。然后就是头痛得要命，不停地打喷嚏。我以为我要感冒了，如果在高原上感冒，那我凶多吉少。

过了堵车的时间，似乎每一个地名都能很快地到达。没多久就到了雁石坪镇。我们下车查看汽车，发现保险杠就要掉了。想找家店修理，老板们忙乎的只顾得大货车。时间紧急，踹一脚，走吧。

海拔还在一点一点地上升，我们四人都出现了不同程度的高反。凯子脸发麻、嘴发紫、头胀痛；小黑哥除了头痛还有肠绞痛；秦多多就不用提了。

我觉得我还行，接下来的路由我来开，翻越唐古拉山的任务就交给我了。

路况又开始恶化，大坑集中地出现，车速只能在40的样子。不光是小车，就连大货车也开始了绕铁饼。环境造就路基不稳，大车成就大坑，在这种环境下修路是多么不容易。

说到修路还得吐槽一下。在这段路上填充沥青是不用压路机的。修路的工程车先拦住一边车道，然后开始补路，两边双向的车都让我耐心等着。等到补好后仍然拦住另一车道，补过的半边车道开始单向放行。这样做的目的只是为了聚集更多的车辆充当压路机。在这里，时间算个屁，无论是谁都必须学会耐

心地等。

时间就这样被眼睁睁地浪费着，无论多晚，今天都必须翻过唐古拉山，否则就没有然后了。其实翻过山之后到底是怎样一个情况我们也都未知，山的另一面和这边也许是一样的。

唐古拉山，藏语中意为“高原上的山”，在蒙语中意为“雄鹰飞不过去的高山”。唐古拉山口，海拔5231米，我们等了你一天，从早上7点开始出发，一直等到晚上8点半；唐古拉山，我们已没有力气下来触摸一下你的脸；唐古拉山，我们连照片都开始拍得少了，昏昏沉沉；唐古拉山，终年积雪，还有皑皑的冰川；唐古拉山口，青藏公路的最高点，我们开过来了，就像绕铁饼一样地开了过来。

天已渐黑，山口已过，还有什么可恐惧的呢。黑暗中我们的车灯坏了一只，还好路上的坑少了。

路边一开始是冰川，走着走着什么都看不见了，也许是草场，也许是沼泽，也许是大山，也许是悬崖……我们什么都看不见，只能一路向南，只能沿着公路。

晚上9点多的样子，又是暴雨。和我们一样，路上还有四辆车组成的车队共同在赶路。一直到晚上10点多，我们还在暴雨中走着山路，尽管危险，但那一刻没有别的选择。

早上领的限速卡写着格尔木到安多是10.5个小时，现在都15个小时了，安多还在地图上。

为了防止路上有急弯或是大坑，我们主动退后，跟在那四辆车的后边，仔细地观察着他们的刹车灯。

不记得是什么时间了，进入安多的第一个路口随便找家宾馆便入住了。暴雨依旧，在暴雨中我们搬完行李。秦多多倒在床上无力起身。

饥饿难耐，也没有力气再去寻找美食，估计也没什么美食。就在入住的店家点了三十元一份的盖浇饭两份，二十元一碗的粥两碗。贵并不代表好吃，不好吃也并不是就不能吃。事实上我们就是没吃，我们已开始严重地厌食。

粥端到秦多多的床前，她闻了闻又开始吐，那就端给小黑哥吧，小黑哥的胃口也许会好点。

安多没有自来水，安多的宾馆标间里只有一个大筒，满满的一桶水，冲厕所、刷牙、洗脸全是这冷冷的水。不仅如此，还没有牙缸，没有毛巾，没有拖鞋。小黑哥倒掉了粥，用碗装水刷了牙，可以说他奢侈地花20块钱借个碗刷了个牙，还洗什么，睡吧。

大家都睡下了，我不放心大家，就到对面的药店买药，尽管此时我的头也涨痛得很。因为出发前准备药的任务是交给我的，却奈何丢在了南京。老板问我身边带了哪些药，我说什么药都没带，老板吃惊地看着我，说我们的胆子真大。我把秦多多的情况给老板说了，老板劝我带她来打一针。但秦多多实在无力起身，就这样吃下药睡吧。这一晚我们想睡多久就睡多久，明天不赶路，只求能够休息好。

这一夜难眠，不是失眠。我分明感觉气不太够喘，就这样躺在床上仍然大口地喘气。

凌晨时分，大家都醒了，或许是都没睡着。我们有气无力地躺在床上，想休养休养。小黑哥出去转了一圈，回来跟我们讲昨天一直与我们同行的一位司机夜里大小便失禁拖进医院抢救了。我也坐不住了，出去转了一圈，发现所有住宿的人都动身了。这是怎样一个鬼地方，不能再待下去了，必须走，往海拔低的地方走。

早餐，一个蛋加一碗白粥，十块钱，喝一口就吃不下了。厌食带来最直接的后果就是丧失体力。

以最快的速度离开这个鬼地方。我们原计划今天是去纳木错的，看来是去不了了，一路向南，直奔拉萨。

今天秦多多安静了，我们终于可以不用再听她的歌声了。

青藏公路过了安多，路况明显好了起来，凯子像疯了一样开得很快，提前半个小时就到了那曲检查站。

在距检查站大概50米的地方停车等待，一辆同样超速的车子也停在我们的

前边等待。一位交警大哥示意我们这两辆车过来检查，前边这辆开过去了，凯子却立马从分岔路往聂荣县方向开。因为听网上说超速一分钟罚款100元，这哪能罚得起。

继续在路边等待，这时交警开着警车过来了，我们佯装着只是过来看风景拍照。但这一切伪装根本抵挡不住交警大哥那犀利的眼神。行驶证被扣了，我们只好前往检查站。时间在这个时候显得特别漫长，到了检查站还有20分钟才到规定的时间，交警根本不理我们，让我们一边等着。之前同样超速的车子在时间到了之后领证走人，并没有任何的处罚。待我们时间到了之后也去找交警，但这位小哥显然是被我们之前的伪装激怒了，不管我们说多少好话，他都不理睬我们，让我们先等两个小时再说。超速20分钟，等两个小时，好吧，我们玩大了。

没有什么办法，情急之下我们指了指车内的秦多多，对交警说我们车里有人高反，能不能通融一下放行。交警手一挥，“你们先带她去医院。”

罢了，两个小时就两个小时，我们先去城区吃饱喝足了再说。

在那曲县城，我们找了家川菜馆，这个时候只有川菜最下饭。事实证明是饥饿加重了我们的不适感，而并非全因为高反。吃完饭大家都有了精神，原地复活了。

时间还早，继续等待这可恶的两个小时。原路返回到检查站，交警好狠心，“你们刚才离开了，时间不算，重新等两个小时。”

我和交警解释我们的离开是因为有人高反，需要进城打针，但交警大哥还是铁石心肠。也不知说了多少好话，直到秦多多像打了霜的青菜一样探出头来，用渴望的眼神看着交警大哥，他这才把证还给我们了。开车走人，我们必须吸取这两个小时的教训。

接下来的路上，我们精确计算路程、时间，算好时速，如果太快就在离检查站远点的地方停下。

过了那曲，路边有三个露大腿的美女搭车。我们互相看着各自身上的羽绒服，再看看一路上行人的打扮，这三个人分明与我们这两天的世界观格格不

人。我去，这是什么样的年轻人，又是什么样的抗寒力，会从事着什么样的工作。我想很多路过的司机都有着和我们同样的顾虑，这样的女子，没车敢带。

越是接近拉萨安检越严，就连后备厢和行李都不放过，所以我们根本不敢让陌生人搭车，谁知道他们会携带什么。

今天的路走得很顺畅，当雄、羊八井都在不经意间走过了。到了拉萨外围，我们惊奇地发现了树，第一次对树有着如此的好奇。要知道从青海湖一路过来，近两千公里的路上，除了草，我们没看过第二种植物。

路边有水果摊，一个很普通的苹果八块钱一个。想想我们出发的前两天，在路上糟蹋了很多苹果，如果能在这个地方大口吃上，那我们也就是土豪了。

过了堆龙德庆县不再领限速卡，凯子，你发挥你的特长，冲吧！

到了拉萨市区，我们没有急着找宾馆，先从北京路穿过，先在车上瞻仰一下雄伟的布达拉宫吧。

当晚我们在布达拉宫广场玩了很久，顾不上寒冷，一个劲儿地拍照。想想三年前我一个人坐在布宫广场上，那种情景历历在目。时过境迁，如今虽然仍是单身，但至少还有出生入死的兄弟陪伴。孤独，那是三年之前，不属于今晚。

一大早他们都去参观布宫了，而我三年前已经去过，就一个人躺在宾馆里睡大觉。等他们回来的时候，秦多多的头上编满了彩色的辫子，打扮的就和藏族姑娘一样。而凯子穿上绿色的防晒衣，特别招眼，以至于小黑哥都不愿与他并排行走。

这几天纳木错的天气一直不怎么样，作为向导，我决定带他们去林芝。

林芝，一个必须得去的地方。如果跟团的话，肯定会去大峡谷。但是实际上所开发的并非真正意义上的大峡谷，网上说不去后悔一时，去了后悔一世。要想看到真正的大峡谷除非去墨脱，或是从排龙徒步到扎曲村。介于有一对蜜月夫妇，我是不会带他们去冒险的。

林芝，风光在路上，对于我们而言，风光一直都在路上。

越往林芝，海拔越低，一路的植被也明显地多了起来。公路修在河谷间，河谷在山间环绕，山在云中回荡，有点人在天宫的感觉。

在5013米的米拉山口，我们又跳又蹦的，爬上那大大的铁牛拍照，并没有明显的不适感，看来是我们已经适应高原的环境。过了山口，公路沿着山麓急剧地下滑。下山的路上遇到了好多骑行川藏线的骑友们，他们铆足了劲儿向米拉山口冲刺，我们打开车窗，向每一个骑行的人大声喊着加油。喊得多了，我们感觉有些缺氧，而骑行的人似乎更加带劲儿。

经过一天的行车，终于到达了林芝八一镇。故地重游，我竟有些困惑。上次我来林芝是为了中转去看大峡谷，这次我们来林芝究竟是为了什么？没有去看大峡谷，没有去尼洋河，没有主要的目的地，仅仅是一个小镇。也许我们的一切动力只是源于途中：难得的经历，美丽的风光。

三年前来林芝，特意品尝了传说中的石锅鸡，今天也必须带大家尝尝。这也许才是我们来林芝的真正目的。也许是我们太饿了，也许是我们好久没吃上美食了，总之石锅鸡很符合我们的胃口。当晚，凯子就把车里的歌给换了，换掉了先前的口水歌。后来我们说完全是因为石锅鸡的功效，吃了石锅鸡，品味立马提高了。

夜色降临，我们去爬“比日神山”，观看林芝夜景。到了山脚下，凯子非把“比日神山”四个字倒过来读。我还没反应过来是什么意思，他们三人哈哈大笑。小黑哥说要是八六哥在，定能洋洋洒洒地说上一大堆的理论。

（十九）回到拉萨

林芝，这么美丽的一个地方，我们悄悄地来，也这样悄悄地走了。走那天的早晨，大雨倾盆，不及雅鲁藏布江的眼泪一场。这么美好的路程，我们就这样不经意地走过了，走的途中，烟雾缭绕，不及南迦巴瓦峰的泪痕斑斑。就这样在雨中离开，再这样从雨中消失。如仙境一般的山峰，如银河一般的河流。

走得有些悲伤，有些留念。四个人，一辆车，我们怀念我们的青春，纪念我们的大学，我们更享受我们的现在，享受我们的旅途。

回到拉萨，我们入住了“翰墨青年旅舍”。好文艺的店名，店如其名，书香四溢，诗情画意。

每一个成功的青旅，都有一段传奇的故事，也必有一面大气的留言墙。在墙上我们可以发现前人的足迹，找到不羁的青春，发现隐藏着的故事。翰墨青旅也不例外。

我们也拿出记号笔，想写点关于我们的记忆，却无奈于找不到空白的地方。从左看到右，有叫青蛙的，有叫田鸡的，有叫小苹果的，还有叫马桶的，真替驴友的“才智”感到惋惜。接着看下去，还有叫“小泥人和自然卷”的，因为我的网络昵称也叫“小泥人”，所以我分外激动，“你们看，有叫小泥人的，还骑行过新藏线呢，看来也是个牛人。”

“此小泥人非彼小泥人，但此导师永远是我们心目中的导师。”秦多多夺过我手中的笔，在那名字边添上一句：我是小泥人的导师。

“小泥人和自然卷，你们说会不会是唱《坐在巷口的那对男女》的那个自然卷？”小黑哥也拿过笔，在“自然卷”的下面写上他的赞美：我一直坐在巷口等着你。

任凭他们在墙上挥洒笔墨，我继续寻找可能存在的亮点。

西藏，我把我的一切都给了你！2011.10.3；

从哪儿来到哪儿去，还有我的爱情！2013.3.10。

两句话，两行字，两个日期，一个签名。每一字我都认真地读，认真地琢磨；每一个标点我都不错过，都印在心里；每一秒我的心都会跳动两次，都会屏住呼吸；每一字停顿，我的脑海里就会浮现一段画面，一个人！因为这两句话的署名是叶子芷！

我像中了奖一样，想尽量掩饰自己的激动，却掩饰不住自己的笑容。我像知道了一个重大秘密一样，轻声地对他们说话，却重复了一次又一次："叶子芷还在西藏，叶子芷还在西藏！"

我激动地坐立不安，却又不知道该做些什么。倒是秦多多走到了存放明信片的柜子前问服务员："请问有没有寄存着留给小泥人的明信片，不，是留给邵弘毅的。"

"您稍等，我查查。"服务员在电脑里查着姓名，根据编号打开了一个橱窗，拿出了一张久违的明信片。

这张明信片的背面是纳木错扎西半岛的两座守门石，三年前我去过，所以我一下子就认出来了。明信片的正面写着"寄给记忆中的邵弘毅。死生契阔，与子成说。执子之手，与子偕老。于嗟阔兮，不我活兮。于嗟洵兮，不我信兮。"

"你们说这是什么意思，谁能帮我破解？"我焦急万分。

他们四人纷纷拿出手机百度。网上说扎西半岛的两座守门石又称合掌石，象征着爱情。茫茫人海，我的爱情在哪儿，无处寻找。

秦多多眨了眨眼，流下几滴泪水，"有点感人，你应该是她内心最深处的记忆，她只是想表达对你们过去的怀念和遗憾。"

我问大家有什么看法或主意，此时的我最需要大家的意见，可小黑哥和凯子一声不吭。

“凯子，你说话呀。”秦多多摇了摇凯子的胳膊，“你们怎么都不吭声，是不是我说错了什么？”

“要是八六哥在就好了，有他在一定能说出个道理。”小哥黑最不擅长表达了。

一丝希望还没看到光亮，就已经堕入无尽的黑暗。我相信子芷一定在西藏的某个地方等我，因为她曾经说过她最想来西藏了。我也坚信三年前我真的与她擦肩而过。一直在等待，一直在错过，我不是过客，是归人。她一定就在哪个地方等着她的归人，等着我的到来。

没有丝毫的头绪，我心思凌乱。我看着前台服务员的眼神，渴望着从她那得到点有用的信息，她也注意到了我的眼神和我的焦急，关切地问我：“帅哥，有什么需要帮忙的吗？”

“美女你好，请问你知道留明信片给的我人吗？”

“不好意思，每天寄留明信片的人太多了。”

“那你见过写这留言的人吗？”我把手指向留言墙，期待着能有所答案。

“哪一句？”

“就这句，叶子芷写的。”

服务员探过头后，像是解答出了一道奥数题一样开心地看着我：“你们是她朋友还是同学？”

“老同学……”

“你说别人我不一定认识，但她我肯定认识了，她和小泥人自然卷都是我们老板的好朋友，叶子芷以前是我们老板的女朋友，后为分手了，分手之后有半年没来过我们店了。”

“那你有她的电话吗？”我像答到了芝麻开门的密钥，欣喜若狂。

“不好意思，还真没有。”

“那你们老板在吗？”

“抱歉，我们老板回内地了。”

“那你有你们老板的电话吗？”

服务员把老板的号码写给了我，还告诉我叶子芷以前在尼玛县的一所小学支教，并把那所小学的地址也写给了我，“以前我们老板一直往那小学寄书本铅笔什么的，都是我代寄的，所以我有那个小学的地址。”

我想打电话给翰墨青旅的老板，向他打听一下子芷的近况，但他们都叫我不要打。想想也是，前前任男友向前男友打听关于他们共同的前女友的近况确实有点不妥，我被急糊涂了。

我决定去一趟尼玛县，也许子芷还在那儿。秦多多叫我不要冲动，她以子芷同学的身份打电话给翰墨青旅的老板，先了解一下情况。

电话打了一整夜，始终是关机状态。这一夜，我焦急万分。

天还没有亮，我就起床了。他们三人也体谅我的心情，也跟着起床了。我对他们斩钉截铁地说我要去尼玛县，就是今天。

凯子一脸严肃地告诉我，说他昨晚和秦多多查了很多资料，这个季节根本不适合去尼玛县，说路上很有可能会遇到大雪，大雪封山那是很正常的事，而且还有一段很长的土路。

听凯子这么一说，我更加坚定了我要去尼玛县的决心。如果真的大雪封山，那子芷岂不是连过年回家的机会都没有；如果真的大雪封山，我就是背也要把子芷背出来。

我的态度坚决，他们表示愿意与我一同前往。说实话这一路有多艰险我无法预料，但肯定比进藏的路艰险数倍。凯子和秦多多是来度蜜月的，我不能让他们受苦，更不能把危险和不定的因素带给他俩这对新婚夫妇。

“小黑哥，愿意同我一起去吗？”

“为了兄弟的幸福，我去！”

♡♡

“纵有红颜，百生千劫，难消君心，万古情愁。青峰之巅，山外之山，晚霞寂照，星夜无眠。如幻大千，惊鸿一瞥，一曲终了，悲欣交集。夕阳之间，

天外之天，梅花清幽，独立春寒。红尘中，你的无上清凉，寂静光明，默默照耀世界。行如风，如君一骑绝尘，空谷绝响，至今谁在倾听。一念净心，花开遍世界，每临绝境，峰回路又转。但凭净信，自在出乾坤，恰似如梦初醒，归途在眼前。行尽天涯，静默山水间，倾听晚风，拂柳笛声残。踏破芒鞋，烟雨任平生，慧行坚勇，究畅恒无极。”

一段时间，总会迷上一首歌，反复地听，却不再反复地唱。《空谷幽蓝》，在我们的车中循环播放。我不知道小黑哥有没有听腻，他只是告诉我这歌有点悲凉。

去尼玛县途经纳木错、色林措、班戈县。我对小黑说你的此行是值得的，因为我只带你去看纳木错和色林措。小黑哥说：“别把自己说的高尚了，回头必须找个妹子让我艳遇一次，算是感谢我。”

我说：“艳遇就是不期而遇，我都帮你找好了，你还艳遇个屁。”

小黑哥说这事他不管，就算是我特意安排，也要让他艳遇一回。我明白小黑哥的意思，因为要不了多久，我们都成双成对了，只有他一个电灯泡。我希望真是这样。

与三年前不同，湖面不再与蓝天为伴，而是乌云一直缠绕左右。我期待阳光的出现，在乌云之上，撵着影子前行，还藏北草原一片蓝天，而非像我们一样苟延残喘。一路前行，光影变幻，天空与大地交互变换着色彩，我们的车子就像沙画上的一只虫子，慢慢地蠕动，找不到尽头。

这一天一直有乌云为伴，但一切还算顺利，我们连夜摸黑一直赶到了班戈县。我一路无心观看风景，小黑哥说他都没有机会下车去触摸一下纳木错。我安慰骗他说子芷还有个妹妹，只要找到了子芷，她的妹妹就是你的了。

在这样的季节里班戈县已经很冷了。我们蜷缩在一家条件简陋的招待所里，烧着牛粪取暖。在这个地方能有热水喝已经足够奢侈，小黑哥却还一直念叨着要有一个妹子暖暖脚多好。我想小黑哥是饥渴坏了，除了妹子，他再无盼头。

海拔很高，这一夜睡得并不好，并不是说累了之后就一定能踏实入梦的。早早地起床，早点赶路，我迫不及待。

出了班戈没多久，昨天的柏油路全没了，只有泥土荒野。找不着路，没有路牌，全靠感觉走。绕一段再回头，再绕一段继续走。只要没有恶劣天气，都难不倒我们的小轿车。陷入沙坑、推车、蹭底盘都不算什么，只要还能动，就得继续行进。我和小黑哥开玩笑说回去之后，一定给我们的座驾颁发一个“耐磨奖”。

搓板路没走多远就感觉右侧胎压急剧下降。高原换胎，就像生孩子一样费力、气喘。在蓝天之下，在大风之中，在荒原之间，在磨难之后，有路就有生存下去的希望，就有走下去的勇气。

沿着车辙，孤单前行，心中有颗希望之火在燃烧，早已顾不得旅途的艰辛，也忘却了旅途的寂寞。

小黑哥又开始高反了，脸色极差，但他仍然坚持和我轮换开车。我有一颗希望之火，我也必须为小黑哥燃起一颗希望之火。在这样的路上一旦丢失了希望，那就是绝望。

“尼玛”藏语意为“太阳”，但去尼玛县的路没有行人，没有车辆，甚至连牛羊都很少看到。这是怎样一个地方，为什么子芷要来这个地方支教？我找不到答案。

尼玛县城不大，却也整洁干净，有那么一条街还算热闹，整个环境差强人意，但这却不是我们的目的地。继续向北，前往更加荒无人烟的藏北高原，这一走又是大半天的车程。

越是往北气温越低，车在薄薄的雪层上行驶，车后甩出长长的泥印。也许本没有路，只有走过了，才有道路；也许本没有痕迹，只要来过了，就会留下痕迹。

下午时分，我们终于到了目的地。放眼望去，只是在草原中竖起两排房子，没有围墙，没有院落，没有操场。学校周边零星地散落着几间民房，房子周边用牛粪围成了一圈矮矮的围墙。

我像是回到了久别的家乡，既熟悉又陌生；我像是看到了等待我归来的姑娘，既思念又心疼。我张开臂膀，走进草原的怀抱；草原张开臂膀，迎接我的

到来。

我很惭愧没有带本子和铅笔给孩子们，但孩子们还是很开心地围着我们，让我给他们拍照。在孩子们的笑脸上，我看到了希望，看到了爱。

我问孩子们学校有没有叶子芷老师，他们带着我走进教室，指着墙上贴得满满的照片。照片上有外边的世界，也有草原上的牛羊，有孩子们的笑脸，还有子芷的笑容。

校长告诉我说子芷半年前就回去了，我问校长有没有子芷的联系方式，校长摇摇头。校长指着墙上的照片对我说："这些照片都是叶子芷老师拍的，孩子们一直挂在这儿，叶子芷老师是个好老师，孩子们都非常喜欢她……"

我两眼噙着泪水，一脸沧桑，一身悲凉。两次入藏，子芷都与我擦肩而过，天下之大，究竟哪一年哪一天，我才能找到她。为了那一天，我历经艰辛，日思夜想；为了那一天，转山转水转寺庙，转经念佛磕长头。不过超度，只为修得今生与你相逢的那一瞬。

尼玛县，藏北一隅，幅员辽阔，资源丰富却交通闭塞；尼玛县，我历经艰难地到来，却没等到心爱的人一个回眸。我满带希望而来，不想落寞而归；我的内心无法平静所看到的现实，却也掀不起任何波澜。

回到了县城，我发疯似的狂吃饭，像是一种发泄，也像是为发泄储存力量。一会儿小黑哥给我拿来一瓶酒，说借酒消愁。我告诉他那是骗人的。但是我们还是喝了好多，喝了好多却没有醉意，悲伤都来不及，哪能醉倒。

准备回拉萨，却在县城转了三圈都没加到油。据说是大雪封路，油罐车被困在了路上。和阿里一样，在这个地方也有钱解不了的问题。

小黑哥和凯子他们通电话，把我们的情况告诉了他们，他们让我俩不要急，哪怕真的出不去了，他们也会在拉萨等到开春，等到我们出来。不仅如此，凯子夫妇还往我们卡里打了好多钱，说越是偏僻的地方越是物资奇贵，让我们使劲儿地花。可是我和小黑哥除了吃饭住宿，也根本花不掉钱，越是偏僻，越是物资奇缺。

一直待了两天终于加到油了。既然油罐车能开进来，那我们也能出得去。

不能犹豫，也不能等待，出发就是现在。

油罐车的车辙还在，冰得像铁一样坚硬，我们沿着车辙印继续前进。天空一直阴沉沉的，地面一片白色，大地与天空在远方连成了一片，像是进入了一间只有一人高的大型地下室，安静、黑暗、脆弱、压抑、孤单、恐惧。哪里是方向，哪里是路全凭这车辙印。

那片黑云越压越低，像是天就要塌下来一样。不一会就下起了大雪，这种大超出了我们所有的想象，颠覆我们所看到的所有世界。这里的雪不像是白糖的洒落，更不是鹅毛的纷飞，而是像整团整团的棉花倾倒，也像是整袋整袋的食盐坠落。

大雪挡住了视线，也掩盖了车辙印，我们只能依靠不太准的导航分辨方向。还有那些屹立不倒的电线杆，一直延伸在我们的前方。仅仅两个小时，雪就漫过了半个车轮，车子缓慢地前行，清楚听到雪被压的咯吱声，像是生怕把它们给踩疼了一样。

又行驶了好久，天色渐渐黑了下来，前不着村后不着店。就在这个前不着村后不着店的雪地里，我们的车陷住了。我和小黑哥都试着推了推，雪坑越刨越深，一直刨到了泥坑，刨出了泥水。

白色的世界，白色的车子，两个黑点，在白布上挪动。左顾右盼，没有任何过往的车辆，在这个地方，这种环境下，最怕的不是天气，不是高反，不是道路，而是绝望。如果我们绝望了，那老天也帮不了我们。

雪还在一个劲儿地下，我和小黑哥的头上都像顶了一团白面。小黑哥一个劲儿地抽烟，一根接一根，一声不吭。我坐在雪地上，看着车子，像一尊雕塑，也一声不坑。

天色已黑，雪又漫过了刚刚刨出的泥土，仅存白雪映衬着色彩。小黑哥说报警吧，我说没信号。小黑哥说可以打122，我说他们赶来可能也是明天了，能不能熬过今晚还不一定。

一个主意闪过脑海，我也不知道行不行，就上车把两个毛绒毯子拿了出来，折叠好铺在前轮里下：“小黑，我喊一二三你推，我来开！”

毛毯一直卷进车轮里，旋出黑黑的泥水，深深地落在白雪之上，车子终于驶出了泥坑，走上了路基。

我把泥泞的毛毯放进后备厢，生怕前方再出现这样的情况："小黑哥，今晚就是连夜开我们都要开到班戈，只要有柏油路什么都不怕了。"

为了迎接接下来的路程，我让小黑哥先睡会儿，可事实上我们俩都紧绷着神经，眼睛睁得就和葡萄一样大，谁也没有闭上眼睛。

已是凌晨时分，我和小黑哥吃着冰冷的八宝粥，喝着冰冷的纯净水，谁都没有怨言，谁都没有胆怯。

走着走着雪不下了，但雪冻得就和冰一样，我们慢之又慢，小心又小心。可偏偏在一个坡道上车子一直打滑，就是上不去。我下车拿出后备厢中的泥泞毛毯，可此时的毛毯和泥水一起，被冻得就和铁一样，根本铺不开。我看看小黑哥，小黑哥又看看我，我们一起往毛毯上撒泡尿，但是毛毯还是一个整团。

我二话没说，脱下羽绒服，垫在车轮下，小黑哥也跟着脱下羽绒服，垫着车轮。就这样，我们走一段垫一段，艰难地爬到了坡上，开心地一路下滑，一路狂奔。

下坡结束后车子突然失去了动力，不管油门怎么踩就是不走。这回我和小黑哥都慌了，前边所遇到的所有困难都有车子无关，关键时刻车子抛锚了，那真是把我们往绝路上送。

重新打火，还是打不着，车上也没有任何指示灯报警。休息五分钟再打火，还是打不着，下车查看机油，也在标准的范围内。不管三七二十一，我们又把机油给加满，接着打火，车子抖动了一会儿还是打不着。想打电话询问一下是什么情况也没有手机信号。这时我们只有两个选择，一是打电话给122紧急救援，二是下车徒步。但是我们做出了第三个选择，选择坐在车里聊天。

空调用不了，羽绒服又脏的不能穿，我和小黑哥冻得瑟瑟发抖。我说看看还有没有什么东西能烧的，我们下车烤烤火。小黑哥说再烧就只能烧内裤了。

最终我们还穿上了被车轮压得又破又脏的羽绒服。小黑哥眼眯乎眯乎的就要睡着了。在这样的地方，如果小黑哥睡着了，那我也会睡着的，那我们很有可能就永远地睡着了。

为了让小黑哥打起精神，我一直在逗他讲话："我们应该庆幸的是这里是藏北牧区，而不是大山之间，不要然一个雪崩就可能要了我们的命，这种磨难又能算什么？"

"唉，只可惜我还没结婚。"

"黑哥，这次我们要是能活着回去，我一定给你多介绍几个妹子，绝对是靠谱的。"

"不用你介绍，等我回去了我自己找。"

"好吧，我等着吃你喜糖呢，别让我们等太久。"

"那你准备什么时候结婚的？总不能非叶子芷不娶吧？"

"等我回去了我就找个合适的结婚算了，等不起了。"我不想谈及这些话题，就摸了摸肚子，"好饿啊，还有什么吃的没？"

"没了，要吃啃自己手指头吧。"小黑哥一边逗我一边往后排找食物，"还有两罐氧气瓶，要不你吸一口当饭吃。"

"不用，我又没高反，早适应了。"说完这话我突然想起了什么，立马拿出气罐下了车，"黑哥，待会儿我往进气口喷氧气，你再打火试试……"

真是天无绝人之路，车子真的启动了。一路艰辛，一路磨难，一直到凌晨五点我们才到了班戈县。从尼玛到班戈，340公里，我们整整走了17个小时！

我们像乞丐一样回到拉萨，凯子早已点好一顿大餐等着我们归来。四人相见的那一刻，我们露出了久违的笑容。秦多多摸了摸我身上破旧的羽绒服，又拍了拍小黑哥的后背，竟然失声哭了。哭的时候一直抱着我，然后又抬起头，擦了擦眼泪，扑嗤一笑，又抱住凯子继续大哭："抱错了……"

回想起这两天的生死之路，我惊魂未定、心有余悸。经历了这场生死之路，我突然能够理解子芷的一举一动、一言一行，突然能够明白她为什么要去那个地方支教。此时的我与她的心灵是相通的。

我们再也经受不了那样的折磨，也不确定我们的车子还能坚持多久，找了物流公司，把轿车拖运了出去，然后四人有说有笑地坐上了火车离开了西藏。

（二十）勿忘心安

又是一年春暖花开时，时间到了2014年的春天。

一个花香四溢的日子，我穿好西装，打好领带，梳理好头发，擦亮皮鞋，胸前带上红花，怀着愉快而又激动的心情，坐上了扎满鲜花和彩带的婚车。

今天是个好日子，凯子和秦多多也来了，八六哥和王媛媛一家三口也来了。今天这里高朋满座，喜气洋洋。

散发喜烟喜糖，怀揣大把红包，鞭炮声响，车队出发，去往接亲的路上。

今天我们这里有一个最大的官，新郎官；今天我们这里有一个最幸福的人，新娘子。

今天我们每一个人的脸上都洋溢着笑容，今天神圣的牧师宣布着这对爱的结合，今天这对新人，说出彼此的爱情告白。

今天这对新人倒满爱情的香槟，点燃爱情的烛火；今天这对新人交换爱情的信物，从此无名指不再无名。

今天酒店里热热闹闹，宾客不醉不归，今天这对新人相拥相吻，不分彼此。

今天，我们没有喝醉，留足精神，一直狂欢到深夜；今天，我们闹完洞房闹新娘。

今天是小黑哥大喜的日子，他终于找到了属于自己的另一半。今天，我是伴郎！

今晚，大学舍友四人，三人都有了自己的幸福；今晚，他们为我掐指一算："导师，你今年三十了吧！"

"没有，我哪有那么老。"

"没有三十也有二十九了，四舍五入就是三十。"

今晚我对着这一群小伙伴发誓，就在2014年，我必须结婚。

三十而立，青春一去不复返。时光荏苒，如今只剩我单身。找寻记忆，零零碎碎，难以拼成一张完美的图面；盘点青春，庸庸碌碌，讲述的都是一些回味一生的经历。

父母着急，亲戚朋友着急，就我自己不着急。我试着听他们的话，一个接一个地相亲，感觉每一个都好，每一个都适合结婚，就是没有一个适合谈恋爱、讲故事。没有共同的话题，没有岁月的痕迹。一张白纸，重新写过，却总是忘记写什么，总是不经意地翻到前一页。

大家都说我太挑，差不多就行了。我觉得每一个都很好，不是我过于挑剔，而是过于不会挑选。

有那么一个女孩子大家都说不错，约好今晚看电影。她预定了《小时代3》的票，其实我是想看《后会无期》的，但我还是顺从了女孩子的意思，都是奔着结婚而去的，不顺着人家，人家怎么会嫁给你。

下午上班，我一直在想着晚上看电影该聊些什么，电影结束了该干些什么。后来又想想，看电影就专心看呗，有什么好聊的，电影结束了就主动送人家女孩回家呀，做一个服务周全的好男人。我把我的想法和同事说了一遍，他说我活该一直单身。我本想告诉他上学那会儿我可是情圣，可想想还是不说了，不然人家又开始反驳："那你为什么还单着身？"

下午我一直胡乱点着网页，不是激动，是忐忑。一个新闻跳出，说某某地方的老师又开始摧残花季少女。那个地名很熟悉，是叶子芷的家乡。于是我就开始搜索那所学校，搜索那个城市，搜索叶子芷的姓名，搜索了好多关键词。最后点开叶子芷高中的网页，看看学校的动态，学校的荣誉，学校的概况，就好像是我的母校一样让我关心。

我打开"师资力量"那一栏，打开"青年杰出教师"那个网页，一个名字赫然出现，一下子打乱了我的思绪，打乱了我的心境，打乱了我的一切。

那个名字是叶子芷。

我慌乱地推掉了今晚的约会，搜索这所学校的电话，以学生家长的身份打

了过去：“你好！我是学生家长，我想找一下叶子芷老师的电话，我想向叶老师了解一下我家孩子的学习情况。”

“你打电话问一下教务处，电话是……”

我抚摸着我的心脏，迫使自己平静下来，“你好，请问是教务处吗？”

“是的，请问您是哪位？”接电话的是教务处的主任，叶子菡！

“你好，我是学生家长，我想找一下叶子芷老师的电话，我想向叶老师了解一下我家孩子的学习情况。”

终于搞到了让我寻迹六年的联系方式，我激动得难已自控。等待下班，匆匆回家，左思右想，不知道该怎么去联系这个号码，怎么开口去说话，怎么说出第一句话？

忐忑不安，也许又是一场徒劳，也许会是一个男人接的电话，我不敢想下去。

为了平复一下自己的心情，为了使自己不至于情绪失控，也为了不给对方带来不必要的麻烦，我决定发个信息过去：“你好，请问是叶子芷老师吗？”

子芷回复道：“是的，请问你是？”

我不知道该不该告诉她我是谁，如果我告诉她我是邵弘毅，会不会把子芷正常的生活打乱呢？思来想去，我还是谨慎点，毕竟能知道她过得很好我也就知足了，“叶老师你好，我是学生家长，我们家孩子最近老是不爱学习，我想向您讨教一下怎么教育孩子。”

“在开会，一会回复你，请问你家孩子叫什么名字？”

撒谎总是破绽百出，我该怎么往下编呢，我哪知道她班级有哪些孩子。反正子芷在开会，我也没有继续回复下去。我想更多地了解子芷的近况，还是以这位学生家长的身份加了她的微信，没想到她同意了我的好友请求。

我翻看她的每一条微信状态，每一张照片，所能了解到的寥寥无几，就连她本人的照片一张都没有。不过我还是发现了好几张幼儿的照片，照片萌得可爱。但这却加深了我的担忧，于是我给照片点个赞并回复：你家宝宝真萌真可爱！

一会儿子芷回复了：不是我的宝宝，是我的姐姐家的小宝贝。

看到这条回复我长吁一口气，原来是叶子菡的女儿。这么多年没有联系，子菡已经做妈妈了。

没等我回复，却意外地收到子芷发过来的微信：“你的昵称是‘小泥人’，和我一位老同学的昵称一样，请问你家孩子叫什么名字？”

我不敢想象这么多年了，子芷还记得我的昵称，也正是因为这昵称是她给起的，所以这么多年了我一直没得换。我不知道该怎么回复下去，但我真的好想和她聊几句：“这么巧，我这昵称还是孩子他妈上大学时给我取的呢。”

“这么巧，我那位老同学的昵称也是我上大学的时候给他取的。我还有一个朋友也是这昵称。”

一切子芷都还记得，我该怎样去面对就在手机另一端的她，我该怎样去打开我与她的那扇门那扇窗。

每一个回复我都认真思索，认真揣摩，编辑好几行字，再删掉，再重新编辑，还是删掉，想说的话太多，想问的问题也太多，却一下子堵塞了起来。

还是没等我回过去，子芷又回了过来：“你到底是谁，我那个朋友的微信我有，也不至于换个号逗我，你该不会是我认识的人吧？”

难以回复，难以开口，那扇门，那扇窗，关的太久，我不敢去面对门外的一件，窗外的一切。

子芷又抢在我之前回复了我：“你真是弘毅？我看过你微信相册了，真的是你？”

不知怎么的，我流泪了，泪水滴在手机上，模糊着文字，模糊着话面：“是我，好久不见，你还好吗？”

刚刚发过去，子芷就打来了电话：“喂，好久没联系，你是怎么找到我号码的？”

“我都找六年了，今天终于找到了。”

“听你这么一说我怎么有点想哭，被你感动到了。”

“这么多年还好吗？”这么多年突然听到她的声音，一时不知道该怎么说话了，声音都有点沙哑。

“还好，我们微信聊吧，还在开会，我是溜出来的。”

“好的，一会儿见。”

“一会儿见。”

那扇窗终于打开，我要做的是继续打开那扇门。我们发着微信：

子芷：“你的声音变粗了。”

我：“可能是因为老了吧。”

子芷：“你家孩子不会真在我们班级吗？”

我：“你们班有姓邵的吗？”

子芷：“好像没有，你应该有宝宝了吧。”

我：“还单身中，你呢？”

子芷：“不会吧，都这么大了还单身，挑花眼了吧。”

我：“没有挑，一直相亲中，人家都看不上我。你结婚了没？”

子芷：“应该快了，和学校的一个老师谈着呢，人还不错，一直对我穷追不舍，大家都说我也老大不小了，不能再拖了，我就答应和他先处处吧。”

听子芷这么一说，我有点慌乱，但也有所庆幸，至少她还没嫁人。可是此时的我心里分明乱糟糟，看着手机一直发愣。

子芷：“你是怎么找到我号码的？”

我：“我先是在你们学校网站上看到了青年教师有你的名字，然后打电话到教务处问来的。”

子芷：“真强大，教务处接你电话的应该是我姐，因为下午她和我说有家长打听我号码的。”

我：“我去西藏找过你两次，一次在勒布沟，一次在尼玛县，不过你都不在，而且我还收到了你留给我的明信片。”

子芷：“明信片你真的收到了？我在尼玛县你都能知道，你间谍吧，不过这事我还真不知道。你去勒布沟找我是什么时间？”

我：“2010年7月，那时你可能已经离开那学校了。”

子芷：“老天真是不作美，那时我还在，我还知道你给了孩子书本纸笔，我还知道你问孩子哪个老师最漂亮，我还知道孩子回答的是德吉老师，我还知道那时你真笨，都到了学校门口了，为什么不进去找找？”

我：“那时你也在那学校？学校大门关着的，我怎么好意思进去。“

子芷：“我肯定在呀，德吉老师就是我，是我给自己起的藏族名字。大门又没锁，你笨就算了，为什么又那么急性子呢，不等等，再不进去转转，转身就走，我喊都没喊住你？”

我：“真的假的？一次错过，让我又找了你四年！”

子芷：“你能不能别哄我眼泪，又被你感动了！话说我也去找过你，就是在勒布沟错过之后，过完年我回了内地，还没回老家呢，就去你老家找你了，可是你们家都拆没了。”

我：“这事我一点都不知道，你也把我感动了。”

子芷：“就叫有缘无分。有时间来我家乡玩玩，我们一起聚聚。”

我：“好的，好久没见了，还有你姐姐。”

子芷：“一会还有一节课，回头聊啊。”

我：“好的，你先忙。”

我不知道该怎么去平复我的心情，激动、烦乱，像打翻了五味瓶。我总觉得有好多好多的话要对子芷说，可总是不知该怎么说。六年了，一次次地擦肩，一次次地错过。如今我未娶，她未嫁，如今她虽然有对象，但我还有机会！我不能再错过了，我必须去找子芷，就是现在，刻不容缓。那扇门，我即将去打开！

我立即穿好衣服，在镜子前照了又照，理了又理，然后迅速下楼，发动汽车，向陌生的城市驶去。结果未知，但我发誓这将是我最后一次这么疯狂。

晚上高速公路黑漆漆的一片，没有多少车辆。我听着欢快的音乐，跟着节奏摇摆。明晚的《我是歌手》不看了，唱得再好听也不如我车里现在放的音乐。

北方的城市，一千零一公里，一个人的路上，不再孤单。黑夜给了我黑色的眼睛，我却用它寻找光明。光明就在眼前，就在明天早晨，不单是我的光明，也是整个城市的光明。

晚上十一点时分，子芷打电话给我：“睡了吗？没打扰你吧。”

“没睡呢，才下晚自习？”

“早放学了，我这不睡不着吗，今天晚上的课我根本没心思上，被你搅乱了。”

“看来我的魅力还不小吗。”

“变的油嘴滑舌了，你这么能说话道的，怎么还单身呢。”

“单身就是为了等你的。”

“真的假的，刚吃完蜜吧。”

我刚要说话，一辆大卡声紧急变道，喇叭声震耳欲聋。

“你在路上？”子芷关切地问。

“是的，今天出差，还在回家的路上。”人大了责任就多了，再也不敢像以前那样天不怕地不怕说走就走了，为了不让子芷担心我没有说我去找她了。

“怎么感觉你在开车，说话注意力不集中吗？”

“刚才让车的，大脑没分过神。”

“那你小心一点，我不打扰你了，到家了发个信息告诉我一声。”

“好的，晚安。”

“晚安。”

挂了电话我的心里美滋滋的。这么晚了子芷还打电话给我至少能说明两点问题：一、她很关心我。二、她没有和她男朋友在一起，说明她们没什么感情。

过了十二点，我在服务区上个厕所，然后立马给子芷回了条信息：“我到家了。”

子芷很快回复过来：“那我就放心了，我明天还要上课不陪你聊了，早点休息，晚安。”

我没有休息，继续上路，心情这么愉悦，根本感觉不到疲劳。一千零一公里，整整一夜，我不吃不喝不睡，只为了早晨的第一缕阳光为我照耀，只为了早晨的第一阵花香为我等待。

早晨，空气清新，阳光普照大地，我如期而至。北方的城市，从此不再陌生，安静的早晨，书声琅琅。

我用纯净水洗了洗脸，又照了照镜子，梳了梳头。可恶的油性皮肤，洗不尽，梳不好，理发店开门又太迟。我又走进一家便利店，买了袋装的洗发水，硬是在一间公厕里，用纯净水洗了头。再次整理一下衣服，梳理好发型，对着镜子做出一个笑容。

校门口门卫不让进，我说是找叶子芷老师的，门卫让我先打电话联系。这么一来，一点突然感都没有了。等了一分钟，电话响了，我激动的以为是子芷打过来的，没想到是我的领导："你今天怎么没来上班？"

我靠，我真把上班这事给忘了："主任，我马上就要结婚了，真的。"

"你小子搞什么名堂，你要是把你媳妇带过来给我看看，我准你一星期的假。"

"主任，你可要说话算话呀。"

正好是课间操时间，同学们都从教室里涌出来，排好队，这时，有一位男老师注意到了校门口的我，就走了过来："你找哪一位？"

"你好，我找叶子芷老师？"

"你找他干吗？手里还拿着花？"男老师说。

"今天是教师节，我送花给老师的。"

"今天是几月几号啊，你不会连教师节是哪天都不知道吧，你还是不是中国人？"

"不好意思，和你开玩笑的，我真的是找叶老师的。"

"你等下。"这位男老师拿起电话。

不一会，子芷来了，与此同时校门口又多了几个保安。

我躲在柱子边，看着子芷走来，她还是和以前一样漂亮，只是比以前更成熟、更娴静了。

杨柳，一夜抽头，不道离情苦，一叶叶，一丝丝，依至晨曦；

香草，春暖花开，不尽相思愁，一棵棵，一片片，心若芷萱。

子芷走近了，我手捧一束鲜花迎了上去："这回不是店里开业偷来的？"

"嗨，同学！"子芷若水般甜美地看着我，双手接过鲜花，"太意外了，昨晚还感觉很遥远，今天就出现在我眼前了。"

我们就这样面对面站着，彼此都微笑着看着对方，忽略了周围的环境，忽略了围观而来的老师，也忽略了先前的那位男老师。

还没等我享受这份久违的美好，那位男老师突然上前抓住我的衣服，狠狠地给了我一拳："你谁啊，别打我女朋友主意。"

我没有生气，轻轻地抹去鼻子上的血，很开心地看着那位男老师："哥们，别生气，我请你喝喜酒……"

那位男老师很生气地把我往校门外拉，这时子芷放下手中的花，把我们拉开了，其他老师也上前把那位男老师拉到了一边。

校门口围观了好多老师，叶子菡也过来了，她以为是学生家长在闹事，就很关切地走近子芷："子芷，发生了什么事？"

"姐，你看谁来了……"

姐妹俩同时走近了我，子芷站在我面前一动不动，子菡和我来了一个深情地拥抱："我就知道你会来的，加油！"

看到这一幕，那位男老师不干了，把子芷拉到了一边："他到底是谁？"

子芷很平静地看着那位老师："王老师，对不起，我等的人他来了……"

校园里的广播操已经开始的，学生们做的不是《青春的活力》也不是《时代在召唤》，都开始跳华尔兹了。学生们一对对地手拉着手，洋溢着笑容，那是我们梦里的青春。

整个画面以学生们跳舞为动态的背景，以老师们的围观为画面的点缀，画面的主角是我和子芷：我们手拉着手，面对着面站着，相互微笑，一言未发。

【完】